新课标·青少年必读世界文学经典
原版插图·名家全译本

古希腊罗马神话与传说

Myths and Legends of Ancient Greece and Rome

【英】E.M.伯恩斯　著

朱跃　戴晓迪　彭娇
江静　周顺　白雪　译

北京师范大学出版集团
安徽大学出版社

图书在版编目(CIP)数据

古希腊罗马神话与传说/(英)伯恩斯(E.M. Berens)著;朱跃等译. —合肥:安徽大学出版社,2019.4
ISBN 978-7-5664-1801-2

Ⅰ.①古… Ⅱ.①伯… ②朱… Ⅲ.①神话－作品集－古希腊②神话－作品集－古罗马 Ⅳ.①I17

中国版本图书馆 CIP 数据核字(2019)第 046250 号

古希腊罗马神话与传说

(英)伯恩斯 著
朱 跃 等译

出版发行:	北京师范大学出版集团 安 徽 大 学 出 版 社 (安徽省合肥市肥西路 3 号 邮编 230039) www.bnupg.com.cn www.ahupress.com.cn
印　　刷:	安徽昶颉包装印务有限责任公司
经　　销:	全国新华书店
开　　本:	170mm×240mm
印　　张:	15.5
字　　数:	229 千字
版　　次:	2019 年 4 月第 1 版
印　　次:	2019 年 4 月第 1 次印刷
定　　价:	45.00 元

ISBN 978-7-5664-1801-2

策划编辑:李　梅　李　雪　　　　装帧设计:李　军
责任编辑:葛灵知　李　雪　　　　美术编辑:李　军
责任印制:赵明炎

版权所有　侵权必究

反盗版、侵权举报电话:0551－65106311
外埠邮购电话:0551－65107716
本书如有印装质量问题,请与印制管理部联系调换。
印制管理部电话:0551－65106311

序 言

长期以来，优秀教育者们都认识到大家亟需一本适合青年男女学生通读的古希腊罗马神话趣作。即使学生有能力进行学术研究，但是对于经典作品的研究并向学生简明扼要地阐释古人的宗教信仰方面，并不完全成功。有人认为，一部著作在处理这一主题时能使故事主题有趣有益，便是一本对研究经典作家有价值的导读之作，对教育者和学生们也会有实质性的帮助。

为了拿出能够满足这一需求的作品，笔者试图在读者面前勾画出一幅古典主义时期天神们栩栩如生的生活画卷。这些天神都是由古人想象出来的，古人对之顶礼膜拜。这些描写可以唤醒青年学生内心的渴望，使他们更加亲近和了解古典主义时期的经典之作。

本书的第二部分内容为传说篇，这些传说描绘了古希腊的生活景象：它的习俗、迷信以及王室待客礼仪；这也是为什么与同类著作相比，本书中这一部分的篇幅要更长一些的原因。

本书中有一章节专门收集了一些关于古希腊和古罗马公众崇拜的有趣的细节（尤其是前者），并对古希腊和古罗马的主要节日作了补充介绍。

需要补充说明的是，由于任何一个疏忽都有可能破坏作品的完整性，笔者已竭尽所能，避免细节疏忽，努力做到书中不会有一个段落影响到该书的严谨与精美，并且笔者特意怀着对每一种宗教体系应有的敬畏之心来处理这一主题,尽管这可能是错误的。

  神话研究的重要性无须赘述:我们的诗歌、小说,甚至日报,都典故繁多;我们在参观美术馆和博物馆时,看到某个启迪各时代画家、雕塑家和诗人的主题,如果只是囿有肤浅层面光认识它不能有所超越,就不能充分感受到此次参观的价值。因此,笔者希望这本拙作能有所用,不仅有益于老师和学者,也有益于广大读者。愿诸位读者在闲暇时光阅读这本书时,能获得一些乐趣和益处。

E. M. 伯恩斯

目 录

第一部分 神话

引言 ·· 3

第一代天神 ··· 6

 世界起源 ··· 6
  乌拉诺斯和盖亚 ··· 6

第二代天神 ··· 9

 克洛诺斯（萨图恩） ··· 9
 瑞亚（俄普斯） ··· 11
 世界的划分 ··· 12
 人类起源说 ··· 13

第三代天神 ··· 17

 奥林匹斯诸神 ·· 17
  宙斯（朱庇特） ·· 17

赫拉（朱诺） …………………………………………… 26

帕拉斯·雅典娜（密涅瓦） …………………………… 29

忒弥斯 ………………………………………………… 32

赫斯提亚（维斯塔） …………………………………… 32

德墨忒尔（刻瑞斯） …………………………………… 33

阿芙洛狄忒（维纳斯） ………………………………… 38

赫利俄斯 ……………………………………………… 41

厄俄斯 ………………………………………………… 45

福珀斯·阿波罗 ……………………………………… 45

赫卡忒 ………………………………………………… 57

塞勒涅 ………………………………………………… 58

阿耳忒弥斯（狄安娜） ………………………………… 59

赫菲斯托斯（伏尔甘） ………………………………… 66

波塞冬（尼普顿） ……………………………………… 68

海神 …………………………………………………… 73

俄刻阿诺斯 …………………………………………… 73

涅柔斯 ………………………………………………… 73

普罗透斯 ……………………………………………… 73

特里同 ………………………………………………… 74

格劳科斯 ……………………………………………… 74

忒提斯 ………………………………………………… 74

陶玛斯、福耳库斯与刻托 …………………………… 75

琉科忒亚 ……………………………………………… 76

塞壬 …………………………………………………… 76

阿瑞斯（马尔斯） ……………………………………… 76

尼姬（维多利亚） ……………………………………… 79

赫耳墨斯（墨丘利） …………………………………… 80

狄俄尼索斯（利柏耳）	85
阿伊得斯（普鲁托）	90
普鲁托斯	94

小神 ... 95
哈耳庇厄	95
厄里倪厄斯	95
命运女神	96
涅墨西斯	97

黑夜女神和她的孩子 ... 98
倪克斯	98
塔那托斯与许普诺斯	99
摩耳甫斯	99
戈耳工	100
格赖埃	101
斯芬克斯	101
堤喀（福尔图娜）与阿南刻	102
卡尔	103
阿忒	104
摩莫斯	104
厄洛斯	104
许门	107
伊里斯	108
赫柏（禹文塔斯）	108
伽倪墨得斯	109
缪斯女神	109
珀伽索斯	112
赫斯珀里得斯	112

美惠三女神	113
荷赖	114
山林川泽女神宁芙	115
风神	118
潘（弗恩乌斯）	119
萨提尔	121
普里阿普斯	122
阿斯克勒庇厄斯（埃斯科拉庇俄斯）	123

古罗马之神   124

雅努斯	124
芙洛拉	126
罗比顾斯	126
波莫纳	126
维尔图诺斯	126
帕勒斯	127
皮库斯	127
皮库姆纳斯与皮鲁姆纳斯	127
西尔瓦诺斯	128
特耳米努斯	128
康苏斯	128
利比蒂娜	129
拉维尔那	129
柯玛斯	129
嘉美勒	129
守护神精灵	130
亡灵玛涅斯	130
佩纳忒斯	131

古希腊和古罗马的公众崇拜 ……………………………… 132
  神庙 …………………………………………………………… 132
  雕像 …………………………………………………………… 133
  祭坛 …………………………………………………………… 134
  祭司 …………………………………………………………… 134
  祭品 …………………………………………………………… 135
  神谕 …………………………………………………………… 136
  预言家（占卜官）…………………………………………… 137
  节日 …………………………………………………………… 137

古希腊节日 ……………………………………………………… 138
  厄琉息斯秘仪 ………………………………………………… 138
  塞斯摩弗洛斯节 ……………………………………………… 139
  酒神节 ………………………………………………………… 139
  泛雅典娜节 …………………………………………………… 140
  达弗涅佛里亚节 ……………………………………………… 141

古罗马节日 ……………………………………………………… 141
  农神节 ………………………………………………………… 141
  谷神节 ………………………………………………………… 141
  灶神节 ………………………………………………………… 142

第二部分　传说

卡德摩斯 …………………………………………………………… 145
珀尔修斯 …………………………………………………………… 146
伊翁 ………………………………………………………………… 150
代达罗斯与伊卡洛斯 ……………………………………………… 151
阿尔戈英雄 ………………………………………………………… 152
珀罗普斯 …………………………………………………………… 166

赫拉克勒斯 …… 167
柏勒洛丰 …… 185
忒修斯 …… 187
俄狄浦斯 …… 194
七将攻打底比斯 …… 196
后辈英雄 …… 200
阿尔克迈翁与项链 …… 200
赫拉克勒斯族 …… 202
攻打特洛伊 …… 205
战后古希腊英雄返乡 …… 221

第一部分　神话

Part I　*Myths*

引 言

在我们开始谈论古希腊人许多奇异的信仰以及他们崇拜的诸神之前,我们必须首先了解这些神到底是什么样的存在。

就外表而言,神被认为长相酷似凡人,但是他们远比凡人更美、更有气魄、更有力量。他们的身材也更加魁梧。在古希腊人眼里,身材高大被认为是男性美或女性美的特征之一。神在情感和习惯上与凡人相似,像凡人一样结婚生子,需要每日补充营养维持体力,通过睡眠恢复精力。他们的血液是一种明亮神秘的液体,称为"灵液"(Ichor),从不引发疾病;并且当神流血时,神血能孕育出新的生命。

古希腊人认为神有着比凡人更高的精神境界。但是,人们看到,诸神仍然无法摆脱人的七情六欲,他们有报复心理,会欺骗,会嫉妒。而且,他们总是惩罚恶人,会给那些胆敢不祈祷或鄙视信仰仪式的不虔诚的凡人带来可怕的灾难。我们经常听到神下凡游历人间、受众生款待的故事。男神、女神和凡人之间也经常相互爱慕,结婚生子,他们的后代被称为神人或半神,通常因有非凡的力量与勇气而闻名。人神之间虽然有颇多相似之处,但是仍存在一个非常显著的区别,即诸神永生。不过,他们并非刀枪不入,我们经常听到他们受伤,饱受酷刑折磨的消息,以致诸神虔诚祷告,祈求剥夺他们永生的特权。

神可以超越时空的束缚,思考瞬间便能到达远方。他们拥有可以随意隐形的能力,也能够根据需要幻化成人形或动物。他们还可以把凡人变成树木、石头、动物等,作为对其罪行的惩罚,或是危险来临时(通过变形)对其进行保护的一种方式。他们穿的长袍与凡人穿的相似,但款式完美,质地更为精良。神所使用的武器也与凡人类似;我们知道的长矛、盾牌、头盔、弓箭等都为神所用。每个神都拥有一辆漂亮的战车,由天马或其他动物驱使,载着他们自由地驰骋陆地或大海。大多数的神生活在奥林匹斯山的顶峰,每个神都有自己的住处,他们会在欢庆之日齐聚众神议会室。宴会上,伴着阿波罗用七弦琴弹奏的美妙乐曲,缪斯女神动听的歌声倾泻而出,气氛十分活跃。宏伟的神庙因他们而建,神庙中人们庄严地敬拜,向神献上丰厚的祭礼,还有动物,有时甚至是凡人。

在研究古希腊神话的过程中,我们会遇到一些奇特的并且可能第一眼看上去无法解释的理念。因此,我们听说过巨人投掷石块、举起高山、摇动山脉引发地震进而吞没整个军队这样可怕的故事;但是,史前时期,大自然多次发生令人恐惧的震颤,这些观念的存在或许可以从这些现象中找到解释。再者,日常反复出现的现象,我们已经知道是某些确定的自然法则的结果,因此十分熟悉,不再过多追问,但是这些现象对于早期的古希腊人来说,却是要严肃思考的问题,也是令其深感恐惧的问题。例如,当人们听到可怕的雷鸣声,看到耀眼的闪电,黑云压城,大雨倾盆,他们就会认为是天神发怒了,并因此而战战兢兢。如果风平浪静的大海突然变得波涛汹涌,掀起层层巨浪,猛烈撞击着岩石,所到之处遍地狼藉,人们会认为是海神在大发雷霆。当天空闪耀着黎明之光,他们认为是黎明女神用玫瑰色的手指撩开了黑夜的面纱,并且让她的弟弟太阳神开始光照大地。因此这个极具想象力和高度诗意化的民族,把大自然的力量拟人化,认为在每一棵生长的树木里、每一条流淌的河流中、明媚的阳光以及清澈的银色月光中都有神的存在;对于他们而言,整个宇宙都有生命,都在呼吸,有千姿百态的生命形态。

神最重要的素质不只是由我们诗意般的丰富想象力创造而来。他们原本可能就是凡人,以自己的卓越成就在生活中独树一帜,从同类中脱颖而出。在他们死后,被那些曾与他们朝夕相处的凡人神化,诗人们以他们手中的魔笔描写出他们生活的细节。那些年代,生活较为平淡,这些生活中的点点滴滴在他们笔下也会成为辉煌的事迹。

很有可能因吟游诗人的吟唱,这些被神化了的凡人的善举得以流传。这些诗人从一国吟游到另一国,以歌加以盛赞,因此我们很难或是几乎不可能把基本事实与口头相传的一些夸张的故事区分开来。

举例来说,阿波罗的儿子俄耳甫斯因其非凡的音乐天赋而闻名于世,我们不妨假设他尚且在世。毫无疑问,我们会把他列为最伟大的音乐家之一,对其推崇备至。但是古希腊人具有生动的想象力和诗意情怀,会夸大他非凡的音乐天赋,并认为他的音乐对有生命和无生命的大自然具有超自然的影响力。于是,我们便听到了这样的传说:因为他悦耳的音乐,野兽被驯服、奔腾的江河被控制、高山被搬移。这里提出的理论可能将来会派上用场,在研究古典神话的过程中,我们碰到的许多离奇的故事都可以用此理论向读者解释。

现在我们有必要来简单地谈一谈古罗马人的宗教信仰。当古希腊人首次定居在意大利时,在这个沦为殖民地的国家中,他们发现了属于凯尔特人自己的神话。由于古希腊具有敬畏已知或未知众神的习俗,因此古希腊人欣然接受了凯尔特人的神话,有选择性地崇拜起那些与他们关系密切的神,并由此形成了自然而然带有古希腊印记的宗教信仰。然而原始的凯尔特人的文明程度不及古希腊人,他们的神话故事更为野蛮,再加上古罗马人并不像古希腊人那般富有想象力,这些都对古罗马神话产生了影响,使古罗马神话缺乏奇思妙想、童话故事以及诗情画意,而这些正是古希腊神话所具有的鲜明特点。

第一代天神

世界起源

乌拉诺斯和盖亚

古希腊人有几种不同的世界起源理论,但一般公认的观点是:在这个世界形成之前,存在着大量混沌无序、无形的物质,叫作"卡俄斯"(Chaos)。这些物质最终结成一体(以何种方式结合尚未得知),分解为两种极为不同的物质,较轻的那一部分物质向高空升腾,形成了天空或者苍天,构建起一个巨大的拱状苍穹,保护着下方坚硬的大地。

由此产生了希腊神话中的两大原始天神,即乌拉诺斯(Uranus)和盖亚(Gæa)。

乌拉诺斯是一位更为优雅的天空之神,代表着天上的光与空气,拥有光、热及纯洁等独特品质,他无所不在。而盖亚是坚硬平坦、维持生命的大地之神,被信奉为养育一切的众神之母。她的众多称呼多少与此品质有关,盖亚受古希腊人的广泛尊崇,几乎古希腊每个城市中都有为其建造的庙宇。盖亚备受崇敬,每当诸神庄严宣誓、强力声明或恳求援助时都会乞灵于她。

第一部分 神话

天空之神乌拉诺斯被认为与大地之神盖亚成婚而彼此相连；只需片刻思考，你就会发现这一想法既充满诗意又符合逻辑；在象征意义上，他与盖亚的这种密切关系确实存在。苍天在笑，大地便开满鲜花；他久锁眉头，她也变得忧郁沮丧，不再衣着华丽，对他深表同情，与他同悲。

乌拉诺斯和盖亚的长子名为俄刻阿诺斯，大洋河流之神，浩瀚的大洋环绕整个大地，奔流不息。在这里我们又有了一个虽然不切实际但是却符合逻辑的结论——只要我们对自然运行规律稍微有点了解，就可以证明这一结论真实可信。海洋由从天而降的雨水和来自大地流淌的河水汇聚而成。把俄刻阿诺斯刻画成乌拉诺斯和盖亚的后代，说明古人们相信海洋因天地结合而生。同时，从这一神话中，人们富有激情和极具诗意的想象力使他们能够看到一个真实有形的天神，就像他们从所有大自然的力量中看到天神的显现一样。

天空之神乌拉诺斯是光、热和生命的化身，但是他所繁衍的其他后代并没有长子俄刻阿诺斯那么具有物质性。他的其他孩子们被认为占据了中间地带，从而使他与盖亚分离。离乌拉诺斯最近、位于他正下方的是埃忒尔（以太）——一种明亮的神造之物，代表着空气非常稀薄的大气层，只有神仙才能呼吸。随后出现的是埃尔（空气），他与盖亚距离最近，顾名思义，他代表着地球四周空气较为密集的大气层，凡人可以自由呼吸，没有它，凡人便会死亡。埃忒尔和埃尔由称为纳菲莱（云之女神）的众神分开。纳菲莱是埃忒尔和埃尔的姐妹，不停地漂泊，以云的形态出现，漂浮在埃忒尔和埃尔之间。山神乌瑞亚和海神蓬托斯，也是盖亚的造化。盖亚与蓬托斯结合，他们的后代都是海神：涅柔斯、陶玛斯、福尔库斯、刻托和欧律比亚。

与乌拉诺斯和盖亚共存的两大神灵是黑暗之神厄瑞玻斯和黑夜女神倪克斯，都是卡俄斯的后代。他们与天空明媚的阳光、大地令人愉悦的亮丽景色形成了鲜明的对比。厄瑞玻斯统治着地下那片神秘的世界，那里没有一丝阳光，没有白昼，没有人间生命的迹象。倪克斯，厄瑞玻斯的姐妹，代表着黑夜，古人以最庄严的仪式敬拜她。

人们认为乌拉诺斯也与倪克斯结合,但仅以光明之神的身份与其结合;他是所有光亮的源泉。他们的孩子是黎明女神厄俄斯以及白昼的化身赫墨拉(白昼女神)。倪克斯也在某个时期与厄瑞玻斯有过婚姻生活。

除了上述天和地的子女外,乌拉诺斯和盖亚的结合还诞生出两个截然不同的神族,称为巨人和提坦。巨人(又叫癸干忒斯)只是蛮力的拟人化;而提坦除了非凡的体力之外,还有多方面发展而来的智力。巨人族共有三位巨人:布里阿瑞俄斯(强壮)、科托斯(敌意、妒忌)和古革斯,每位巨人都有五十双手、五十个头,他们有时被统称为百臂巨人。这些巨人可以摇动宇宙,制造地震。因此,很明显他们代表那些活跃的地下力量,这在本书开篇就有所暗指。提坦共有十二位,名字分别为:俄刻阿诺斯、科俄斯、克利俄斯、许珀里翁、伊阿珀托斯、克洛诺斯、忒亚、瑞亚、忒弥斯、谟涅摩叙涅、福柏以及忒堤斯。

乌拉诺斯是主宰天空纯洁之光的天神,是一切明亮与愉悦的本质所在。他痛恨他的后代癸干忒斯,认为他们粗暴、强横,而且担心他们力量强大,最终会伤害到自己。于是他把他们扔进了塔耳塔洛斯(地狱深渊)——地下世界关押天神的地牢。盖亚为了报复乌拉诺斯对她的孩子癸干忒斯的压迫,在提坦中煽动了反对乌拉诺斯的阴谋,并最终由她的儿子克洛诺斯实施成功。克洛诺斯击伤了他的父亲乌拉诺斯,从伤口流出的血落到地上,顿时变为巨大怪物,这些怪物也被称为癸干忒斯。在提坦兄弟们的帮助下,克洛诺斯成功地推翻了父亲的统治。他的父亲被失败激怒,诅咒他叛逆的儿子,将会与他有着相似的命运。克洛诺斯获得了至高无上的权力,给自己的兄弟们分封了各种高位,仅次于他自己。但是后来,在地位稳固后,他不再需要兄弟们的帮助,于是恩将仇报,卑鄙地背弃了他们。克洛诺斯与他的兄弟和忠实的盟友之间发生了战争,并且在癸干忒斯的帮助下大获全胜,把那些反抗他的对手全都送到了塔耳塔洛斯的最底层。

第二代天神

克洛诺斯（萨图恩）

在其永恒存在的意义上讲，克洛诺斯（Cronus）是时间之神。他娶了他的妹妹瑞亚。瑞亚也是一位极其重要的女神，后边有一个章节会专门谈论她。他们生有三子三女：阿伊得斯、波塞冬、宙斯、赫斯提亚、德墨忒尔、赫拉。克洛诺斯担心他的孩子们终有一天会像他父亲乌拉诺斯预言的那样揭竿而起反对他的权威。于是，为了打破父亲的预言，克洛诺斯在每个孩子一出生时就将其吞掉，这令他的妻子瑞亚既悲伤又愤怒。等到第六个孩子，也是他们最后一个孩子宙斯出生时，瑞亚决心至少要努力保住这个孩子的性命，爱护他，珍惜他，于是她向她的父母乌拉诺斯和盖亚寻求建议和帮助。在他们的建议下，瑞亚将一块石头包在孩子的襁褓中，而克洛诺斯急于吞掉孩子并没有注意到这一骗局。宙斯得救了，最终他推翻了父亲克洛诺斯的统治，取代他成为至高无上的神，被广泛尊崇为古希腊伟大的民族之神。

瑞亚急于向克洛诺斯隐瞒宙斯还活着这个秘密，她将幼小的宙斯秘密送到克里特岛。在那里，宙斯平安长大。一只名为阿玛尔忒亚的神羊充当起母亲的角色给他哺乳；仙女梅丽莎喂他蜂蜜；苍鹰和鸽子给他带来甘露和供神享用的美味。宙斯被藏在爱达山深处的一个山洞里，库瑞忒斯或者瑞亚的祭司在洞口击打盾牌持续制造噪音,掩盖婴儿的哭声,吓跑入侵者。在众仙女的照看下,小宙斯迅速成长,体格强壮,智慧过人。成年时,他决定逼迫他的父亲让他被吞的兄弟姐妹重见天日。据说,女神墨提斯协助他完成了这项艰巨的任务。她巧妙地劝说克洛诺斯喝下一剂药水,把吞下去的子女全吐了出来。伪装宙斯的石头被放置在德尔斐,作为圣物长期展览。

克洛诺斯中计后非常生气,父子之战不可避免。在塞萨利,交战双方把自己的士兵分别布置在两座高山上;宙斯和他的兄弟姐妹们占据奥林匹斯山,俄刻阿诺斯以及一些

克洛诺斯

因受克洛诺斯压迫而背弃他的提坦神也加入了宙斯的作战队伍。克洛诺斯和他的兄弟提坦神占据着俄特律斯山,准备战斗。激烈的战争持续很久,最后宙斯在看不到胜望的情况下,想到了被囚禁的百臂巨人,觉得他们是自己最得力的助手,于是迅速把他们解放出来。他还召唤波塞冬和安菲特里忒之子独眼巨人三兄弟给予他帮助;独眼巨人都是只在额头中间有一只眼睛,名字分别叫布隆特斯(雷)、斯特俄珀斯(电)和派拉刻蒙(火)。他们立即响应了宙斯的号召,带来了大量的雷电,而百臂巨人将雷电射到敌人身上,并制造强震吞没和消灭敌人。在这群强大的新盟友的帮助下,宙斯发动猛攻,据说整个大自然都在天神激烈的战斗中震颤。大海波涛汹涌,浪比山高,巨浪嘶嘶作响,浪花迸起;地动山摇,雷声滚滚,一道接一道的死亡闪电,烟雾茫茫,克洛诺斯和他的盟友们被锁在烟雾之中。

战局开始发生变化,宙斯取得了胜利。克洛诺斯全军覆没,他的兄弟们也被囚禁在地下世界阴暗的监狱中,克洛诺斯被放逐,最高权力也被永久剥夺。这场战争称为提坦之战,它在古典主义诗人的笔下被描写最为栩栩如生。

第一部分　神话

克洛诺斯战败并被放逐以后,他作为古希腊统治神的身份也随之终止。但是,像其他天神一样,他生命不朽,所以被认为仍然存在于世,只是不再拥有影响力和权力。他的儿子宙斯继任成为宇宙的统治者。

克洛诺斯的形象经常被刻画为一位老人斜靠着长柄镰刀,手里拿着沙漏。沙漏是时间快速流逝的象征,永不停息;长柄镰刀象征着时间,摧毁它面前的一切。

萨图恩

古罗马人习惯把他们的神等同于古希腊神,因为他们有着相似的特征。他们认为克洛诺斯与他们古老的农神萨图恩(Saturn)相同。古罗马人认为,在提坦之战中战败并被宙斯放逐后,克洛诺斯在意大利国王杰纳斯处避难。杰纳斯对待这位被流放的神十分友善,并与之共享王位。他们共同统治、和谐愉快,带来了持久的令人瞩目的繁荣,被称为"黄金时代"(Golden Age)。

萨图恩通常被刻画为一手握镰刀、一手握麦束的神。为他建造的庙宇位于卡匹托尔山脚下,里边存放着公共财富和律法。

瑞亚(俄普斯)

瑞亚(Rhea),克洛诺斯的妻子,宙斯和奥林匹斯其他诸神的母亲,是土地的化身、大地之神,是植物生命的创造者。人们认为她对动物的创造影响非凡,特别是对万兽之王狮子的创造。瑞亚的形象一般被刻画为头戴王冠,王冠上镶嵌着形如角楼或塔楼的饰品。她坐在御座上,一头狮子蹲伏在脚下。有时,她也被描绘为坐在狮子拉的两轮战车上。

克里特岛是信奉瑞亚女神的主要地方,对她的敬拜仪式总是很喧闹。敬奉她的节日活动都在晚上进行,笛声、钹鼓声狂野奔放,久久回荡。欢乐的叫喊声,伴随着舞蹈和跺脚声,响彻天空。

瑞亚由来自小亚细亚的首批佛里吉亚殖民者传入克里特岛;在佛里吉亚,她以西布莉的名字受人们崇拜。克里特岛居民将瑞亚视为万物之母,特别看重她对植物生长的重要性。然而,年复一年,每当冬天来临,她的光辉消失殆尽,花凋叶落,人们把这一自然现象诗意般地解读为她失恋了。据说,瑞亚爱上了一个英俊非凡的年轻人,名叫阿提斯,但是阿提斯对她不忠,因此她悲愤交加。当阿提斯要与名叫萨歌瑞斯的仙女结婚时,西布莉突然出现在婚礼上,女神怒火燃烧,把怒气宣泄在参加婚礼的来宾身上。现场客人一片恐慌,阿提斯一时遭受疯病折磨,逃进山中自杀。西布莉既悲伤又遗憾,决定每年举行一次仪式悼念他。届时她的祭司可本丽,在喧闹乐器的伴奏下,走进山中寻找失踪的年轻人。找到他之后,他们就表现过激,又是跳,又是喊,来发泄狂喜之情,同时又以可怕的方式在身上划开又深又长的伤口,进行自残。

俄普斯

在古罗马,瑞亚等同于俄普斯(Ops),她是丰裕之神,萨图恩的妻子。她有很多称谓,被称为玛格那·玛特、玛特·迪奥拉姆、比莱森希尔·艾迪儿以及丁迪米妮。最后一个名字取自于佛里吉亚三座高山的名字。

公元前205年,在第二次布匿克战争期间,根据《西比尔预言书》中的指示,她以西布莉的名字从那里被传入古罗马。在人们心目中,俄普斯被刻画成一位女性,头戴塔王冠,坐在狮子拉的两轮战车上。

世界的划分

现在,我们回到宙斯和他弟兄们的话题。他们大胜后,开始考虑如何划分被他们征服的世界。最终,通过抽签决定:宙斯统治天界,阿伊得斯统治冥界,波塞冬全权掌管海洋;但是宙斯被认为对天上、地上(包括大海)和地下整个三界拥有最高的统治权。奥林匹斯山顶直插云霄,宙斯的宫殿位于山巅之上;阿伊得斯的领地位于地下阴森黑暗、不为人知的地方;而波塞冬掌管海洋。从后边的故事会看出,每一位神的领地都神秘莫测。奥林匹斯山笼罩在云雾之中;冥界阴森、黑暗;而海洋过去是,现在依然是,奇迹和趣事之源。因此,我们看到,对于其他国家而言,仅仅只是些怪异的现象,但是对于富有诗意和想象力的古希腊民族而言,这些怪异的现象却成了构建绝

第一部分　神话

妙神话故事的基础。

世界划分完毕各方都很满意,似乎一切顺利,但事实并非如此。在一处意想不到的地方出现了麻烦。从大地和乌拉诺斯的血液中诞生的巨人族都是些可怕的怪物(有些长着巨蟒一般的腿),他们向奥林匹斯神宣战,战争随即爆发。盖亚赐予她的孩子一种能力,只要他们的脚与地面接触,他们就战无不胜,因此战争旷日持久,令人生厌。然而,由于他们受到石头的袭击,母亲给予他们的保护措施失去了效力。他们被石头砸倒,双脚不能再坚实地踩在母亲的大地上,因此战败。这场冗长的战争(被称为巨人之战)终于结束。出生在大地上的巨人中,最勇敢的巨人有恩克拉多斯、洛托斯,以及勇士米玛斯。他年纪轻,热火旺,力气大,朝天上扔了大量的石头和燃烧的橡木,不把宙斯的闪电放在眼里。在这场与宙斯的战争中,实力最强的巨人叫作堤丰或堤福俄斯。他是塔耳塔洛斯和盖亚最小的儿子,长有一百个脑袋,两眼泛着凶光,声音骇人,让人敬畏。这位可怕的巨人怪物决心征服所有的神与人,但是他的阴谋最终被宙斯所挫败。经过激烈的交锋,宙斯用一道霹雳将他劈死。但是此前,众神已被堤丰吓坏,纷纷逃往埃及避难。在埃及,他们变成各种动物,得以逃脱。

人类起源说

关于世界的起源,众说纷纭,而人类起源说亦是如此。

古希腊人最早的自然信仰认为人从大地破土而生。早春时节冬霜消融,他们看到幼嫩的植物花卉破土而出,因此他们自然认为人类的诞生亦是如此。他们认为人类就像野生植物花卉一样,无须栽培教化。他们的生活习惯如同田野中未驯化的野兽一般,没有固定住所,只能生活在大自然的石洞或密林中,茂密的树枝为他们提供保护,使他们免于恶劣天气的伤害。

随着时间的流逝,这些原始人类被神和英雄所驯服、教化。人类学会使用金属工具、建造房子和其他文明实用技能。但是久而久之,人类变得堕落不堪,于是众神决定用一场大洪水来毁灭他们。只有虔诚的丢卡利翁(普罗米修斯之子)和他的妻子皮拉幸免于难。

根据父亲的命令,丢卡利翁建造了一艘方舟。洪水持续了九天,他和妻子一直躲在方舟里避难。洪水退去之后,方舟停在塞萨利的俄特律斯山(某些传说认为是帕耳那索斯山)。丢卡利翁和妻子向女神忒弥斯祈求神谕,他们想知道如何才能恢复人类。得到的答案是:他们必须盖住头,向身后扔他们母亲的骨头。有段时间,他们对神谕的意思困惑不解,但是最终达成共识——母亲的骨头意指地上的石头。于是他们从山坡上捡起石头向肩后扔去。丢卡利翁扔的石头变成了男人,而皮拉扔的石头变成了女人。

随着时间的流逝,这种"本土说法"(Autochthony)被弃之不用(auto 的意思是自身;chthon 的意思是大地)。这种信仰出现时,根本还没有祭司;慢慢地,敬奉各神的寺庙兴建起来,祭司被指派在寺庙中祭祀并主持拜神仪式。这些祭司被视为宗教事务的权威,他们宣扬的教义是神创造了人类,而且存在几个不同时代的人类,这些时代被称为黄金时代、白银时代、黄铜时代和黑铁时代。

黄金时代的人们生活充满欢乐,没有忧伤或烦恼。在这个幸福时代,人们被神宠爱着,生活淳朴、美满,没有罪恶之心,也没有恶意之举。大地开花、结果,万物丰盛,人们无须劳作,更不知何谓战争。这种美好、神仙般的生活持续了数百年。当人的生命最终结束时,死亡轻轻地降临,他们在幸福的梦乡中离世,没有疼痛之扰,在冥界变成了安抚神灵继续生活,关爱和保护着那些还留在世上他们所爱的人。

白银时代的人们成长缓慢,他们的童年生活持续百年之久,饱受疾病困扰,身体极度虚弱。最终长大成人后,生命也很短暂,因为他们难免会互相伤害,也不对神尽任何应尽义务,因此被放逐到冥界。在冥界,与黄金时代的人不同,他们并不行善去保护世上的亲人;而是像幽灵一样到处游荡,焦躁不安,为失去在世享受的快乐而叹息不已。

白银时代的人软弱无力,而黄铜时代的人强壮有力。他们的周围都是黄铜制品:双臂、工具、住所以及他们所制造的一切。他们的性格也如同他们喜爱的金属一样——冷酷、执拗、残忍。此前的世界,只有和平与宁静,而现在,人们生活在冲突与竞争之中,把战争的苦难引入世界。事实上,他们只有在战争和争吵时才会感到幸福。此前,正义女神忒弥斯一直生活在人间,但现在她对人类的恶行感到心灰意冷,于是离开了人间,返回天堂。黄铜时代的人作恶多端,纠纷不断,众神非常厌恶,将他们从人间消灭,扔进了冥界,与前辈们一起遭受悲惨命运。

现在,我们开始讲述黑铁时代的人类。大地不再富饶,人类只有通过艰辛的劳作才能增加收成。由于正义女神抛弃了人类,没有什么强大的力量能保护他们避免各种恶行和罪孽的发生。随着时间的推移,这种情况变得越来越糟糕,最终宙斯大发雷霆,引发了上文提到的大洪水,淹死了作恶多端的人类,只有丢卡利翁和皮拉幸免。

赫西奥德是古希腊最早的一位诗人,他认为提坦普罗米修斯,伊阿珀托斯之子,用泥土捏出人形,而雅典娜对着泥人吹了一口仙气,泥人便有了灵魂。普罗米修斯非常热爱自己创造出的人类,决定提升他们的心智,全方位改善他们的条件;因此他教人们学天文、算术、字母、治病以及占卜。他造出的人类数量众多,因此众神认为有必要建立固定的法规,规定人类必须向诸神献祭,以及诸神有权接受人类的崇拜,作为诸神保护人类的回报。因此,他们在黑科涅举行会议以解决这些问题。最终,会议作出决定,让人类的支持者普罗米修斯宰杀一头牛,把它分成两等份,由神从中选择一份,并且在今后所有的祭祀活动中,都要为神保留。普罗米修斯就这样把牛分成两份,其中一份含有骨头(当然是牛最没有价值的部分),骨头巧妙地隐藏在白色脂肪之中;另一份则包含所有可食用的牛肉,他用牛皮盖着,上边放着牛胃。

宙斯假装被骗,选择了那堆牛骨头。但是他看穿了普罗米修斯的把戏,对他的欺骗感到愤怒,随即实施惩罚,拒绝向人类赐惠火种。但是,普罗米修斯决心勇敢面对奥林匹斯山这位伟大的统治者,从天上获取人类继续发展、享受舒适生活所必需的生命之火。因此,他从太阳神的战车中偷得一些火花,藏在一根空管之中带到了人间。普罗米修斯智胜一筹,宙斯再次被

古希腊罗马神话与传说

骗,气急败坏,决定先惩罚人类,然后再惩罚普罗米修斯。为了惩罚人类,他命令赫菲斯托斯用泥土塑造一个美女,并利用她将灾难和痛苦带到人间。

赫菲斯托斯创造出的女人优雅美丽,众神为之倾倒,于是都决定赐予她一些特殊才能。赫耳墨斯赋予她语言才能,使她能言善辩;阿芙洛狄忒赐予她美貌和取悦他人的技能;美惠三女神使她变得魅力无穷;雅典娜赐予她女性魅力。她的名字叫潘多拉,意思是全才,具有一切使她魅力四射和诱人的品性。美惠三女神为她装扮,头戴四季鲜花,然后神的使者,赫耳墨斯,将她送到了厄庇米修斯——普罗米修斯兄弟的屋子里。普罗米修斯曾经警告过他的弟弟不要接受神的任何礼物,但是他被突然出现在他面前的美女迷住了,便把她迎进门,并娶她为妻。但是不久,他便悔不当初。

厄庇米修斯有个用罕见工艺制成的瓶子,里边装着神赐给人类的所有祝福。他明令禁止任何人打开瓶子。但是女人的好奇心天下有名,无法抵御如此大的诱惑,于是潘多拉决定不惜一切代价打开瓶子,解开秘密。她抓住机会打开了瓶盖,诸神为人类保存的各种祝福立刻飞走。所幸并不是所有的祝福都飞走了,当位于瓶子最底层的"希望"正要逃走时,潘多拉急忙盖上了瓶盖,因此为人类留下了生生不息的希望,让他们有勇气去忍受所遭受的痛苦。

惩罚人类之后,宙斯便决定对普罗米修斯实施报复。他用铁链把普罗米修斯囚禁在高加索山的一块岩石上,每天白天派一只鹰啄食他的肝脏。每天晚上肝脏又会重新长出,次日再次受此折磨。普罗米修斯一直忍受了三十年的可怕惩罚;最终宙斯动了恻隐之心,允许他的儿子赫拉克勒斯杀死了那只鹰,普罗米修斯得以解放。

第三代天神

奥林匹斯诸神

宙斯(朱庇特)

宙斯(Zeus)是主宰宇宙的主神,天地的统治者,被古希腊人认为一是掌管气象之神;二是自然规律的化身;三是国家生活的主宰;四是诸神之祖、凡人之父。

作为气象之神,宙斯可以通过挥动神盾,呼唤急风暴雨,带来极度的黑暗。他一声令下,便会雷鸣电闪,乌云密布的天空裂开,大雨倾泻而下,浇灌着大地,空气清新,一片富饶。

作为自然规律的化身,宙斯代表着自然大法,维护和谐不变的自然秩序,统治着物质世界和精神世界。因此,他也是有规律的时间之神,如人们所见的季节变化以及有规律的日夜交替。他的父亲克洛诺斯与他形成鲜明的对照,代表着绝对时间,即永恒。

作为国家生活的主宰,宙斯是王权的缔造者、所有国家制度的拥护者,是君主们的特殊朋友与守护神,通过建议和协商为他们提供保护和帮助。

他保护人类的集会,负责人间的福祉。

　　作为众神之父,宙斯要确保众神各司其职,惩恶扬善,解决他们的纠纷。在各种场合,要应对他们,既是全能的参谋,又是众神之友。

　　作为人类之父,宙斯如父亲般地关怀着人类的行为和福祉。他心系人类,温情关爱,激励人类要真、要善、要正直,严厉惩罚虚假、残酷以及缺乏爱心的行为。就连穷困潦倒、绝望无助的流浪者也能得到宙斯强有力的支持。他通过实行智慧仁慈的分配手段,规定有势力的人应该帮助那些遭受痛苦的困难同胞。

　　古希腊人认为他们这位伟大、万能的主神居住在奥林匹斯山巅,这座巍峨的高山位于塞萨利和马其顿之间;山峰云雾缭绕,非凡人肉眼可见。据说,这座神秘莫测的山峰,高耸入云,直入诸神的领地埃忒尔,山上连只鸟影都没有。在诗人的笔下,这里虚无缥缈,阳光明媚,熠熠生辉,空气清爽宜人,能使享有特权分享其乐的诸神身心特别愉悦。在这里居住的宠民,青春常在,流年不老。高耸入云的奥林匹斯山顶上坐落着宙斯和赫拉的宫殿,金碧辉煌,象牙闪闪发光。其他神居于其下,住所的位置和规模虽比不上宙斯的,但是设计和工艺十分类似,都是艺术之神赫菲斯托斯的杰作。再往下面是其他一些宫殿,用银、黑檀、象牙和铜建造而成,是英雄或半神居住的地方。

　　古希腊人对宙斯的崇拜构成古希腊宗教信仰最重要的特色之一,因此宙斯的雕像必然数量众多,宏伟壮丽。他通常被描绘为一位高贵的男性,气宇轩昂。他的面部表情既透出一位宇宙全能统治者的威严,又表现出人类之父和朋友那般优雅、庄重与慈祥。宙斯浓密的胡须飘然而下,厚厚的头发成绺地从他高高的、充满智慧的前额一直披到了肩膀。他的鼻子很大,鼻形很美;嘴唇微微张开,给人一种值得信赖的亲切感。他的身边总有一只鹰陪伴着他,要么待在他的权杖上,要么蹲在他的脚下。通常他举起的手上持有一束霹雳,随时准备发射出去;另一只手握着闪电。他的头上常常戴着橡树叶的花环。

最有名的宙斯雕像出自雅典的雕塑家菲迪亚斯之手,雕像有四十英尺高,矗立在奥林匹亚宙斯神庙里。它由象牙和黄金雕塑而成,是艺术瑰宝,被列为世界七大奇迹之一。宙斯是神的代表,他坐在王座上,右手举着一个真人大小的尼姬(胜利女神)神像,左手持一根权杖,权杖上部停着一只鹰。传说,这位伟大的雕塑家倾其所有才华构建这座宏伟雕像的理念,乞求宙斯对他付出的劳动给予肯定的回应。他的祈祷得到了回应,一道闪电从敞开的庙顶直入而下,菲迪亚斯认为这道闪电表明宙斯对他的作品十分满意。

宙斯受到崇拜最早是在伊庇鲁斯的多多那。在托玛如斯山脚,树木茂盛的詹尼那湖畔,建有希腊最古老、最著名的宙斯神示所。在这里,高大橡树的叶子发出沙沙声,从中可以听到永恒、隐形的神的声音,向世人宣示上天的旨意和人类的命运;这些神谕由宙斯的祭司们负责向人类进行阐释,他们被称为塞利。最近,有关人员在此地的考古发现了宙斯古庙的遗迹,在众多有趣的遗迹中有一些铅盘,上面刻有一些问话,显然是有人提出这些询问以求神谕。这些小小的铅盘以一种有趣和家常的方式仿佛在向我们诉说着如烟往事:一个人询问应该向哪个

宙斯

神乞求健康和财富;另一人就孩子的问题向神咨询;还有一人,显然是个牧羊人,他许诺要向神献上厚礼,如果他的羊交易成功的话。如果这些小小的、具有纪念意义的铅盘当时不是用铅,而是用金子制作而成,那么它们肯定会和这座神庙以及其他神庙中无数珍品一样,在希腊落入野蛮民族时进行的大掠夺中流失。

尽管多多那的宙斯神庙最为古老,但是全国最伟大的宙斯朝圣地却位于伊利斯的奥林匹亚。在那里,建有一座规模宏大的宙斯神庙,上文提到菲

迪亚斯所建的著名宏伟雕像就立在那里。成群虔诚的信徒从希腊各地涌向这座闻名世界的神殿,不仅是为了表达他们对主神宙斯的敬意,也是为了参加四年一度在那里举行的运动会。奥林匹克运动会是一项全民族体育盛会,甚至有些已经离开故国的古希腊人也会在这时尽可能返回希腊,参与不同的体育赛事,与自己的同胞一较高低。

我们只需思考一下便可看出,古希腊包含很多小的城邦,城邦之间彼此存在分歧,所以这种全国性的集会在友谊的契约下对古希腊人的团结具有重要的意义。值此盛会,举国同庆,人们暂时抛弃前嫌,团结在一起,沉浸在他们共同节日的欢乐之中。

毫无疑问,前边已经说过,人们在描绘宙斯时,画面里总有一只鹰陪伴在他的身旁。这只鹰是他的圣物,或许因为这只鹰是唯一能够凝视太阳而不会目眩的动物,人们从而认为它能够坚定地注视神的光辉。橡树和山峰也是宙斯的圣物,献给宙斯的祭品包括白色公牛、母牛以及山羊。

宙斯有七位神妻,分别是墨提斯、忒弥斯、欧律诺墨、德墨忒尔、谟涅摩叙涅、勒托以及赫拉。

墨提斯是宙斯的首位妻子,是海洋女神或海仙女之一。她是谨慎与智慧的化身,一个有力的证据就是她成功地让克洛诺斯服下毒药吐出了他的孩子。她拥有预言的能力,曾向宙斯预言:他的一个儿子会向他夺权。为了避免预言成真,宙斯在墨提斯生孩子之前就把她吞了。之后,宙斯的头剧烈疼痛,他叫来赫菲斯托斯,让他用斧子将自己的头劈开。赫菲斯托斯遵命,随着一声武士般的吼声,从宙斯的头里跳出一位美女,从头到脚都穿着铠甲。她就是雅典娜,武力抵抗与智慧女神。

忒弥斯是主宰正义、法律和秩序的女神。

欧律诺墨是海洋女神之一,也是美惠三女神的母亲。

德墨忒尔,克洛诺斯和瑞亚之女,是农业女神。

谟涅摩叙涅,乌拉诺斯和盖亚之女,是记忆女神,也是九位缪斯之母。

勒托是科俄斯和福柏的女儿。她长相姣好,深得宙斯宠爱。但是她命途多舛，因为赫拉非常嫉妒她，总是残忍地迫害她，无论她到哪里，赫拉都要派可怕的巨蟒皮同去恐吓与折磨她。宙斯看着勒托疲倦漂泊，遭受痛苦恐惧折磨，心生怜惜，决心为她建一处避难之所，无论有多简陋，在那里，她也许能够有安全感，免受巨蟒的恶毒攻击。于是，他把她带到爱琴海上一个叫德洛斯的浮岛上，宙斯用坚固的铁链将浮岛与海底相连，把浮岛固定下来。在德洛斯岛，勒托生下了众神中最英俊的双胞胎——阿波罗和阿耳忒弥斯。根据勒托故事的某些版本，宙斯将勒托变成了一只鹌鹑以逃避赫拉的戒心，传说她到达德洛斯岛后便恢复了原形。

赫拉是宙斯的正室，是天国王后，本书有专门的章节详细对她进行描述。

通过宙斯与他绝大多数神妻的结合，我们从中可以看出一些寓意。据传，墨提斯具有超越诸神与凡人的知识，宙斯与墨提斯的结合代表着智慧与最高权力的结合。他与忒弥斯的结合代表着神的威严与正义、法律和秩序之间的联系。欧律诺墨作为美惠三女神之母，宙斯与她的结合传递着优雅与美貌的和谐影响力；而宙斯与谟涅摩叙涅的婚姻代表了记忆与天赋的结合。

除了七位神妻之外，宙斯还采取各种伪装手段与许多凡间女子相会，并且成亲。因为人们认为，如果宙斯以天王的真身露面，那么他闪耀的光辉会立即毁灭凡人。宙斯的凡人妻子一直是诗人、画家和雕塑家们热衷的主题。因此，有必要花点笔墨叙述一下她们各自的故事。最著名的有安提俄珀、勒达、欧罗巴、凯里斯特、阿尔克墨涅、赛墨勒、伊娥及达娜厄。

安提俄珀是底比斯国王尼克特乌斯的女儿，宙斯化作半人半兽的森林之神与她相会。尼克特乌斯非常愤怒。为了躲避父亲，安提俄珀逃到了西锡安，那里的国王厄波剖斯因其美貌欣喜若狂，未经她父亲同意便娶她为妻。尼克特乌斯因此暴跳如雷，随即向厄波剖斯宣战，让他归还安提俄珀。但是心愿还未实现尼克特乌斯便去世了。去世之前他把王位传给了他的弟弟利克斯，并命令他继续战斗，为他报仇。利克斯入侵西锡安，击败并杀死了厄波剖斯,将安提俄珀作为俘虏带回底比斯。在回底比斯的路上,安提俄珀生下了双胞胎儿子安菲翁和泽托斯。根据利克斯的命令,这两个孩子一出生便被遗弃在喀泰戎山上,险些送命,幸亏一位好心的牧羊人怜悯孩子,才保住了他们的生命。许多年来,安提俄珀一直被她叔叔囚禁,还被迫忍受她婶婶狄尔克的残酷折磨。但是有一天,她身上的枷锁神奇般地松开。她的儿子在喀泰戎山有一处简陋的房子,于是她逃到那里避难并寻求保护。在安提俄珀被囚禁期间,她的孩子已经长大成人,身强力壮。他们听说了母亲的不幸遭遇后,非常愤怒,马上要为母亲报仇。他们立即动身前往底比斯,随后成功占领了底比斯,在杀死残忍的利克斯后,他们把狄尔克的头发缠在一头狂野的公牛角上,野牛拖着她四处狂奔,将她活活拖死。她那撕裂的尸体被丢进底比斯附近的泉水里;直到现在,那口泉仍以她的名字命名。安菲翁取代了安提俄珀的叔叔利克斯,成了底比斯王。他是缪斯女神的朋友,酷爱音乐和诗歌。他的兄弟,泽托斯,以箭术闻名,痴迷于打猎。据说,当安菲翁希望建造城墙和塔楼将底比斯城围起来时,他只需要用赫耳墨斯送给他的七弦琴弹奏一曲美妙的音乐,巨大的石块就会移动起来,自动垒成城墙。

在那不勒斯博物馆中珍藏着世界闻名的大理石群雕,名为《法尔内塞公牛》,群雕的主题就取自安菲翁和泽托斯对狄尔克的惩罚。

安菲翁的雕像总是把他表现为手持一把七弦琴;而泽托斯则手持一根棍棒。

勒达是埃托利亚国王西斯提亚的女儿,宙斯化作一只天鹅赢得了她的爱情。她的双胞胎儿子卡斯托耳和波吕克斯,因彼此感情深厚而闻名。他们各自身怀绝技,人人皆知。卡斯托耳是当时驾驶战车技术最娴熟的人,而波吕克斯是拳击冠军。他们的名字不仅会出现在卡吕冬狩猎野猪的猎手名单中,也会列入阿尔戈远征英雄的名册中。兄弟二人爱上了美塞尼亚王子留奇波斯的两个女儿,但是他们的父亲已经把她们许配给了阿法柔斯的两个儿子伊达斯和林叩斯。这对双胞胎兄弟说服了留奇波斯,让他毁了约,娶

第一部分　神话

走了他的两个女儿。伊达斯和林叩斯对此勃然大怒,向双胞胎兄弟发起挑战,进行生死决斗。结果,卡斯托耳被伊达斯杀死,林叩斯则死于波吕克斯手中。宙斯赐予波吕克斯永恒的生命,但是他拒绝接受,除非他能与卡斯托耳分享这份圣礼。宙斯同意了他的请求,俩兄弟获得永生,但是只能每天轮流活着。俩兄弟在整个希腊像神一样受到人们尊敬,在斯巴达更是备受尊崇。

欧罗巴是腓尼基国王阿革诺耳美丽的女儿。有一天她和伙伴们在海边草地上采摘鲜花时,宙斯被其美貌所迷,想要博取她的芳心,便把自己化作一头美丽的白牛,一路轻轻地小跑来到她面前。欧罗巴被白牛的温柔与美丽所吸引,当白牛安静地躺在草地上时,欧罗巴抚摸着它,为它带上花环,最后顽皮地骑在了牛的身上。她刚一骑上牛背,伪装成白牛的神一跃而起,载着他的心上人一路奔跑,游过大海,来到了克里特岛。

欧罗巴是米诺斯、埃阿科斯和拉达曼迪斯的母亲。米诺斯是克里特岛的国王,因其公平正直、性格温和而闻名。死后,他同他的弟兄们一起,成为冥界的判官。

凯里斯特是阿卡迪亚国王吕卡翁的女儿。她跟随阿耳忒弥斯狩猎,一心沉迷于打猎。她曾发誓永不结婚,但是宙斯化作猎手女神赢得了她的喜爱。赫拉非常嫉妒她,将她变成一头熊,让阿耳忒弥斯在打猎时追猎她(阿耳忒弥斯没能认出她的随从),从而将她杀死。凯里斯特被杀后,宙斯把她变成一个星座放入群星之中,并命名为大小熊星座,又叫熊星座。

阿尔克墨涅是迈锡尼国王厄勒克特律翁的女儿,她与他的表兄安菲特律翁订了婚。但是,有一次安菲特律翁外出执行一项危险任务,宙斯伪装成他的样子,赢得了她的好感。赫拉克勒斯是阿尔克墨涅与宙斯的儿子。

赛墨勒是一位美丽的公主,她是腓尼基国王卡德摩斯的女儿,深得宙斯的喜爱。但是她与凯里斯特命运相似,都很不幸。赫拉嫉妒心强,极度憎恨赛墨勒,因此这位傲慢的天后决定杀掉她。她把自己假扮成赛墨勒年岁已高的奶妈贝洛依,巧妙地劝说赛墨勒让宙斯以真身与她相会,见面时,宙斯

23

要充分展现他的力量和荣耀。赫拉非常清楚,这样,塞墨勒会立刻死亡。塞墨勒没有怀疑其中的阴谋,听从了"奶妈"的意见;等到下次宙斯又来到她面前,赛墨勒恳请他答应她要提出的请求。宙斯以斯堤克斯的名义起誓(这对众神而言不可反悔),他会答应她的任何请求。因此,赛墨勒在宙斯答应她的请求后,恳请宙斯在她面前现出真身。由于他已发誓无论她要什么,他都会答应,宙斯没有办法只好现出宇宙之神的身份,霎时电闪雷鸣,赛墨勒立即在火海中丧生。

伊娥是亚哥斯国王伊那科斯的女儿,也是赫拉的祭司。她长相娇美,宙斯对她情深意重。为了逃避赫拉的嫉妒,宙斯把她变成一头白牛。但是赫拉没有上当受骗,她发现了这个花招,设法从宙斯那里得到了那头牛,交给了一个名叫阿格斯的人仔细看管,阿格斯将伊娥拴在赫拉的小树林中的橡树上。阿格斯是百眼巨人,睡觉时,每次最多只闭上两只眼睛;由于他警惕性始终很高,所以赫拉觉得他是看管伊娥的不二人选。然而,在宙斯的命令下,赫耳墨斯用神奇的琴声使他闭上了所有的眼睛,并趁机将他杀死。传说为了纪念阿格斯的功劳,赫拉将他的眼睛镶嵌在孔雀的尾巴上,以示谢意。赫拉诡计多端,她派了一只牛虻不停地骚扰和折磨变成白牛的伊娥,伊娥在人间四处流浪,希望能够摆脱她的折磨。最终,伊娥抵达古埃及,在这里她躲过了赫拉的迫害,终得安宁和自由。她在尼罗河岸恢复了原形,并生了个儿子,取名厄帕福斯,他后来成为古埃及国王并建造了著名的孟菲斯城。

达娜厄——宙斯化作黄金雨与其相会(关于她的故事,在珀尔修斯的传说中会有进一步叙述)。

古希腊人认为,统治宇宙之神宙斯有时也会变作凡人,来到人间体察人间言行,目的一般是惩恶扬善。

有一次,宙斯在赫耳墨斯的陪同下经过佛里吉亚,四处寻找食物和落脚的地方。但是他们没在任何地方受到友善的欢迎,直到他们来到一个简陋的小屋,里边住着腓利门和博西斯老夫妻俩。他们盛情招待了他们,虽饭菜有些寒酸,但是他们有的都拿了出来。在吃饭时,老夫妻俩发现他们的酒碗会神奇般地自动斟满,于是老夫妻俩确信两位客人是神。神告诉他们,由于这里的人很邪恶,因此他们的故乡注定要被摧毁。于是让老人与他们一起爬上附近的小山,从这座山上可以俯瞰他们所住的村庄。老夫妻俩惊愕地发现,原来他们幸福生活多年的地方,现在是一片沼泽,唯一能看见的房屋就是他们自己的小屋,而且小屋在他们面前突然变成了一座庙。宙斯让这对值得尊敬的老人许上他们特别希望实现的愿望,而且他们的许愿一定会成为现实。于是,两位老人请求在庙里供奉神明,一起到死。宙斯满足了他们的愿望。两位老人在庙中供奉神明,度过了余生,一同死去;死后宙斯把他们变成了树木,彼此永不分离。

还有一次,有报告说人类穷凶极恶,为了确认报告内容的真实性,宙斯来到阿卡迪亚。阿卡迪亚人认出了宙斯是天神,热情接待了他,并且给予他应有的尊崇;但是他们的国王吕卡翁,没有虔诚之心,臭名昭著。他和他的儿子们怀疑宙斯神的身份,嘲笑他的臣民轻易被愚弄,并且打算像往常杀死所有轻信他慷慨大方的陌生人一样杀死宙斯。在执行这个邪恶计划之前,吕卡翁决定先试探一下宙斯,于是故意杀死一名男孩,并且把盛有人肉的盘子放到他的面前。宙斯没有受骗,他看到盘子后,非常厌恶,恶心要吐。宙斯愤怒地掀翻了放有人肉的桌子,把吕卡翁变成一匹狼,并用闪电劈死了他的四十九个儿子,只有尼克提缪斯在盖亚的干预下幸免于难。

朱庇特

人们经常把古罗马的朱庇特(Jupiter)与古希腊的宙斯搞混。朱庇特也是奥林匹斯众神之首,掌管生命、光明和天气现象。朱庇特在广义上泛指生命之神,对生死拥有绝对权力。在这一点上,他与宙斯不同,宙斯在一定程度上会受制于强大的命运女神摩伊赖。正如我们所见,宙斯经常在各种伪装之下屈尊走访人间,而朱庇特总是保持着崇高的天神形象,从不出现在人间。

最有名的朱庇特神庙位于古罗马城的卡匹托尔山上,在神庙里他以"至善至高朱庇特""卡庇托林努斯"和"塔尔培乌斯"为人们所尊崇。

古罗马人常把朱庇特表现为坐在象牙王座上,右手握着一束霹雳,左手持着一根权杖,王座旁边站着一只雄鹰。

赫拉(朱诺)

赫拉(Hera)是克洛诺斯和瑞亚的长女,出生在萨摩斯岛。根据某些传说,她出生在阿尔戈斯城,由海神俄刻阿诺斯和忒堤斯抚养成人。他们是一对模范夫妻,彼此忠贞不渝。赫拉是宙斯的主妻,作为天界王后,与宙斯一样受到人们敬重;但是她的管辖范围只能延伸至大气层(低空区域)。赫拉是女性美德的化身,是贞洁和已婚妇女的守护神。作为妻子她对丈夫忠贞不渝,无可挑剔,是圣洁婚姻的代表,对违反婚姻义务的行为深恶痛绝。由于她经常被派去惩罚有违婚姻道德的神和人,逐渐变得有嫉妒心、苛刻,有复仇心理。她是天后,地位高,加之美貌非凡,这使她变得非常自负。因此,她十分憎恶那些冒犯她作为天界王后权威的言行,以及任何对她个人形象的公然轻蔑。

以下故事清楚地描写了她是如何随时报复怠慢她的人。

海神忒提斯与凡人珀琉斯结婚时,除纷争女神厄里斯外,所有的神都出席了婚礼。厄里斯未接到邀请,非常愤怒,决定在婚礼现场制造纠纷。为达到这一目的,她向在场的来宾抛去一个金苹果,上面刻着"献给最美的人"。所有女神都美貌出众,每个人都提出要这个苹果;但是最后,大部分女神都放弃了,只剩下三位:赫拉、雅典娜和阿芙洛狄忒。她们同意由帕里斯来决定,因为帕里斯在其他几次裁决中表现得聪慧过人,人人皆知。帕里斯是特洛伊国王普里阿摩的儿子,但是他并不知道自己出身高贵,此时正在佛里吉亚的爱达山上放羊。神的使者赫耳墨斯将三位美丽的女神带到了年轻的牧羊人面前,女神们屏住呼吸,焦急地等待着他的判断。每位女神都主动许诺他诱人的礼物,努力得到他的偏爱。赫拉许诺给他幅员广阔的领地;雅典娜许诺给他军事名誉和荣耀;而阿芙洛狄忒许诺给他一位最可爱的女人。不知道他是真的认为阿芙洛狄忒是三人中最美丽的仙女,还是认为在名誉、权力和美女之间他更想娶一个漂亮妻子；我们所知道的一切就是最终他把金苹果给了阿芙洛狄忒，从此阿芙洛狄忒被公认为美丽之神。赫拉本来满心期待帕里斯会把金苹果送给她，因此她非常生气，永不原谅帕里斯。她不仅迫害他，连整个普里阿摩家族也难逃其毒手；在特洛伊战争中，该家族蒙受的可怕的灾难和不幸，都源于她的影响。事实上，她满腹仇恨，导致她和宙斯之间经常产生分歧，而宙斯支持特洛伊。

赫拉与宙斯经常争吵，在许多故事中，有一个故事与宙斯的最宠的儿子赫拉克勒斯有关：赫拉在海中掀起一场风暴，想让赫拉克勒斯偏离航向。宙斯知道后非常生气，他用一条金链将赫拉吊在云中，并在她的脚上吊上沉重的铁砧。赫拉处于这一境地，非常丢人，她的儿子赫菲斯托斯试图解救母亲，却被宙斯扔出天界，落地时摔断了腿。

宙斯的行为深深触怒了赫拉，因此，她决定永远与他分开。于是，她离开宙斯住到了埃维亚岛。宙斯始料未及，感到既惊讶又悲伤，他决心采取一切手段让她回来。帕拉塔厄国王西塞隆以睿智著名，情急之下，他向国王求助。西塞隆建议他变一个新娘，穿上新娘礼服，把它放在战车里，然后告诉赫拉，这是他将要迎娶的妻子帕拉塔厄。这一妙计成功了。赫拉听闻有了与她竞争的对手，火冒三丈，怒气冲冲地跑过来，一把抓住所谓的新娘，疯狂地打她，并撕下了她的结婚礼服。当她发现是场骗局后，非常高兴，与宙斯和好如初。她把这个假新娘扔到了火里，在欢笑声中坐到了战车上，与宙斯一起回到了奥林匹斯。

赫拉是阿瑞斯、赫菲斯托斯、赫柏以及埃勒提亚的母亲。阿瑞斯是战争之神，赫菲斯托斯是火神，赫柏是青春之神，埃勒提亚掌管着凡人的诞生。

赫拉深爱古希腊，她时时刻刻心系古希腊，保护古希腊人的利益。她最爱的城市是阿尔戈斯、萨默斯、斯巴达及迈锡尼。

她的主庙位于阿尔戈斯和萨墨斯。很久以前，赫拉在奥林匹亚深受人们崇拜，其奥林匹亚庙宇坐落阿尔提斯圣林或神圣的树林中，比同一地点的宙斯圣殿要早上500年。在那里进行的一些有趣的考古挖掘出了这座古老建筑的遗迹,除了其他出土的古代珍品之外,其中还有一些美丽的雕像,出自古希腊著名雕塑家之手。最初,这座赫拉神庙是用木头建的,后来换成石头,最近新发现的是用贝壳砾岩建成。

在阿尔提斯圣林,少女们举行赛跑纪念赫拉,跑得最快的选手会获得橡树花环及一块祭肉。这种赛跑像奥林匹克运动会一样,每四年举行一次,称为赫莱。从厄利斯十六个城市选出十六位女性,共同编织一件美丽的长袍,在这会上献给赫拉。仪式上还进行大合唱和神圣的舞蹈表演。

赫拉

赫拉的形象通常表现为坐在王座上,一手拿着石榴,一手握着权杖,权杖上面有一只杜鹃。她安静高雅、尊贵美丽,穿着束腰长袍,头戴斗篷。她的额头很宽,聪慧过人;双眼很大,圆圆地睁开;胳膊白而有光,非常有型。

这位女神最精美的雕像位于阿尔戈斯,出自波力克莱塔之手。

她的标志是王冠、面纱、权杖和孔雀。

每月的第一天,都有一只牝羊和一头母猪作为祭品献给赫拉。鹰、鹅,特别是孔雀,是她的圣物。这些漂亮的鸟围在她的王座旁,拉着她的战车,彩虹女神伊里斯坐在她的后面。

她最喜爱的花是薄荷花、罂粟花及百合花。

朱诺

朱诺(Juno)是古罗马神祇,被等同于古希腊的赫拉。但她与赫拉有着显著的区别。赫拉看上去总是一个傲慢自大、严厉冷漠的天庭之后形象,而朱诺像家庭主妇。朱诺在古罗马以各种名号受人崇拜,这些名号大多与她作为已婚妇女的保护神有关。人们认为朱诺关注、掌管着每个女人从生到死的整个生命历程。

朱诺的主神庙位于古罗马,一座建在阿文丁山上,另一座位于卡匹托尔山。在阿尔克斯峰上也建有一座朱诺庙,在那里,她以朱诺·墨涅塔的名号,即警告之神,受人们敬奉。此神庙的旁边就是国家铸币厂。每年3月1日,为了纪念她,罗马已婚妇女举行隆重的典礼,称为"麦特罗纳利亚节"。

帕拉斯·雅典娜(密涅瓦)

帕拉斯·雅典娜(Pallas-Athene)是智慧与武力抵抗之神,也是古希腊的专属神。前边提过,传说她从宙斯的头中诞生,从头到脚都披着铠甲。荷马在他的一首赞美诗中动人地描述了女神出生时的奇迹:白雪皑皑的奥林匹斯山山体剧烈震颤;大地欢乐,回应着她威武的呐喊;大海波涛汹涌,越发焦躁;太阳神赫利俄斯停下他火一般的战马,迎接从宙斯头中奇迹般诞生的雅典娜。雅典娜立即被接纳成为众神之一,成为她父亲最忠诚、睿智的助手。英勇无畏的女神,具有"人神之父"的一切崇高素质,她言行忠贞,心地善良,没有作出任何有损宙斯崇高形象的行为。她直接从宙斯头中诞生,既是宙斯的宠儿,又像另一个更优秀更纯洁的宙斯,因此她从宙斯那里得到了一些重要的特权。她掌管雷电,有权延长人的寿命,并拥有先知的能力;实际上,雅典娜是唯一一位与宙斯具有相同权威的女神。当宙斯不再亲自走访人间时,便授权雅典娜,替他出访。她的特殊职责就是,在必要时保护国家和人类和平。她主张维护法律和秩序,无论何种情况都保护正义。因此在特洛伊战争中,她支持古希腊人并全力帮助他们。据说,雅典娜成立了阿瑞俄帕戈斯法庭,负责处理宗教诉讼和凶杀案件,当双方碰巧拥有相同的票数时,雅典娜会投票支持被告。雅典娜也是知识、科学和艺术的守护神,特别是当这些领域直接造福于国家时,她更是如此。她负责所有与农业有关的发明,发明了犁并教会了人类用牛耕田。她还教会人们使用数字、喇叭、战车等等;她还帮助古希腊英雄建造了远征船阿尔戈号,从而促进了造福人类的航海技术的发展。她还教会了古希腊人如何建造导致特洛伊城沦陷的木马。

雅典娜保护着城市的安全,因此她的庙宇一般都建在城市的城堡之上。人们认为她保护着城墙、要塞和港口等。雅典娜通过保卫国家免受敌人入侵,发展国家的主要物质资源,使国家繁荣昌盛,忠实地捍卫了国家的最高利益,因此名正言顺地被举为国之主神。作为政治女神这一基本身份,她被称为雅典娜·波利亚斯。

雅典娜出生时身披铠甲这一事实仅仅意味着她的美德和纯洁不容挑战,但却引起误解,认为她是战争女神。然而,如果对她的性格进行更深入、全面的研究就会发现,她与弟弟阿瑞斯不同。阿瑞斯是战争之神,因为喜欢战争而发动战争,但是她拿起武器是为了保护无辜和反抗暴君压迫的人。在《伊利亚特》中,我们经常看到雅典娜在战场上英勇作战,保护着她喜爱的英雄,这是事实;但是这一切都是在执行宙斯的命令,而且宙斯还为她提供武器,因为她自己并没有武器。最能表现这位女神的显著特征的就是神盾,它是宙斯送给她防身的工具。遇到危险时,雅典娜迅速转动神盾,把敌人挡在远处。她的名字帕拉斯由此而来,源自"pallo",有"我旋转"之意。神盾的中央是令人敬畏的美杜莎的头像,能把看到她的人变成石头;神盾上有龙的鳞片,周边雕刻有蛇,有时候雅典娜将神盾作为护胸甲穿在身上。

除了承担与国家相关的许多职责外,雅典娜还主管与女性劳作有关的两项主要技艺:纺织和编织。她编织能力非凡,品味高雅。她亲手为自己和赫拉织长袍,而且赫拉长袍上的花纹更为华丽;在伊阿宋动身去取金羊毛时,她还送给了他一件自己亲手做的隐身衣。有一次,一位名叫阿拉克涅的凡人女性向她发起挑战,比赛织艺。雅典娜曾教过她编织技巧,于是接受挑战,结果却完全输给了她的学生。对于此次失利,雅典娜非常生气,她用手中的梭子击中了这位不幸女子的额头;而阿拉克涅生性非常敏感,由于自尊心受到严重伤害,她在绝望中自缢身亡。她死后,雅典娜将她变成了一只蜘蛛。据说这位女神发明了笛子,且吹奏天赋极佳。直到有一天,众神嘲笑雅典娜在吹笛子时面部表情扭曲,她急忙跑到一汪泉水前看看自己在吹奏时面部表情是否真的那么可笑。当她发现事实确是如此时,失望至极,她扔掉了笛子，永不再吹。

雅典娜的形象通常为身着长裙，鹅蛋脸，一头浓密的头发从鬓角处向后披下，自然优雅；神情严肃，好似充满了真诚与睿智；在仪表上，她肩宽臀窄，看上去有点男性化，像力量、庄重和威严的化身。

当被表现为战神时，她身披铠甲，头戴战盔，盔上有根大大的羽毛，形如波浪；她臂挽神盾，手持金矛，金矛可以让她赋予意中人青春与威严。

雅典娜在古希腊广受尊崇。由于她是雅典的守护神，因此深受雅典人民敬仰。最有名的雅典娜神庙为帕特农神殿，位于雅典卫城，里面立有由菲迪亚斯塑造的举世闻名的雅典娜雕像，仅次于这位伟大的艺术家制作的宙斯雕像。这座宏伟的雅典娜雕像高39英尺，由象牙和黄金制成，它雄伟壮丽，使神殿极具吸引力。雕像塑造的雅典娜直立着身体，带着矛和盾；手中持有尼刻像，脚下有一条蛇。

雅典娜

橄榄树是雅典娜的圣树，是在雅典娜与波塞冬的一次竞赛中产生而出。她制造的那棵橄榄树保留在雅典卫城的厄瑞克透斯庙中，据说这棵橄榄树生命力极强，波斯人攻城后将其烧死，但是它立刻又长出了新枝。

泛雅典娜节是纪念雅典娜的主要节日。

猫头鹰、公鸡和蛇是雅典娜的圣物；而献给她的祭品有公羊、公牛和母牛。

密涅瓦

古罗马的密涅瓦（Minerva）与帕拉斯·雅典娜相同。她与雅典娜一样，主管知识和所有实用的技能，也是女性技艺的守护神，如缝纫、纺织和编织等。学校受到她特别的保护,因此在纪念她的节日(智慧女神节)期间学生会放假;节日中学生们总会送给老师一份礼物,称为"密涅瓦之礼"。

值得一提的是,古罗马朱庇特神庙只供奉三个神,即朱庇特、朱诺和密涅瓦;为了共同纪念三神,人们会举行大型运动会。

忒弥斯

忒弥斯(Themis)是宙斯之妻、克洛诺斯和瑞亚之女,是正义、法律和秩序的化身,掌管着众生的幸福和道德规范。她负责主持凡人集会和待客之道,同时也身负召集众神之重任,她也是仪式和典礼女神。由于她聪慧过人,宙斯经常亲自向她咨询请教。忒弥斯是预言之神,她的神示所位于波奥提亚的赛菲索斯河附近。

忒弥斯通常被表现为一位成熟妇女的形象,面容白皙,身披长袍,飘逸而下,遮住了她高贵的身体;她右手握着正义之剑,左手拿着天平,象征着公正;对待一切事物,她都会审慎掂量,公正行事,她的眼睛缠上绷带,从而在裁决时不受外界影响。

有时,忒弥斯被等同于堤刻,有时又被等同于阿南刻。

忒弥斯与古希腊其他诸神一样,取代了一个更为古老的同名之神,该神是乌拉诺斯和盖亚之女。这位年长的忒弥斯从她母亲那里继承了预言的天赋,当她与年轻的忒弥斯融为一体时,她把这种预言能力转移给了她。

赫斯提亚(维斯塔)

赫斯提亚(Hestia)是克洛诺斯和瑞亚之女。她是灶神,最先满足人类用火的需求,主要掌管家庭炉灶,也是人类的保护神;她纯洁善良,保护着家庭生活的圣洁。

在古代,炉灶是家中最重要最神圣的东西,可能是因为火一旦熄灭就很难重新引燃,因此保护火种至关重要。事实上,炉灶在家中十分神圣,是家中的圣地,因此总是建在屋子的中间。炉灶有几英尺高,用石头砌成;火在顶部燃烧,兼具做饭和家庭献祭的双重功能。家庭成员围在炉灶或祭坛四周,家主离炉灶最近,那是尊贵之地。人们在这里祈祷、献祭。这里也是家人们培养仁慈和博爱之地,这种慈爱之情甚至可以延续到猎物和犯罪的陌生人身上。一旦犯罪者能触摸到圣坛,就不再被追捕或惩罚,从此会受到家庭的保护。任何在家庭灶台神圣区域犯罪的人一律会被处死。

古希腊城市都设有一个公共大厅,称为公共会堂,政府官员在这里免费享用由国家提供的饭食。这里也有个赫斯提亚,又称为公共炉灶,灶上有火,用于做饭。移居外地的人通常会从此圣火处取得火种,小心翼翼地保护好,然后把火种带到新家,这些火种便成了古希腊年轻人新的聚居地与祖国的纽带。赫斯提亚的代表形象通常是站立着的,与她尊贵和圣洁的品格相符,全身着装。她的面部表情平和而庄重,与众不同。

维斯塔

维斯塔(Vesta)在早期古罗马诸神中的地位十分显赫。维斯塔庙紧挨着努玛·庞皮留斯宫殿,庙里放着国家的炉底石。

在她的祭坛上燃烧着永不熄灭的圣火,由名为维斯塔贞女的女祭司照看着。维斯塔庙呈圆形,里面存有特洛伊的守护神雅典娜神像,是神圣而宝贵的珍品。

纪念维斯塔的盛大节日称为维斯塔节,在每年6月9日举行。

德墨忒尔(刻瑞斯)

德墨忒尔(Demeter,大地女神)是克洛诺斯和瑞亚的女儿,代表盖亚(整个大地)的一部分,称为地壳,也是所有植物的生长地。德墨忒尔是农业、谷物、富裕和丰收女神,负责维持人们的物质生活,其地位至关重要。当古老的盖亚与乌拉诺斯一起失去统治神的地位时,她将自己的统治权移交给自己的女儿瑞亚;瑞亚继承了母亲先前的权力,获得了人类的尊崇。有一首古诗描写了盖亚隐退到地球深处的一个洞穴里。在洞中,她坐在女儿的两腿之间,一边呻吟,一边不停地点头打着瞌睡。

我们有必要明确盖亚、瑞亚和德墨忒尔三位大地女神之间的区别。盖亚代表了整个地球以及地下的力量;瑞亚代表了促使植物生长的力量,因此她维持了人和动物的生命;德墨忒尔主管农业,她管理并应用瑞亚的生产力。但是后来,瑞亚和其他古老的神一样失去了统治地位,不再重要,德墨忒尔便承担起她所有的职责,具有她所有的属性,成为孕育和维系生命的大地女神。我们必须牢记,原始时代的人类并不知道播种与耕地的方法。那时,周围的牧场资源耗竭后,他们就会被迫寻找新的牧场。因此,他们只能从一个地方游牧到另一个地方,居无定所,也不可能受到文明的影响。但是,德墨忒尔教授人类农业知识,终结了他们再无必要的游牧生活。

人们认为,当德墨忒尔高兴时,人类就粮食丰收,果实累累;而她不高兴就会给人类带来灾害、干旱和饥荒。西西里岛受她的特别保护,因此,在那里她备受尊崇,西西里人自然把他们的大丰收归功于德墨忒尔的关爱。

德墨忒尔的形象通常被表现为一位高贵的女性,仪表端庄,身材高挑,既慈祥又威严。她有一头美丽的金黄色卷发,像波浪一样披在宽实的肩膀上,金黄的发绺象征着成熟的玉米穗。有时她坐在翼龙拉的战车上,有时她又是站着的,整个雕像按照真人身高雕塑而成;一只手拿着一束麦穗,另一只手握着一把点燃的火炬。麦穗经常被一束罂粟花所代替,她的头上也会随之戴着一个罂粟花环,而有时她只是在头上简单地扎一条丝带。

德墨忒尔是宙斯的妻子,也是珀耳塞福涅的母亲。她非常爱自己的女儿,一生心血都倾注在她的身上。只有在女儿身边,德墨忒尔才会感到幸福。然而,有一天珀耳塞福涅在海仙女的陪伴下来到草地上摘花,她惊喜地发现了一株水仙,上边开着数百朵水仙花。水仙花香气四溢,她走了过去,仔细观察着这株诱人的水仙,然后弯下腰去采摘水仙,毫无戒备之心。突然,她的脚下裂开一道深渊,冥界冷酷的统治者哈得斯从地狱中出现,他正坐在四匹黑马拉的战车上,十分耀眼。珀耳塞福涅在哭泣,侍女们在尖叫,哈得斯不顾这些,一把抓住惊恐万分的珀耳塞福涅,将她带到了他所管辖的阴森肃穆的冥界。无所不见的太阳神赫利俄斯和古老而又神秘的天神赫卡

第一部分　神话

忒听到了她求助的哭声,但是他们却无能为力。德墨忒尔得知她女儿失踪后悲痛万分,拒绝任何安慰。她不知道该到哪里寻找女儿,但是又觉得不能无所作为,总得做点什么。因此她带上了两把用埃特纳山的火种点燃的火炬,开始不知疲倦地寻找女儿。她寻找了九天九夜,向路上遇到的每一个人询问她女儿的下落,但是毫无收获!无论是神还是凡人都不能给予她心灵所渴望的答复。最终,在第十天,她遇到了赫卡忒,赫卡忒告诉她曾听见珀耳塞福涅的哭声,但不知道是谁带走了她。在赫卡忒的建议下,德墨忒尔咨询了赫利俄斯,因为没有什么能逃过赫利俄斯的眼睛。德墨忒尔从他那里得知,哈得斯在宙斯的允许下抓走了珀耳塞福涅,并把她带到冥界娶她为妻。德墨忒尔对于宙斯允许哈得斯绑架她的女儿这件事非常愤怒,内心又极度悲伤。于是她放弃了奥林匹斯的住所,拒绝食用所有天食。她乔装成一名老妪下凡,开始了人间一段艰辛之旅。

一天傍晚,她来到了阿提卡一个名叫厄琉息斯的地方,坐在橄榄树荫下的一口井旁休息。厄琉息斯国王刻勒俄斯的女儿们提着铜制水桶到井边打水,她们看到德墨忒尔虚弱、沮丧的样子,友善地问她是谁、从哪里来。德墨忒尔回答说她被海盗抓住,从海盗手中逃出,接着又说如果能帮她找到一户合适人家为仆,她将感激不尽。听到此话,公主们请德墨忒尔稍等片刻,她们回家与母亲墨塔涅拉商议一番。她们很快带回了好消息,王后同意让德墨忒尔做她的幼子得摩福翁(又叫特里普托勒摩斯)的奶妈。当德墨忒尔来到王宫时,突然一道亮光将她照亮,墨塔涅拉见此情形,十分畏惧,因此对这位身份不明的陌生人无比尊敬,热情地招待她。但是德墨忒尔仍然沉浸在忧伤和沮丧之中,她拒绝接受款待,也不与别人接触。然而,女仆艾姆比通过跟她开玩笑,逗她开心,最终使这位伤心的母亲不再那么忧伤,时常情不自禁地笑笑,甚至也开始吃一些大麦粉、薄荷加水熬煮的稀饭。日子一天天地过去,在她的照料下,孩子茁壮成长,成长速度惊人。但是,她并不给孩子吃人间的食物,而是白天让他吃神肴,晚上秘密地把他放在火中,这样可以令他长生不朽。不幸的是,德墨忒尔的这种善意之举最终遭到了墨塔涅拉的阻挠。有天晚上,出于好奇墨塔涅拉看了这位神秘的女神照料她儿子的过程。当她发现儿子被放入火中时,她惊恐不已,大声尖叫起来。德墨忒尔受到意外打扰,一怒之下立刻将小孩从火中取出,把他丢在地上,同时现出真身。勾腰驼背老妪的形象消失了,随之现身一位女神,既阳光又美丽,一头金黄色卷发披肩而下,给人一种庄严与高贵之感。她告诉惊魂未定的墨塔涅拉,她是女神德墨忒尔,本想让她的儿子练就不朽之身,但是由于她好奇心太重,一切努力都已经化为乌有。然而,她补充说道,孩子一直在她怀抱中养育,应该永远得到人类的尊崇。她希望厄琉息斯人能为她在旁边的山上建一座庙宇和祭坛,并许诺她将亲自指导人们为纪念她而进行的神圣祭祀仪式。说完后,她就离开了,再也没有回来。

刻勒俄斯遵从德墨忒尔的命令,召集子民在女神指定的地方建了一座神庙。神庙很快建成,德墨忒尔住在庙中,但是由于女儿下落不明,仍然忧伤,整个世界也都感受到她的悲伤和沮丧。这一年对于人类来说是个灾年。德墨忒尔一直郁郁寡欢,无心恩泽大地。虽然农夫播种,耕牛哀嚎犁地,但都一无所获,大地一片贫瘠,十分荒凉。整个世界受到饥荒的威胁,众神也失去了往日他们应有的尊崇和祭品;宙斯很清楚该采取一些措施来安抚女神的怒气。他派了伊里斯和其他众神劝说德墨忒尔回到奥林匹斯,但都没有成功。德墨忒尔发誓,除非她的女儿重新回到她的身边,否则她不会让地里长出任何谷物。最终,宙斯派遣他忠实的使者赫耳墨斯去冥界,紧急请求哈得斯放回珀耳塞福涅,让她回到母亲的怀抱。赫耳墨斯到达哈得斯统治的冥界后,发现哈得斯坐在王位上,旁边是美丽的珀耳塞福涅,她正为自己命运不济而哀泣悲叹。哈得斯了解了赫耳墨斯的来意后,同意释放珀耳塞福涅,而珀耳塞福涅非常高兴,准备跟随众神信使重返生命与光明之家。在她离开之前,哈得斯给了她几粒石榴籽,珀耳塞福涅一时激动,想都没想就吞了下去。正如续篇所示,她的这一行为深深影响了她整个未来的生活。母女重逢,欣喜若狂,过去的一切在那刻都被抛之脑后。要不是哈得斯,慈母与女儿重逢的幸福感会更为完美。哈得斯声称,神只要在他的地盘品尝

第一部分　神话

过食物，都必将永远留在冥界。当然，这位冥界的统治者必须证明他的话不假。这对于他来说并不是一件难事，因为阿斯卡拉福斯、阿刻戎和俄珥菲涅之子都见证了这一事实。德墨忒尔发现自己的希望破灭，非常失望，宙斯心生怜悯，成功地与哈得斯达成一致，让他的兄弟哈得斯允许珀耳塞福涅一年中有六个月与天上众神生活，另外半年呆在冥界陪伴她那冷酷的丈夫。在美丽女儿珀耳塞福涅的陪伴下，德墨忒尔又回到了离开甚久的奥林匹斯住所；她的脸上露出了笑容，善解人意的大地也跟着开心起来，碧绿的庄稼立刻从地下长出，而曾经干枯的树木也变得苍翠欲滴，那些困在坚硬干瘪的泥土里的花朵也终得绽放，芳香扑鼻。这一引人入胜的故事也是众多经典作家笔下喜爱的话题。

其实，最早创作这个美丽神话的诗人很有可能只是把它作为一个寓言来描绘季节的变化；但是随着时间流逝，这个故事或者类似的诗意般的遐想具有了文学意义，因此古希腊人将它作为一种宗教信仰，但实际上它可能只是一个诗意的比喻。

在厄琉息斯为德墨忒尔所建的神庙中，著名的厄琉息斯秘仪由德墨忒尔亲自开创。如同所有的秘密团体一样，要确切找到这一神圣仪式的任何信息极其困难。最为可信的推测是，最初为祭司们所接纳、所青睐的信徒为数不多，他们向这些信徒传授的教条都是些不适合普通大众的宗教真理。例如，据说神秘仪式的传授者把德墨忒尔和珀耳塞福涅的传说阐释为一种象征性意义：每年寒冬时分，大地母亲都要遭受暂时性损失，寒风掠走了大地母亲的鲜花、果实和粮食。

后来，人们认为这个美丽的传说有了更深的寓意，即灵魂不朽。庄稼被视为灵魂的象征，似乎在黑暗的土地里暂时地死去只是为了有一天能够重获新生。灵魂在死后不会腐朽，它会重生，会变得更美、更纯洁。

当德墨忒尔传授厄琉息斯秘仪时，刻勒俄斯和他的家人是首批被传授的对象。刻勒俄斯被指定为大祭司，他的儿子特里普托勒摩斯和女儿们也都是祭司，协助他举行各种祭祀仪式。雅典人每五年举行一次厄琉息斯秘

37

仪;很长一段时间,这种神秘仪式是他们独享的特权。他们举行秘仪时用火炬照明,仪式非常庄重。

为了把农业带来的好处传到国外,德墨忒尔把由翼龙拉的战车送给了特里普托勒摩斯,同时给了他一些谷物种子,让他去世界各地,把发展农业和畜牧业的技能传授给全人类。

德墨忒尔对待冒犯她的人十分严厉,我们从斯特里厄和厄律西克同的故事中可以找到例证。斯特里厄是一个年轻人,他嘲笑德墨忒尔女神喝粥时太着急,那时德墨忒尔寻找女儿无果,精疲力竭,极度虚弱。于是,德墨忒尔决定不再让这位年轻人有冒犯她的机会。她愤怒地将剩下的粥洒到他的脸上,并把他变成了一只斑点蜥蜴。

特厄帕斯的儿子厄律西克同,因砍伐德墨忒尔的圣树林惹怒了德墨忒尔,受到了她的惩罚,永远处于饥饿状态。为了填饱肚子,厄律西克同卖掉了所有财产,最终被迫吃掉自己的四肢。他的女儿墨特拉非常爱他,她具有变成各种动物的能力。她用这种方法设法支撑着她的父亲,每次变成一种不同的动物,让她的父亲卖掉,而厄律西克同就一直这样艰难地过着可怜的生活。

刻瑞斯

古罗马的刻瑞斯(Ceres)实际上就是古希腊的德墨忒尔,只是名字不同,她们的特征、祭祀方式和节日都完全相同。

在西西里岛上定居的古希腊殖民者将崇拜这位女神的习俗引入了古罗马,因此古罗马人十分感激西西里人。

谷神祭日是为纪念刻瑞斯所设立的节日,从4月12日开始,持续数天。

阿芙洛狄忒(维纳斯)

阿芙洛狄忒(Aphrodite)是宙斯和海仙女狄俄涅之女,也是爱情与美貌之神。

海仙女狄俄涅在波涛之中生下阿芙洛狄忒;她是宙斯之女,而宙斯身居

第一部分 神话

天庭,因此阿芙洛狄忒从深海中浮出,被送到了白雪皑皑的奥林匹斯山顶,以呼吸到天庭众神独享、最为纯净的空气。

阿芙洛狄忒是爱神厄洛斯和埃涅阿斯的母亲。埃涅阿斯是位伟大的特洛伊英雄,也是定居意大利的古希腊殖民地统治者,他一手兴建了古罗马城。作为母亲,阿芙洛狄忒非常爱她的孩子,这份爱让我们为之动容。荷马在《伊里亚特》中描写了埃涅阿斯在战争中受伤时,阿芙洛狄忒不顾自身安危前去帮助,在试图挽救他的生命时也身受重伤。

阿芙洛狄忒深爱一个名叫阿多尼斯的年轻人,他的英俊人尽皆知。阿多尼斯年幼丧母,阿芙洛狄忒非常同情他,于是将他放在一个箱子中交给珀耳塞福涅照顾。珀耳塞福涅逐渐喜欢上这位俊美的男子,拒绝与他分开。宙斯在两位养母的请求下,决定让阿多尼斯每年与珀耳塞福涅生活四个月,与阿芙洛狄忒生活四个月,其余四个月由他自己决定。然而,阿多尼斯非常喜欢阿芙洛狄忒,因此由他自己决定的时间,他自愿与阿芙洛狄忒生活在一起。阿多尼斯在一次追猎中被野猪咬死,阿芙洛狄忒非常伤心,日夜哀叹。哈得斯为之感动,出于同情允许阿多尼斯每年与阿芙洛狄忒一起度过六个月,剩余的半年则一个人待在冥界。

阿芙洛狄忒有一条魔法腰带(著名的饰带),她经常把它借给饱受单相思痛苦折磨的女孩,因为这副腰带会激发佩戴者的爱恋之心,使她变得优雅、美丽、楚楚动人。

阿芙洛狄忒的随从通常是美惠三女神(欧佛洛绪涅、阿格莱亚以及塔利亚)。她们的形象表现为裸露着胴体,相互拥抱着,关系十分亲密。

在赫西奥德所著的《神谱》中,阿芙洛狄忒被视为较古老的神之一。后来出现的神经常被表现为一神源自另一神,并且或多或少都与宙斯有关,虽然对阿芙洛狄忒起源的解释版本众多,但是她的起源却具有独立性。

关于阿芙洛狄忒的诞生,最富有诗意的说法是:当乌拉诺斯的儿子克洛诺斯伤了乌拉诺斯后,乌拉诺斯的血与海水泡沫混合在一起,翻腾的海水立刻变成了玫瑰色,由海底深处升腾出爱情和美貌女神阿芙洛狄忒。她站在

39

贝壳上,甩了甩她那长长优美的发辫,水滴滚落到美丽的贝壳中,变成了纯白的珍珠,闪闪发光。宜人的微风轻轻地吹着,她随风漂到塞西拉岛,从那里又去了塞浦路斯岛。她步履轻盈地登上了海岸,纤纤细足轻轻一踏,岛上坚硬的沙土就变成了绿色的草地,草地上色彩缤纷,花香四溢,十分宜人。整个塞浦路斯岛变得郁郁葱葱,岛上的居民非常友好,微笑着迎接这位最美丽的女神。在这里,四季女神接待了阿芙洛狄忒,给她披上了永不褪色的盛装,蛾眉上戴上纯金花环,一对价值连城的耳环从双耳垂下,细长的脖子佩戴着项链,熠熠生辉。如此盛装打扮使她魅力非凡,仙女们护送她来到了光彩夺目的奥林匹斯大殿,引得众神艳羡,欣喜若狂,热情地欢迎她的到来。众神争相上前,希望能有幸牵到她的手,但最终赫菲斯托斯抱得美人归,众神羡煞不已。然而,阿芙洛狄忒虽然美丽却不专一。她经常向其他天神甚至凡人示爱,令她丈夫伤心不已。

著名的《米罗的维纳斯》雕像现藏于卢浮宫,十分精美。雕像的头部塑造得很美;额头略低,但很宽,一头密发从额头处层层披下,在头的后部盘成一个小而优雅的发髻;她的面部表情十分迷人,完美和谐地展现出内心乐观的本质和神的威严;她的长裙自然垂下,呈现出流畅的衣褶,整个形象尽显女性的优雅与美丽。她身高中等,身材匀称,比例完美。

阿芙洛狄忒也经常被刻画为正在将披下的头发挽成一个发髻,伺候她的仙女们为她披上薄纱这样一个女性形象。

阿芙洛狄忒

她的圣物是鸽子、天鹅、燕子和麻雀。她最喜爱的植物是桃金娘、苹果树、玫瑰和罂粟。

据说信奉阿芙洛狄忒这一习俗是从中亚传入古希腊的。毫无疑问,阿芙洛狄忒最初被等同于《圣经》中著名的阿施塔特女神。人们对她的盲目崇拜以及伤风败俗的崇拜仪式受到了先知们的强烈诅咒。

维纳斯

古罗马的维纳斯（Venus）与古希腊的阿芙洛狄忒相同，但是古罗马人信奉维纳斯相对较晚。

古罗马人每年都会举行维纳斯节以纪念维纳斯。四月对于维纳斯来说是神圣的月份，鲜花盛开，草木繁茂。维纳斯受人尊崇，被称为维纳斯·克罗阿西娜（纯净女神）和维纳斯·莫提阿（桃金娘女神），这一称谓源自象征爱情的植物桃金娘。

赫利俄斯

古希腊人对赫利俄斯（Helios）的崇拜源于亚洲。最初，古希腊人认为赫利俄斯不仅是太阳神，也象征着生命和创造生命的力量，因为众所周知光是地球上所有生命健康存在的必备条件。起初人类对太阳的崇拜非常普遍，不仅仅是古希腊人，其他原始民族也一样。对于人们而言，太阳是一个光球，高高位于头顶之上，每天都在履行着由一种强大无形的力量所赋予它的职责。因此，太阳对人的精神的影响，人们只有模糊的认识，因为那时人的智慧仍然处于萌芽阶段，他们天真地以为每种自然力量都代表一位神，每位神根据自身善恶的本性，为人类带来善或恶。

赫利俄斯，提坦许珀里翁和忒亚之子，每天早晨跟在他的姐姐厄俄斯（黎明女神）后面从东方升起。厄俄斯用她玫瑰色的手指染红山巅，撩开晨雾的薄纱，她的弟弟随即出现。当赫利俄斯华光四射时，厄俄斯便从视野中消失，而赫利俄斯沿着他常规的路线驾着喷火的战车前行。他的战车用黄金铸成，闪闪发光，由四匹喷火的战马拉着。战马的后边笔直站着年轻的太阳神，他双眼炯炯发光，头顶光芒万丈，一只手紧抓烈马的缰绳。除了他，没有谁可以驾驭这些烈马。黄昏时，他沿着弧线而落，在深深的海水中冷却他那炽热的额头。随即他的妹妹塞勒涅（月亮女神）出现，准备接管整个世界，洒下银色的月光照亮黑夜。与此同时，赫利俄斯正在休息，他轻轻地靠在海仙女为他准备的躺椅上，补充体力，以迎接充满生机、欢乐和美好的全新一天。

有人或许感到奇怪，虽然古希腊人认为地球呈扁圆形，但是并没有人解释为什么赫利俄斯每天晚上有规律地会从遥远的西边落下，每天早晨又从东方升起。太阳究竟是从地狱穿过，通过地球内部到达了另一侧，还是有什么别的途径，在荷马和赫西奥德的作品中都只字未提。后来，诗人们创作出一个美丽的故事，认为赫菲斯托斯为赫利俄斯建造了一艘插有双翼的飞船，在地球的西边等着赫利俄斯。当赫利俄斯结束了一天的行程到达西边时，飞船迅速把他送回东方。这样，明媚灿烂的一天重新开始。

人们在进行庄严宣誓时，经常祈求太阳神作为见证，因为他们相信太阳神能看穿一切，任何事情都逃不过他的眼睛；正因如此，他才能够告诉德墨忒尔她女儿的命运，这一点上文已经提及。据说，赫利俄斯拥有鸟群和羊群，分散在不同的地方，以此来代表一年中的日日夜夜或者天上的繁星。

传说，赫利俄斯爱上了俄刻阿诺斯的女儿克吕提厄，而克吕提厄也深深爱上了赫利俄斯。但是后来薄情的太阳神，移情别恋，爱上了波斯国王俄耳卡摩斯的女儿琉科忒亚。克吕提厄被抛弃，非常生气，便把琉科忒亚和赫利俄斯的恋情告诉了俄耳卡摩斯，导致俄耳卡摩斯残忍地惩罚他的女儿，将琉科忒亚活埋。赫利俄斯悲伤欲绝，想尽一切办法让她复活。当他最终发现所有的努力都徒劳无功时，他在琉科忒亚的坟上洒下了神圣的甘露，坟墓上立刻长出了嫩芽，芳香四溢。

克吕提厄出于嫉妒所做的一切并没有给她带来任何益处，因为太阳神再也没有回到她的身边。失去了太阳神，她极度伤心不能自拔，躺在地上，拒绝进食。一连九天，当太阳神在天空沿着自己的轨迹运行时，她都抬着头，面朝耀眼的太阳神，最终她的四肢在地上生了根，她也变成了一朵花，永远朝向太阳。

后来，赫利俄斯与俄刻阿诺斯的女儿珀耳塞成婚，他们的孩子一个是科尔喀斯的国王埃厄忒斯（在阿尔戈号远征的传说中，他因获得金羊毛名声大

第一部分　神话

噪），另一个是著名的女巫瑟茜。

赫利俄斯还有一个儿子名叫法厄同，他的母亲是海洋女神之一克吕墨涅。这位年轻人十分英俊，阿芙洛狄忒非常喜欢他，委托法厄同看护她的一个神庙，这也证明了阿芙洛狄忒对他的偏爱。法厄同受宠若惊，因而变得虚荣专横。他的朋友厄帕福斯（宙斯和伊娥之子）想要抑制他的虚荣心，假装不信太阳神是他的父亲。法厄同非常愤怒，急于驳回对他的诽谤，他赶到母亲克吕墨涅那里，恳求母亲告诉他太阳神是不是他的亲生父亲。克吕墨涅被儿子的恳求打动，也对厄帕福斯的诽谤感到愤怒。此时，阳光洒在他们身上，克吕墨涅指着耀眼的太阳，肯定地对他说他所看到的那个明亮的球体就是他的生父。她又补充说道如果还有疑问，他可以前往这位伟大的、光芒四射的太阳神的住处，亲自去问问他的身世。听完母亲一番肯定之言后，法厄同非常高兴，他沿着母亲所指的方向，很快来到了父亲的宫殿。

当他进入太阳神的宫殿时，耀眼光芒几乎亮瞎了他的眼，让他无法接近父亲所在的王座。他父亲坐在王座上，四周站着时、日、月、年和四季之神。赫利俄斯的眼睛无所不见，他早已从远处看到了法厄同，于是取下了自己耀眼的王冠，他让法厄同不要害怕，慢慢走到他的跟前。法厄同受到了父亲的鼓舞，恳求赫利俄斯能赐予他父爱，以此向世界证明自己确实是太阳神之子；赫利俄斯让他提出任何请求，并以斯堤克斯的名义发誓无论他提出什么请求都可以得到满足。鲁莽的法厄同随即请求赫利俄斯允许他驾驭一天太阳的战车。父亲听到这一冒失的请求后，非常震惊。他向法厄同叙说了驾车途中会遇到的各种危险，极力劝说自己的儿子放弃这一危险行动；但是他的儿子对父亲所有的建议都充耳不闻，非常固执，坚持自己的要求。于是赫利俄斯极不情愿地将法厄同带到战车前。战车闪闪发光，法厄同在战车面前停留片刻，欣赏战车之美。这辆战车是火神之礼，由黄金铸成，上边镶着宝石，在阳光的照射下熠熠生辉。这时，赫利俄斯看到自己的姐姐黎明女神打开了东方的红色大门，于是他命令时序女神套上战马。女神们遵命，准备工作迅速就绪，父亲给儿子的脸上涂上了神圣的油膏，好让他能够忍受从战马的鼻孔中喷出的火焰。最后,赫利俄斯忧伤地将光芒王冠戴到儿子头上,让他上了战车。

法厄同急切地坐上了战车,抓住渴望已久的缰绳,兴奋不已。但是当烈焰战马觉察到驾车人是位生手时,立即变得狂躁不安,不听话。烈马冲出了常规轨道,忽而狂奔直上,威胁要摧毁天宫;忽而附身下冲低至大地,几乎要把大地引燃。最终,这位不幸的驾车人因为烈焰,双目失明,又因自己引起的劫难,恐惧万分,他双手颤抖地松开了缰绳。于是山脉和森林一片火海,河流和小溪干涸枯竭,一场大火灾即将来临。被烧焦的大地祈求宙斯出手相助,宙斯把雷电投向了法厄同,一束闪电之后,烈焰战马停下了脚步。法厄同的尸体头朝下掉进厄里达诺斯河中,被河中仙女掩埋。他的姐妹们为他伤心了很久,于是宙斯把她们变成了白杨。她们的泪水落入河中,变成了透明纯洁的琥珀。法厄同的挚友库克诺斯对他的不幸遭遇感到极其伤心,渐渐憔悴而死。众神被他的情意打动,把他变成了一只天鹅,让他永远待在好友不幸淹死的地方,低头思念。

罗德斯岛是崇拜赫利俄斯神的主地,从下文的神话故事中,我们可以了解到罗德斯岛是他的特殊领地。在提坦之战时期,众神抽签分配世界,恰逢赫利俄斯缺席,因此他没有得到任何地盘。他向宙斯抱怨此事,宙斯提议重新抽签,但是赫利俄斯不同意。他说他目光敏锐,在翻腾的大海深处看中了一个富饶美丽的岛屿,如果众神答应给他那个岛屿,他就心满意足了。众神发誓,罗德斯岛立即升出海面。

著名的罗德斯岛巨像,位列世界七大奇迹之一,是为纪念赫利俄斯而建的。这座神奇的雕像高105英尺,由黄铜铸成;它构成了罗德斯岛港口的入口,雕像的两腿分开,矗立在港口两岸的防波堤上,最大的船只也可以轻松通过。虽然雕像体积巨大,但是它每一部分的比例都很协调。几乎没有人的胳膊比雕像的拇指长,因此你可以想象雕塑有多宏伟。雕像的内部有一个环绕楼梯,可以直通顶部。在那里,借助望远镜人们可以看到叙利亚和埃及的海岸。

厄俄斯

厄俄斯(Eos)是黎明女神,一直预示着太阳神的出现,她和她的兄弟赫利俄斯一样都被早期古希腊人神化。厄俄斯也有自己的战车,早晚驾着战车驰骋在广阔的地平线上,在太阳神前后出现。因此,她不仅代表着黎明,也代表着黄昏,因此她的宫殿建在西方的埃埃亚岛。宫殿华丽非凡,四周是鲜花和柔软的草坪,小道蜿蜒,仙女和其他众神出入其中,步履袅娜,舞姿曼妙,甜美的音乐相伴其间。

在诗人的笔下,厄俄斯是一位漂亮的女子,双臂与手指呈玫瑰色,身上插有一对巨翅,羽衣色彩多变;她的额头上有颗星星,手里握着一把火炬。她身披紫罗兰色斗篷,每天天亮前离开住所,亲自把她辉煌的战车套上她的两匹马拉姆珀忒斯和法厄同。然后,她开心地打开天庭之门,迎接她的兄弟太阳神的到来。与此同时,嫩绿的花草在晨露中苏醒,抬起头来欢迎厄俄斯的到来。

起初,厄俄斯与提坦神阿斯特赖俄斯结合生下了长庚星赫斯珀洛斯和众风神。后来她又与特洛伊国王拉俄墨冬的儿子提托诺斯结婚,提托诺斯出众的外表赢得了她的芳心。厄俄斯一想到死亡终究会使他们分离就非常忧伤,于是请求宙斯让提托诺斯永生不死,却忘了祈求让他永葆青春。因此,随着时间的流逝,提托诺斯逐渐年迈体衰、俊貌不再,厄俄斯开始厌恶他这副年老体弱的样子,最后将他关在一间屋子里。不久,提托诺斯只能发出虚弱颤巍的声音。根据后来一些诗人的描述,提托诺斯厌倦了自己凄凉悲惨的生活,恳求厄俄斯让自己死去;但是这个请求不可能实现。厄俄斯同情他的境遇,对他施加了神力,将他变成了一只蚱蜢;因为它只有声音,不停地发出单调乏味的吱吱声,就像衰老的老人在说话,含糊不清,毫无意义。

福珀斯·阿波罗

福珀斯·阿波罗(Phoebus-Apollo)是光明、预言、音乐、诗歌以及艺术与科学之神。他是目前为止整个古希腊神话中最高贵的神;不仅希腊各城邦信奉他,小亚细亚以及每个希腊殖民地的居民也同样崇拜他,对他的信仰在古希腊史上也最古老、最具特色。他对古希腊民族产生的决定性影响超越了其他众神,连宙斯也不例外。

阿波罗是宙斯和勒托之子,出生在荒芜多石的德洛斯岛铿托斯山下的一棵棕榈树下。诗人们在诗中描述道:当幼神阿波罗第一次看到日光时,大地为之微笑;德洛斯岛也因此殊荣备感自豪,欢欣鼓舞,岛上开满了金色的鲜花;岛的四周游弋着天鹅,岛上的仙女们用欢乐的歌声庆祝他的诞生。

勒托受到赫拉无情的迫害被驱赶到德洛斯岛,心情十分悲伤,她不能长期待在这个地方避难。由于无法摆脱赫拉的折磨,这位年轻的母亲不得不再次逃亡;她把刚出生的婴儿交给了女神忒弥斯照料,忒弥斯用襁褓把无助的孩子包好,用仙露和仙食喂养他。婴儿一吃到仙食,就撑开了绑住他四肢的布带,一跃而起,站在忒弥斯面前,变成了一个体魄健壮、相貌英俊的青年,这使忒弥斯惊讶不已。阿波罗要求给他一把琴和一张弓,声称他将向人类宣告他父亲宙斯的旨意。他说:"金琴是我友,弯弓是我乐;我将用预言揭示黑暗的未来。"说完,他升上了奥林匹斯山,加入了众神的行列,受到了众神的热烈欢迎。他被认为宙斯的儿子中最俊美、最高贵的一个。

福珀斯·阿波罗在两层意义上被称为光明之神:首先,他代表着太阳,给世界带来光明;其次,他是神光,点亮人类的心灵。他从赫利俄斯身上继承了太阳神应有的职能;后来,他被完全等同于赫利俄斯,他们俩的特性也逐渐合而为一。因此,我们经常发现赫利俄斯和阿波罗被混为一谈,属于赫利俄斯的神话被张冠李戴到阿波罗身上。在某些部落,例如爱奥尼亚,人们彻底把阿波罗和赫利俄斯的身份相等同,所以他们把阿波罗称为赫利俄斯·阿波罗。

作为光明之神,阿波罗在白天倾尽其力给自然带来欢乐,也给人类带来了健康和繁荣。他发出的温暖柔和之光驱散了夜晚生成的有害气体,有助于谷物成熟和鲜花盛开。

尽管作为太阳神阿波罗可以赋予生命、保护生命,以他温暖的阳光抵御冬天的寒冷,但同时他也可以射出强烈的光线散播疾病,致使人类和动物突然死亡。正因如此,他与自己的双胞胎妹妹月亮女神阿耳忒弥斯又被看作死亡之神。他们兄妹二人都有这种能力,阿波罗以男性为目标,而阿耳忒弥斯以女性为目标;尤其是那些风华正茂的年轻人或年迈的老人在去世时都被认为死在他们温柔的光箭之下。但是阿波罗并不总是让人轻易死去。从

阿波罗

《伊利亚特》史诗中,我们可以看到,当他对古希腊人不满时,这位"银弓之神"便会手持箭筒从奥林匹斯山上阔步走下,箭筒中装满致命的箭头,前往古希腊人营地里引发一场肆虐猖獗的瘟疫。一连九天,他箭箭致命,先是射向动物,然后射向人,火葬柴堆浓烟滚滚,半边天都黑了。

作为光明之神,福珀斯·阿波罗是牧羊人的保护神,因为他给田野和草地带来温暖,让羊群享受肥沃的牧草,让牧羊人心生喜悦。

太阳散发出和煦的阳光,给人类和动物带来了生气,也促进了抗病草药和植物的生长,因此福珀斯·阿波罗又被认为拥有起死回生和恢复健康的能力,人们称他为"医疗之神"。这一能力日后在他儿子阿斯克勒庇厄斯身上得到进一步发展,他的儿子是名副其实的医疗之神。

如果我们进一步分析福珀斯·阿波罗不同阶段的角色就会发现,当他洒下第一缕和煦的阳光时,万物复苏,森林中回荡着吟诗声,欢快自然,那是成千上万只鸟儿发出的天籁之音。因此,我们可以自然而然地推断阿波罗也是音乐之神。根据古人的信仰,天才的灵感必然与天上的荣耀之光密不

可分,故他也是诗歌之神,是科学和艺术的特殊保护神。阿波罗本人是奥林匹斯众神中的音乐家,在众神宴会上,他用自己最喜爱的乐器——七弦琴奏出美妙乐曲,为宴会助兴。在阿波罗祭祀仪式中,音乐形成了鲜明的特色,所有神圣的舞蹈,甚至献祭时,都有乐器声相伴。在很大程度上,正是因为用于祭祀,阿波罗的音乐对整个古希腊产生很大的影响,阿波罗被视为九个缪斯的领袖,而缪斯是诗歌音乐的正牌女神。作为缪斯领袖,阿波罗的形象总是被表现为身穿飘逸的长衣;胸前挂着琴,看上去他正在琴声的伴奏下吟唱;他头戴月桂枝环,长发披肩,颇有些女性之风。

现在我们必须从另一个更重要的角度(其对古希腊的影响)来看这位荣耀辉煌的光明之神。在历史上,阿波罗其他的能力和特性都无法与他作为预言之神的能力相媲美。没错,古希腊诸神在某种程度上都拥有预知未来的能力;但是阿波罗作为太阳神预言能力最强,因为人们认为他的眼睛无所不见,没有什么可以逃脱。他的目光具有穿透力,可以看到最隐秘的深处,揭露未来黑暗面纱之下的秘密。

我们已经看到,当阿波罗以神身出现时,他与众神在一起;但是奥林匹斯山给他带来的快乐,他并没有一直享受,不久他就感觉到有一种发自内心的强烈欲望要去完成他伟大的使命——向人类传递他伟大的父亲宙斯的旨意。因此,他降临人间,走访了许多国家,寻找一处合适的地方去建神示所。最终他来到了巴那塞斯山山顶的南侧,山顶多岩石,山下是克律塞港。在这里,他发现悬崖下方有一处隐蔽的地方,很久以前这里就有一座神示所。盖亚曾在这里向世人预言未来,并在杜凯里恩时代将这座圣殿转交给忒弥斯。圣殿由巨蟒皮同守护。巨蟒给周围的人们带来灾难,是人畜恐惧之源。年轻的阿波罗对自己所做的正义之事充满信心,他用箭杀死了巨蟒,将这片土地和居民从他们强大的敌人手中解救出来。

当地居民十分感激,纷纷向救星表达敬意,于是聚集在阿波罗身边。阿波罗在众多志愿者的帮助下很快就建成了一座体面的神庙。然后,阿波罗需要挑选主持祭祀的祭司,这些祭司负责提供祭品、向人们阐释预言以及对

第一部分 神话

庙宇实施管理。他四下查看，发现远处有一艘从克里特岛开往伯罗奔尼撒的船，于是决定让船上的船员担当此任。阿波罗变成一只巨大的海豚搅动着海水，船身剧烈晃荡，水手们惊恐不安；同时他掀起了狂风，将船刮进了克律塞港，搁浅在港口。水手们惊慌失措，不敢上岸。此时，阿波罗又变成一名青年壮汉，登上船，告诉水手是自己将他们带到这里，希望他们能在庙中担当祭司。他们一行来到神庙后，阿波罗教他们如何祭祀，并让他们以阿波罗·德尔斐尼斯这个名字进行祭拜，因为他最初是以海豚的形象出现在他们面前。著名的德尔斐神庙就此建立，它是唯一一个不属于单一民族的神庙，吕底亚人、佛里吉亚人、伊特鲁里亚人和古罗马人也来此祭拜，在全世界都享有最高的声望。根据阿波罗命令，祭司引入了《莱克格斯法典》，最早的古希腊殖民地由此诞生。在建造城市之前，人们都会到德尔斐神庙祈求神谕。因为人们相信阿波罗更喜欢建设他亲自筑下第一块基石的城市；人们在创办企业之前也会来到圣殿询问未来前景。

随着人类智慧的增长，人们逐渐建立起这种信仰，认为阿波罗神会接受忏悔作为对罪的救赎。他赦免了深深悔罪的人，成为这类人的特殊保护神，如俄瑞斯忒斯，他们犯下的罪行本应受到多年惩罚。正因如此，阿波罗更加深入人心，也奠定了古希腊民族的道德基调。

在诗人们的笔下，阿波罗永葆青春；他面部容光焕发，是不朽之美的化身；他双眼深蓝，额头低而宽，睿智饱满；一头金黄或暖栗色的长发卷成绺垂落肩头。他头戴月桂枝，身穿紫袍，手持银弓，微笑时箭弓松弛；威吓恶人时，满弓待发随时使用。

虽然阿波罗可以永葆青春，是俊美高雅的完美化身，但是他的爱情似乎并不如意；要么他主动求爱被拒绝，要么他与自己心爱的人结婚却带来了致命的后果。

他的初恋是河神帕涅乌斯的女儿达芙妮。达芙妮非常厌恶婚姻，于是恳求父亲让她独自生活，专心狩猎——这是她最大的乐趣。有一天，阿波罗战胜巨蟒皮同之后，碰巧看到爱神厄洛斯在拉弓。阿波罗为自己力大技高而感到骄傲,因此嘲笑弱小的箭手厄洛斯,说他的箭更适合刚刚杀死巨蟒的人使用。厄洛斯愤怒地回答说,他的箭可以射穿嘲笑者阿波罗的心。他飞步登上帕纳赛斯山顶,从箭筒中抽出两支不同工艺的箭——一支为金箭,会激发爱情;一支为铅箭,会让人心生厌恶。他瞄准了阿波罗,用金箭射穿了阿波罗的胸膛,铅箭射中了美丽的达芙妮。中箭之后,这位勒托之子立刻爱上了仙女达芙妮,可是达芙妮却极度厌恶这位神圣的爱慕者阿波罗。当阿波罗靠近她时,她就像一只被猎人追赶的小鹿一样从他身边逃走。阿波罗深情地呼唤,让她留在他的身边,但是达芙妮仍然拼命跑开,最后体力不支,几乎昏厥。她担心自己会被征服,于是请求众神前来相助。她刚准备开口祈祷,四肢就感觉到一阵麻木。正当阿波罗要伸手拥抱她时,达芙妮变成了一丛月桂。阿波罗伤心地用月桂枝叶做成花环戴在了头上,并宣称为纪念他的爱人,月桂将永远常青,成为他的圣物。

接着,阿波罗又向欧厄诺斯的女儿玛尔帕萨求爱。虽然玛尔帕萨的父亲同意阿波罗追求他女儿,但是玛尔帕萨更喜欢一位名叫伊达斯的年轻人。伊达斯从波塞冬那里得到一辆插上双翼的战车,计划用战车将玛尔帕萨带走。阿波罗一路追赶,很快赶上了他们,强行抓住新娘,拒绝放手。后来,宙斯干预此事,提出让玛尔帕萨自己决定嫁谁为妻。经过慎重思考,她选择嫁给伊达斯。这个决定既明智又审慎,她认为尽管阿波罗神比伊达斯更有吸引力,但是与凡人成婚更为可靠。因为他会与她一起慢慢变老,当她美貌不再时,也不太可能会被抛弃。

阿波罗和特洛伊国王普里阿摩斯的女儿卡珊德拉也有过一段感情纠葛。卡珊德拉假装喜欢阿波罗,答应要嫁给他,前提是让阿波罗赐予她预言能力;但她在得到了她所渴望的预言能力后却背叛了阿波罗,拒绝遵守诺言。对她的失信阿波罗非常愤怒,却又无法收回自己给予她的预言能力,只好让她的预言得不到任何人的信任,使预言不再有效。卡珊德拉在历史上因具有预言能力而闻名,但是她的预言从未有人相信。例如,她曾警告她的弟弟帕里斯如果他从希腊带回一位妻子,必将导致其父亲的宫殿乃至整个

第一部分 神话

王国的毁灭;她也曾警告特洛伊人不要让木马进入特洛伊城,并向阿伽门农预言今后所有灾难会降临在他身上。

后来,阿波罗娶了克罗妮丝,一位来自拉里萨的仙女。克罗妮丝对待爱情十分忠贞,因此阿波罗感到非常幸福。然而他注定要再次失望,因为有一天他最爱的乌鸦,飞到他的身旁告诉他克罗妮丝移情别恋喜欢上了哈摩尼亚的一位年轻人。阿波罗怒火中烧,立刻用箭射死了克罗妮丝。事后他对自己的鲁莽行为悔恨不已,因为他一直深爱着克罗妮丝,非常希望能使她复活,但是为时已晚,他用尽了所有的治疗手段还是无济于事。最后,他惩罚了多嘴的乌鸦,将它的羽毛从纯白色变成深黑,并且禁止乌鸦与其他鸟一起飞翔。

克罗妮丝留下了一名男婴,名叫阿斯克勒庇厄斯,他后来成为医神。阿斯克勒庇厄斯能力非凡,不仅能为病人治病,还能使人起死回生。最后,哈得斯向宙斯抱怨说,每天来到他冥界的幽灵越来越少。而这位奥林匹斯主神担心如果人类受保护不再有生病和死亡,那么他们很有可能会反抗众神。于是,宙斯用一道霹雳杀死了阿斯克勒庇厄斯。阿波罗失去了医技高超的儿子,十分恼火,却又不能向宙斯发泄。于是他杀死了独眼巨人,因为是独眼巨人制造出致命的霹雳。由于阿波罗冒犯了宙斯,宙斯本来要将他驱逐到塔耳塔洛斯(地狱),但是在勒托恳切求情之下心生慈悲,仅仅剥夺了阿波罗所有的权力和威严,强制他在塞萨利国王阿德墨托斯家中从事劳役。

阿波罗以牧羊人的身份谦卑地为王室主人效劳长达九年,国王阿德墨托斯对他十分友善,关怀备至。波塞冬之子珀利阿斯的女儿阿尔刻提斯非常美丽,在阿波罗劳役期间,国王想得到阿尔刻提斯,但是她的父亲宣称只会把阿尔刻提斯交给能够将一头狮子和一头野猪套在他战车上的求婚者。在神圣的牧羊人的帮助下,阿德墨托斯完成了这项艰巨的任务,最终娶到了他的新娘。这并不是国王从这位被放逐的神那里获得的唯一帮助,阿波罗还为他的主人从命运女神那里获得了永生的能力,条件是在死亡临近时,家族中的某位成员愿意替他而死。当阿德墨托斯觉得自己濒临死亡时,他恳

古希腊罗马神话与传说

求年迈的父母能为他放弃生命中所剩无几的时日。但是即使对于老人来说"生命依然美好",因此拒绝了他的恳求。然而,阿尔刻提斯暗自为丈夫献身,患上了一种致命的疾病,随着阿德墨托斯身体的快速康复,阿尔刻提斯病情迅速恶化。钟爱他的妻子躺在阿德墨托斯的怀中停止了呼吸。他正要安葬妻子时,赫拉克勒斯来到宫中。阿德墨托斯主持待客之礼极为神圣,一开始对丧妻之痛只字未提,但是当他的朋友听说此事后,十分胆大地来到阿尔刻提斯墓中。当死神逼近要带走阿尔刻提斯时,赫拉克勒斯使出惊人的力气,紧紧抱住死神,直到死神答应让美丽英勇的阿尔刻提斯回到家人的怀抱。

阿波罗过着牧羊人平静的生活,与两个年轻人雅辛托斯和库帕里索斯建立了深厚的友谊。尽管阿波罗神非常喜爱他们,但是这并没有使他们免遭不幸。有一天,雅辛托斯与阿波罗掷铁饼,雅辛托斯急于捡起阿波罗神掷出的铁饼,奔跑中被击中头部,当场死亡。年轻好友悲惨离去,阿波罗伤心欲绝,但又无法让他重生,于是将他变成了一朵花,以他名字命名为风信子。库帕里索斯也很不幸,失手杀死了阿波罗喜爱的一只成年雄鹿,心中的忧伤挥之不去,日渐憔悴,伤心而死。阿波罗将他变为一棵柏树,树的名字就源于这个故事。

阿波罗经历了这些悲痛之后,离开了塞萨利前往小亚西亚的佛里吉亚。在那里他遇到了波塞冬,他也被放逐,暂时在人间劳役。两位神现在都在为特洛伊国王拉俄墨冬服役,阿波罗为他牧羊,波塞冬为他建造城墙。但是阿波罗也帮着修筑雄伟壮观的城墙,在他那神奇音乐的感染下,与他一起干活的波塞冬感到轻松愉快,原本艰巨的任务进展迅速。因为当阿波罗神以高超的技艺拨动琴弦时,那些巨石能够自行移动到合适的位置。

尽管阿波罗在音乐艺术上享有盛名,但是却有两个人傲慢地认为他们的音乐天赋与阿波罗不相上下。因此,他们在一次音乐比赛中向阿波罗发起挑战,打算一争高低。这两个人就是玛西亚斯和牧神潘。玛西亚斯是森林之神。雅典娜曾丢弃一根她不喜欢的笛子,玛西亚斯捡到后惊喜地发现,

第一部分　神话

由于这只笛子被雅典娜女神吹过，所以它可以自行吹出动听的乐曲，无与伦比。玛西亚斯酷爱音乐，因此森林和峡谷中所有酷似小精灵的生物都很喜爱他。为此玛西亚斯被兴奋冲昏了头脑，盲目地向阿波罗挑战，要在音乐竞赛中与他一较高下。阿波罗接受了挑战，缪斯们担任比赛评委，并且失败的一方要接受被活剥的惩罚。两位参赛选手在很长时间内不分高下，所以缪斯们很难裁定谁是胜者。看到这种情况，阿波罗决心要战胜对手。他的嗓音悠扬动听，他在琴声中加入了自己悦耳的和声，评委的天平立刻向他倾斜过来。不幸的玛西亚斯被打败，必须接受残酷的惩罚，英年早逝，让众人惋惜。森林之神和树神都是玛西亚斯的伙伴，他们哀其不幸，眼泪汇成了佛里吉亚的一条河，这条河以玛西亚斯的名字而闻名。

阿波罗和牧神潘的比赛结果就没那么严重了。牧羊神吹奏七簧笛（排箫），而阿波罗演奏他那闻名遐迩的七弦琴。牧羊神确信自己的吹奏技巧要比阿波罗的琴艺更加高超，于是双方开始比赛。所有裁判都裁定阿波罗赢了此次比赛，只有佛里吉亚国王迈达斯一人持反对意见，他鉴赏能力差，喜欢牧神潘吹出的粗糙笛声，不喜欢阿波罗弹出的优雅的琴音。迈达斯既顽固又愚昧，阿波罗怒火中烧，遂惩罚他长出一对驴耳朵。迈达斯因破相而心生恐惧，决定用帽子遮住自己，不让臣民看到他的丑态；但是这种情况又瞒不过他的理发师，所以他只好用大量的钱财来贿赂他的理发师，希望他不要泄密。后来理发师觉得自己无法再保守秘密，就在地上挖了个洞，向洞中低声说出了这个秘密。然后他把洞填上，回到了家中感到一身轻松，再也不用为守密烦恼。然而，这个秘密还是泄露了出去，因为从洞中长出的芦苇随风摇动时不断地低声在说："迈达斯国王长着一对驴耳朵。"

尼俄柏是坦塔罗斯的女儿，也是底比斯国王安菲翁的妻子。从尼俄柏凄美的故事中，我们可以再次看到如果有人冒犯阿波罗就会受到严厉的惩罚。尼俄柏因生有七子七女，十分自豪，子女多令她满心欢喜，所以有一次她嘲笑人们祭拜勒托，因为她只有一儿一女。以前，底比斯人尊崇阿波罗和阿耳忒弥斯之母并向他们献祭，尼俄柏希望在未来底比斯人尊崇她，并向她献祭。尼俄柏亵渎神明的话刚说出口,阿波罗就因母亲遭受侮辱一事,召唤他的妹妹阿耳忒弥斯一起实施报复。不久,他们射出的无形之箭在空中急速飞过。阿波罗射杀了尼俄柏所有的儿子,而阿耳忒弥斯射死了尼俄柏六个女儿,只有尼俄柏怀中最小的、也是她最疼爱的女儿还活着。尼俄柏痛苦万分,请求正在发怒的神灵至少给她留下一个孩子。可是尽管她不断哀求,致命的箭还是射穿了她女儿的心脏。与此同时,孩子们的父亲忧伤至极,无法忍受丧子之痛而自杀身亡,他的尸体躺在地上,边上是他爱子的尸体。尼俄柏丧偶失子,坐在死去的亲人中间悲痛欲绝。她那无法言表的哀伤赢得了神的同情,阿波罗和阿耳忒弥斯把她变成了一块石头,并带到西皮洛斯山,这是她家乡佛里吉亚的一座山,在那里她仍然不停地哭泣。

1553年在古罗马发现的一组大理石群像的主题就是惩罚尼俄柏,大理石群像非常壮观,如今保存在佛罗伦萨的乌菲齐美术馆。

著名歌神俄耳甫斯是阿波罗和史诗女神卡利俄珀之子。父母天赋异禀,俄耳甫斯毫无意外也是智力超群。他是一位诗人,也是俄耳甫斯神秘教的导师,更是一位伟大的音乐家,并且从他父亲身上继承了非凡的音乐天赋。在他那悦耳琴声的伴奏下,俄耳甫斯唱起歌来会迷倒整个自然,森林中的野兽聚集他的身边,在音乐的感染下变得像羊羔一样温顺。奔腾的洪流不再流淌,高山和树木也随着迷人的旋律移动起来。

俄耳甫斯爱上一位名叫欧律狄刻的仙女,并与她成婚。欧律狄刻非常可爱,是海神涅柔斯的女儿,也深爱着俄耳甫斯。他们婚后的生活幸福快乐,但是好景不长,因为俄耳甫斯同父异母的兄弟阿里斯泰俄斯也爱上了美丽的欧律狄刻,企图把她从俄耳甫斯身边夺走。欧律狄刻为躲避他的追求逃到了田野上,脚被藏在草丛里的毒蛇咬伤。欧律狄刻中毒身亡,她的丈夫伤心欲绝,整个山谷和丛林中持续回荡着俄耳甫斯悲伤的哀哭声。

俄耳甫斯想再次见到欧律狄刻,这份渴望难以抑制,最终他决定勇敢地去面对冥界中的各种恐怖,恳求哈得斯将他心爱的妻子还给他。他只带了一把金琴就下到了阴暗的冥界,那把金琴是阿波罗送给他的礼物。在冥界,

第一部分 神话

受难者遭受痛苦的折磨,而他演奏的仙乐一时间使冥界的折磨停息。西绪福斯的巨石停止了移动;坦塔罗斯忘记了他永生干渴;伊克西翁的轮子不再转动;就连复仇三女神也流下了眼泪,暂时停止了伤害。俄耳甫斯面对四周恐怖的受难场景并没有失去意志,而是继续前行,来到了哈得斯的宫殿。铁石心肠的哈得斯和妻子珀耳塞福涅坐在宝座上,俄耳甫斯走到宝座前,伴着琴声向他们诉说着自己不幸的遭遇。哈得斯夫妇为琴声所动,起了怜悯之心,听他讲完凄惨的故事后同意释放欧律狄刻,条件是他回到人间之后才能看欧律狄刻。俄耳甫斯高兴地答应了,欧律狄刻跟着俄耳甫斯沿着陡峭阴暗的小路一步一步向上,走向充满生命力和光明的人间。事情的进展一切顺利,然而当俄耳甫斯快要越过冥界的边界时,他一时忘了那条苛刻的条件,回过头去看了一眼欧律狄刻,想要确认他心爱的妻子是否跟在他的身后。这一回头功亏一篑,彻底摧毁了他对幸福的希望,就在他伸出双臂殷切地拥抱欧律狄刻时,她被抓了回去,从他的视野中永远消失。

俄耳甫斯第二次失去妻子更加痛苦不堪,于是彻底避世。曾经陪伴他的仙子们设法让他回到过去他常去的地方,却无济于事;她们的魅力不再,而音乐成了他唯一的慰藉。他独自流浪,总是走在最荒凉、最孤寂的小道上,凄美的琴声回荡在高山和峡谷之中。一天,他在穿越一条小道时,偶遇一群色雷斯妇女正在举行狂野的酒神狄俄尼索斯祭典。俄耳甫斯拒绝加入她们的狂欢仪式,妇女们怒不可遏群而攻之,疯狂地把他撕成了碎片。缪斯们因他的悲惨遭遇起了恻隐之心,收集了他的遗体碎片埋在了奥林匹斯山下。夜莺在他的坟头唱了一曲挽歌,而他的头被扔进了赫布鲁斯河,顺水而下,口中还在喃喃地念着他的挚爱欧律狄刻的名字。

德尔斐是人们祭奠阿波罗的主要圣地,这里建有最为壮观的庙宇,现有的历史已无法考证这些庙宇何时建造。庙宇中藏有巨大的财富,这些财富都是国王和个人受惠于神谕时捐献的。古希腊人认为德尔斐是地球的中心,因为传说宙斯派出的两只雄鹰分别从东方和西方起飞却同时飞抵这里。

为纪念阿波罗战胜巨蟒皮同,德尔斐每四年举行一次皮提亚竞技会。

在第一届竞技会中,男女众神和各路英雄竞相争夺奖牌,这些奖牌起初是金牌或银牌,后来奖品只是简单的月桂花环。

阿波罗出生在德洛斯岛,因此岛上居民视他为神,向他献祭,对他尊崇备至;人们非常注重维护德洛斯岛的神圣性,不允许任何人死后安葬在岛上。铿托斯山脚下有一座华丽的阿波罗神庙,庙里有一处神示所,还有来自希腊各地华贵的供奉品,琳琅满目。甚至其他国家也认为这座岛是神圣之岛,例如当波斯人乘船经过德洛斯岛前去进攻古希腊时,他们不仅从边上绕过使岛屿毫发无损,而且还到阿波罗庙供奉上丰盛的厚礼。由忒修斯建立的竞技会,又叫迪利亚,每四年在德洛斯岛举行一次。

为了纪念阿波罗,人们会在斯巴达举行一个名为吉姆诺佩第的节日。节日期间,男孩们唱起赞歌,赞美众神以及在色摩比利战役中牺牲的三百名斯巴达勇士。

阿波罗的祭品是狼和鹰,他的圣禽有鹰、乌鸦和天鹅。

罗马阿波罗

与古希腊相比,古罗马对阿波罗的崇拜从未占据重要的地位,这一信仰传入古罗马的时间也比古希腊要晚。古罗马没有祭奠阿波罗神的神庙,直到公元前430年,为了避免瘟疫,古罗马人才建起了一座阿波罗神庙;但是我们发现直到奥古斯都统治时期,古罗马人信奉阿波罗才开始流行起来。在著名的亚克兴战役开始之前,奥古斯都曾向阿波罗求助,并将之后的胜利归功于他的影响。随后在那里建造了一座阿波罗神庙,并在庙中供奉了部分战利品。

后来,奥古斯都在帕拉蒂尼山建造了另一座阿波罗神庙,在庙宇中阿波罗神像的脚下放着两个镀金柜,《西比尔神谕》就放在柜中。人们收集了这些神谕是用来替换原来存放在朱庇特神庙中的《西比尔预言书》,因为《西比尔预言书》在朱庇特神庙一场大火中被烧毁。

西比尔是拥有预言天赋的女先知,寿命之长,令人不可思议。有一位西比尔(名叫库姆)来到古罗马末代皇帝塔克文·苏佩布的面前,提出要卖给他九本书,并且说这些书由她独自完成。塔克文并不认识她,因此拒绝买她的书。她随即烧掉三本,带上六本书回来,要价与之前相同。塔克文认为她是骗子再次把她赶了出去,她又一次离开,又烧掉了三本书,带着剩下的三本再次返回,要价仍如当初。塔克文觉得她逻辑混乱,便咨询了占卜师。占卜师们责备他当初没有买下这九本书,并希望他不惜任何代价确保买下剩下的最后三本。于是塔克文买下了剩余的三本书,发现书中写了有关古罗马的至关重要的预言。西比尔卖掉书后便消失了,从此再也没有人见过她。

1503年在古安提乌姆遗迹中发现的《贝尔维德尔的阿波罗》(Apollo Belvedere)雕像是现存最精美、最著名的阿波罗雕像。教皇尤里乌斯二世买走了这座雕像,把它收藏在梵蒂冈的观景楼,它的名字由此而来。几百年来,这座雕像备受世人青睐。法兰西占领古罗马后进行了掠夺,这尊著名的雕像被运到巴黎,存放在巴黎博物馆。但是1815年,它又被放回了原处。该雕像高7英尺多,彰显出了阿波罗的自由、优雅与庄严,无与伦比。他的前额显示出他的高贵与智慧,整个面容雕塑得精美绝伦,人们为其所迷,不由地驻足细细欣赏如此完美的设计。与大部分阿波罗雕像一样,阿波罗神看上去非常年轻,身上只穿一件从肩头披下的短斗篷。他依树而立,一条巨蟒缠绕在树上;他的左臂向外伸展,仿佛要实施惩罚。

赫卡忒

赫卡忒(Hecate)起初是月亮女神,受到色雷斯人的敬仰。后来,她对自己的身份感到迷茫,最终把自己等同于塞勒涅和珀耳塞福涅,成为古希腊最具争议的神灵之一。

赫卡忒由提坦神珀耳塞斯和流星女神阿斯忒瑞亚所生。赫卡忒影响力大,司掌人间、天庭和地狱。因此,在艺术作品中,她总被描绘成三身女神,三位女性的身体融为一体,年轻貌美。

后来,人们将赫卡忒身份等同于珀耳塞福涅,认为她是一个恶神,居住在冥界。自此,她的性格越来越阴暗,越发令人畏惧。如今,赫卡忒负责巫术魔法、亡者墓地、十字路口和命案发生地相关的一切事务。人们认为她与亡魂幽灵的出现有关，在冥界拥有至高无上的权利，能够实施魔法和咒语让可怕的鬼魂安息。

赫卡忒看上去身材高大，手持火把和利剑，双脚和头发缠有毒蛇。此外，她的出没总伴随着雷鸣声、毛骨悚然的尖叫声以及低沉的犬吠声。

人们以供奉祭品报答赫卡忒的恩惠，各种祭祀品以黑羊羔为主。祭祀是在晚上进行，借着火把之光人们奉上这些牲口，同时还举行许多特殊的仪式。举行仪式时要特别注意细节，因为人们认为任何细节的疏忽都会使参与仪式的人受到冥界邪恶阴魂的纠缠，阴魂在崇拜者四周徘徊，伺机进入供奉者之列，对他们恶意施加魔力。每月月末，每个十字路口处都会放一些食物，供赫卡忒和其他恶神食用。

珀耳塞福涅是冥界合法的王后，在研究赫卡忒篡夺冥后之位后表现出的别具一格的特征时，我们会想起关于幽灵、巫术等各种迷信。它们源自很久以前的异教徒，但甚至在我们生活的年代，这些迷信还牢牢束缚着无知愚昧之人的思想。

塞勒涅

赫利俄斯是太阳的化身，而他的妹妹塞勒涅（Selene）则象征着月亮。据说，每当赫利俄斯劳碌一天休息时，塞勒涅就会驾驶着战车在空中驰骋。

当夜幕渐渐笼罩着大地，塞勒涅驾驭的两匹乳白色战马神秘莫测地由俄刻阿诺斯统治的深海中驶出。温柔亲切的黑夜女王塞勒涅坐在银色的战车里，在女儿露水女神赫尔斯的陪伴下前行。她白皙的额头上有一弯新月，头上披着薄纱，手中握着一把点燃的火炬。

塞勒涅特别爱慕一位年轻英俊的牧羊人，名叫恩底弥翁。宙斯曾赐予他永葆青春和睡眠的特权。只要他有睡意，想入睡，他就可以随时入眠，并且想睡多久都可以。塞勒涅看着这位美少年在拉特穆斯山酣睡的样子，深深沉醉于他英俊的面容，于是每晚都来到此地，默默注视，保护着恩底弥翁。

第一部分 神话

阿耳忒弥斯(狄安娜)

阿耳忒弥斯(Artemis)以各种不同的称呼受到古希腊人的爱戴,不同的称呼所具有的特征也各不相同,其中为人所知的称呼有阿卡迪亚阿耳忒弥斯、以弗所阿耳忒弥斯和布劳龙阿耳忒弥斯,又称塞勒涅·阿耳忒弥斯。为了充分了解对该神的崇拜,我们必须要全面了解她。

阿卡迪亚阿耳忒弥斯

阿卡迪亚阿耳忒弥斯(古希腊神话中真正的阿耳忒弥斯)是宙斯和勒托的女儿,阿波罗的孪生妹妹。她是狩猎和贞洁女神,获得父亲宙斯的允许终身不嫁,永葆处女之圣洁。阿耳忒弥斯与她的兄长光明之神非常相似。与阿波罗一样,虽然她给人类和动物带来灾难和突如其来的死亡,但是也能够帮助他们缓解痛苦,治愈疾病。她也擅长射箭,而且射箭技术比阿波罗更胜一筹,因为她热衷于捕猎,这也成为了她显著的特色之一。阿耳忒弥斯背着弓箭,在森林和泉水仙女的陪伴下,穿行于山林中狩猎,捕杀路途中遇到的野生动物。狩猎结束后,阿耳忒弥斯和仙女侍从们喜欢聚集在阴凉的小树林里,或者是她们喜欢的河岸上。在那里,她们载歌载舞,整个山间都回荡着欢声笑语。

作为纯洁和贞洁女神,阿耳忒弥斯尤其受到少女们的敬仰。这些少女在结婚之前要向她供上自己的秀发。同时,阿耳忒弥斯也保护着那些发誓终身不嫁的少女,然而她们一旦违背誓言,必将遭到严惩。

狩猎女神被刻画成一直年轻貌美,身材苗条的女性形象,要比她的仙女侍从高出一个头。不过,虽然面容姣好,但表情不够温柔;她头型很美,头发随意在脑后盘绕成髻;尽管身材有些壮实,但是姿态优雅,比例协调。她身穿短袍,四肢无拘无束,便于追逐猎物。她箭挂肩上,弓持手中,彰显了她对狩猎的热衷。

全世界有很多著名的阿耳忒弥斯雕像,其中最著名的当属凡尔赛的《狄安娜》(Diana),现珍藏于卢浮宫内,可以和梵蒂冈的《贝尔维德尔的阿波罗》

相媲美。这座雕像刻画了阿耳忒弥斯正在拯救被追捕的牝鹿,双目怒视着猎手。她一手抚摸着牝鹿的头,保护着小鹿;一手从肩膀上取出一支弓箭。

阿耳忒弥斯的代表性物件分别是弓、箭和矛。此外,雌鹿、狗、熊及野猪对她来说都是神圣之物。

祭拜阿耳忒弥斯时,任何漠视或忽视的行为都会立马遭到她的报复,其中一个典型例子就是卡吕冬猎捕野猪。故事如下:

埃托利亚卡吕冬的国王俄纽斯为感恩丰收之年,组织祭拜众神,但一时疏忽未将阿耳忒弥斯列入其中,引起了她的不满。阿耳忒弥斯对此大发雷霆,派遣一头力大无比的巨型野猪来到当地,摧毁了正在发芽的稻谷,损坏了田地,

阿耳忒弥斯

还以饥荒和死亡威胁当地居民。正值此时,国王俄纽斯的儿子墨勒阿革洛斯从亚尔古远征中归来,英勇无畏,当他看到自己的国家遭野猪肆意践踏,恳请当地所有名人志士前来相助,一同围猎凶残的怪兽。很多人都响应了他的号召,其中颇有名望的有伊阿宋、卡斯托耳与波吕克斯、伊达斯和林叩斯、珀琉斯、忒拉蒙、阿德墨托斯、佩里托俄斯和忒修斯。俄纽斯的妻子阿尔泰亚的兄弟们也加入其中。此外,墨勒阿革洛斯还征募了飞毛腿女猎手阿塔兰忒。

阿塔兰忒的父亲司寇纽斯是阿卡迪亚人。当年,他特别希望能有个儿子,看到女儿阿塔兰忒出生后大失所望,将她丢弃在山上自生自灭。在那里,阿塔兰忒由一头母熊哺乳,后来,又被猎人发现带回抚养,取名为阿塔兰忒。长大后,她热衷捕猎,并且外貌出众,胆量过人。虽然常常有人求爱,但是她坚持独身,因为神谕曾预言称,如果阿塔兰忒嫁给了任何一位求婚者,

第一部分　神话

都会招来厄运,在劫难逃。

尽管很多仁人志士不愿与少女结伴打猎,但是墨勒阿革洛斯深爱着阿塔兰忒,还是说服了大家,共同踏上捕杀野猪的征途。阿塔兰忒向野猪投去矛枪,第一个伤到了野猪,在此之前,野猪用凶猛的獠牙已经杀害了两位勇士。漫长激烈的角逐后,墨勒阿革洛斯成功杀死了这头怪物,并将猪头和兽皮作为战利品送给了阿塔兰忒。但是,墨勒阿革洛斯的舅舅们却强行夺走了兽皮,并声称如果墨勒阿革洛斯放弃战利品,他们作为近亲有权分享。此时,怒气未消的阿耳忒弥斯在舅甥之间挑拨,引发墨勒阿革洛斯与舅舅之间激烈的争吵,随后发生了打斗。打斗中,墨勒阿革洛斯杀死了他的舅舅,并将兽皮还给阿塔兰忒。当他的母亲阿尔泰亚看到兄弟们的尸体时,哀痛欲绝,怒气填膺。她发誓要杀死亲儿子为他们报仇。复仇的工具唾手可得,这对儿子来说,实属不幸。

墨勒阿革洛斯出生时,命运女神摩伊赖来到俄纽斯家,指着炉中燃烧的一块木头说,一旦木头烧光,孩子必死无疑。听到这话,阿尔泰亚拿起木头,把它小心翼翼地放在箱子里,视若珍宝。然而如今,儿子杀死了舅舅们,母亲对儿子的感情由爱生恨。她把那块决定生死的木头扔进了熊熊烈火之中。木头燃烧时,墨勒阿革洛斯的身体渐渐衰弱;最终木头烧成灰烬,他也一命呜呼。阿尔泰亚对自己鲁莽的举动追悔莫及,在绝望和悔恨中结束了自己的生命。

阿塔兰忒在著名的捕猎野猪行动中无所畏惧,她的父亲听闻此事,承认阿塔兰忒就是自己多年前丢失的孩子。父亲催促她从众多求婚者中选择一位,阿塔兰忒答应了父亲的要求,但前提是只有赛跑中跑得比她快的那位求婚者才能成为她的丈夫,而跑得比她慢的,她都要用她手中的长矛处死。阿塔兰忒健步如飞,无与伦比,因此很多求婚者都被处死。一位名叫希波墨涅斯的美少年在狩猎中全神贯注,可是并没有能够赢得阿塔兰忒的芳心,最后,他铤而走险参加了这次凶多吉少的赛跑比赛。他意识到只能略施小计才能获胜,于是在阿芙洛狄忒的帮助下,从赫斯珀里得斯姐妹的花园里摘取了三个金苹果，赛跑时每隔一段时间就在跑道上扔下一个苹果。当阿塔兰忒确信自己要取得胜利弯腰捡起诱人的苹果时，希波墨涅斯已经抵达了终点。希波墨涅斯成为阿塔兰忒的丈夫，完全沉浸在喜悦之中，将阿芙洛狄忒对他的恩情抛之脑后。于是，阿芙洛狄忒收回了对这对新婚夫妇的祝福。不久，有关阿塔兰忒婚姻的不幸预言便得到了证实，阿塔兰忒和丈夫希波墨涅斯未经允许在宙斯的圣园内闲逛，两人都被变成了狮子。

捕猎野猪行动令人难以忘怀，该行动的战利品也被阿塔兰忒带到了阿卡迪亚。许多世纪以来，卡吕冬野猪的兽皮和獠牙一直挂在位于忒革亚的雅典娜神庙中。这些獠牙随后被运到古罗马，与其他的奇珍异宝共同陈列展出。

阿耳忒弥斯厌恶任何人打扰她的隐居生活，对此，知名猎人阿克泰翁的下场就是最有力的例证。有一天，阿克泰翁碰巧看到阿耳忒弥斯和侍女们在洗澡，就冒失地走了过去。阿耳忒弥斯对他的厚颜无耻怒发冲冠，用水泼他，将他变成了一头牝鹿。随即，他被自己的猎狗撕碎吞吃。

以弗所阿耳忒弥斯

以弗所的阿耳忒弥斯，又称"以弗所狄安娜"，是亚洲非常古老的一位神灵，源自波斯，被称为梅特拉。早在古希腊殖民者第一次踏上小亚细亚时就发现了当地人供奉这位神灵。虽然这位神灵与古希腊人信仰的阿耳忒弥斯只有一个共同特点，但他们还是将其等同于希腊的阿耳忒弥斯。

梅特拉是一位拥有双重身份的神灵。在一种身份中，她的爱无所不在；在另一身份中，她则是天堂之光。由于阿耳忒弥斯充当了塞勒涅的角色，作为古希腊唯一代表天堂之光的女神，来自希腊的移民们依据习俗将异国神灵与本国相融合，立马抓住这点相似之处将梅特拉视作阿耳忒弥斯。

在另一角色中，她的爱遍及一切生灵，无处不在。人们认为她也存在于冥界。在那里，她施行仁政，在一定程度上取代了古代神灵赫卡忒，同时也在一定程度上代替了冥后珀耳塞福涅。因此，人们认为是她允许离世的亡灵重访人间，与深爱之人交流，及时警告他们即将来临的灾难。事实上，古代伟大的思想家们认为,体现在以弗所阿耳忒弥斯身上伟大、强烈和无处不在的爱正是统治宇宙的精神;大自然中所有的神秘和仁慈都源于她的影响。

以弗所(小亚细亚的一个城市)有一座宏伟的阿耳忒弥斯神庙,位列世界七大奇迹之一,外观华美宏伟,举世无双。神庙的内部装饰有雕像和绘画作品,竖有127根圆柱,每根高达60英尺,由不同的国王立放在那里。神庙中有大量的奇珍异宝,阿耳忒弥斯女神在此受到人们神圣庄严的祭拜。神庙里矗立着她的雕像,用黑檀木雕刻而成,双臂雕有狮子,头上顶着炮塔,胸前若干乳房代表着大地和自然的富足。这座闻名遐迩的神庙主要出自建筑师戽西夫若恩之手,不过,神庙打完基石后,耗费了整整220年才全部竣工。但是,几个世纪的劳动结晶却在一夜之间被摧毁。一个名叫赫洛斯塔图斯的人极度想要万古留名,纵火烧毁了整座神庙。以弗所人对这场灾难义愤填膺,痛心疾首,颁布法律禁止提及纵火犯的姓名。不过,事与愿违,他的姓名代代相传,并且只要人们想起著名的以弗所神庙,就一定会想到赫洛斯塔图斯。

布劳伦阿耳忒弥斯

如今的克里米亚在古代被叫作陶里卡克森尼索。古希腊移民将其开拓为殖民地,并发现塞西亚人拥有一位本土神灵,与阿耳忒弥斯有些相似,便将其等同于母国的狩猎女神。在陶里,当地人供奉阿耳忒弥斯的方式极为残暴。依照阿耳忒弥斯制定的法令,所有登岛的外乡人,无论男女,也无论是主动登陆海岸还是遭遇海难,都得成为她神坛上的祭品。据说,这条法令由陶里的贞洁女神颁布,让追随者们不受异国影响,以保持当地信仰人群的纯洁性。

陶里的阿耳忒弥斯神庙中有一位女祭司,叫作伊菲革涅亚。有关她的故事逸趣横生,成为席勒优秀剧作的主题。故事发生在特洛伊战争伊始,内容如下:为围攻特洛伊城,古希腊人将征集来的所有船只聚集在波奥提亚的奥利斯港湾,整装待发。不幸的是,统帅阿伽门农意外杀死了一只正在树林食草的牝鹿,而牝鹿是阿耳忒弥斯的圣物。阿耳忒弥斯十分生气,让海面保持风平浪静,延迟舰队的起航。此时随军的占卜师卡尔卡斯称唯有献祭阿伽门农的爱女伊菲革涅亚才能平息女神的怒火。阿伽门农英勇无畏,但是听到这些话,统帅的心沉入大海,回应说与其同意这么残忍的做法,不如自己放弃这次远征回阿尔戈斯。面对进退两难的窘境,奥德修斯和其他将领召开了一次会议,商讨此事。经过慎重考虑,与会人员认为个人情感应该服从国家的利益。郁郁寡欢的阿伽门农一直不听他们的意见,可最终还是被说服了,认为自己有责任作出牺牲。于是,阿伽门农给妻子克吕泰涅斯特拉送信,借口称英雄阿喀琉斯想娶伊菲革涅亚为妻,恳请她迅速派女儿前来。慈祥的母亲为她美丽的女儿有了锦绣前程高兴不已,立即按照丈夫的命令将女儿送到了奥利斯港湾。伊菲革涅亚抵达目的地后才惊恐地发现等待自己的竟是这般厄运。她跪在父亲的脚下,伤心欲绝,满脸泪水地请求父亲能发发慈悲,留下自己年轻的生命。但是,哎!一切都早已注定,她的父亲此时后悔莫及,心如刀割,却又无力改变。可怜的伊菲革涅亚被送往祭坛,致命的钢刀已经举起,正要杀她时,伊菲革涅亚突然消失,祭坛上出现了一头漂亮的小鹿,以供献祭。原来是阿耳忒弥斯怜悯伊菲革涅亚年轻貌美,托一片云把她带到了陶里。在那里,她成为了阿耳忒弥斯的一位女祭司,奉命管理阿耳忒弥斯神庙,然而这一圣职要求祭司必须用人做祭品向阿耳忒弥斯献祭。

多年后,漫长疲倦的特洛伊战争告一段落。英勇的阿伽门农凯旋,却死在妻子和埃癸斯托斯的手中。而他的女儿伊菲革涅亚仍然流放异乡,一直履行着可怕的祭司职责。她早已放弃了回到朋友身边的希望,直到有一天两个古希腊外乡人登陆残酷的陶里海岸。他们是俄瑞斯忒斯和皮拉得斯,他们感情深厚、亲密无间,因此他们的名字象征着具有自我牺牲精神的忠贞友谊。事实上,伊菲革涅亚是俄瑞斯忒斯的亲姐姐,也是皮拉得斯的堂姐。他们踏上危机四伏的征途,目的是想得到陶里的阿耳忒弥斯雕像。俄瑞斯忒斯由于弑母为父报仇,迁怒了复仇女神,被她们到处追捕,直到后来,德尔斐神谕告诉他只有将陶里的阿耳忒弥斯神像运送至阿提卡,才能让复仇女神息怒。于是，俄瑞斯忒斯立马下定决心要拿到神像。他的莫逆之交皮拉得斯坚持与他共担风险，他们一起踏上了前往陶里的征途。不幸的是，这两位年轻人还未踏上海岸就被当地人抓个正着，并和往常一样把他们作为祭品运到阿耳忒弥斯神庙。虽然伊菲革涅亚不知道两位是自己的亲人，但在发现他们是古希腊人后，便认为这是一个向母国传信的大好时机。于是，她要求其中一位帮自己送封信回家。对于送信的任务两位朋友都为彼此考虑，发生了争执，恳求对方接受这项难得的机会，以获得生命和自由。最终，在俄瑞斯忒斯急切的恳求下皮拉得斯同意送信，他仔细看着信封上的姓名和地址，发现这正是寄给俄瑞斯忒斯的信件，惊喜万分。随即交代了事情的原委，兄妹俩彼此相认，喜极而泣，紧紧相拥。伊菲革涅亚在朋友和亲人的帮助下，与他们一起逃离了陶里，在这里，她度过了那么多不幸的日子，亲眼目睹了太多惨绝人寰的场景。

三位逃亡者设法得到了陶里阿耳忒弥斯的雕像，并一同把它带到了位于阿提卡的布劳伦。此后，这位神灵就是我们所说的布劳伦阿耳忒弥斯。陶里人祭拜阿耳忒弥斯时采用的声名狼藉的仪式也被引入了古希腊。在雅典和斯巴达，充当祭品的活人在祭祀刀下血流如注。将人当作祭品供奉给阿耳忒弥斯的习俗遭人唾弃，但一直延续到莱克格斯时代才结束。伟大的斯巴达立法者莱克格斯另立他法，终止了这一习俗，但新法几乎同样野蛮，即鞭笞青年，在布劳伦阿耳忒弥斯的神坛上，用鞭子毒打年青人。有时，被打的青年真的会一命呜呼，然而，据说他们的母亲们却不会哀悼孩子的命运，反倒兴高采烈，认为那样死去是他们的光荣。

塞勒涅·阿耳忒弥斯

迄今为止，我们只了解了阿耳忒弥斯在人间不同阶段的生活。她的兄弟阿波罗逐渐具有了较为古老的太阳神赫利俄斯的属性，与阿波罗相似，人们在后来也将阿耳忒弥斯等同于月亮女神塞勒涅。作为月亮女神，阿耳忒弥斯总被描绘成前额有一轮闪亮的新月，头戴飘逸的面纱，面纱饰满明星，长至脚踝，身着长袍，完全遮掩了身体。

狄安娜

古罗马人信仰的狄安娜（Diana）与古希腊的阿耳忒弥斯相同，都具有独一无二的三重角色，这也是古希腊女神个性的显性标记。在天界，她是鲁娜（月亮），在人间是狄安娜（狩猎女神），在冥界则是珀耳塞福涅（冥后）。然而，与以弗所阿耳忒弥斯不同，狄安娜作为珀耳塞福涅时并没有将爱和怜悯之心带入冥界；相反，她总是对人类充满敌意，例如行使巫术、施加咒语以及其他的敌对行为。事实上，在后期她就发展为相当于古希腊的赫卡忒。

一般情况下，狄安娜的雕像会修建在三岔路口，因此她又叫作特里维亚（Trivia，tri 指"三"，via 表示"道路"）。塞尔维乌斯·图利乌斯在阿文丁山上专门为狄安娜建造了一座神庙，据说是他最早将供奉狄安娜的传统引进古罗马。

为纪念狄安娜，每年 8 月 13 日人们都会在阿里西亚附近的树荫千里光湖泊庆祝奈莫拉利亚节，又称丛林节。在狄安娜神庙中任职的祭司都是逃亡的奴隶，通过杀害上任获得职务，因此他们总是全副武装，随时要应对下一个野心勃勃之人。

赫菲斯托斯（伏尔甘）

赫菲斯托斯（Hephæstus）是宙斯和赫拉的儿子，从好的一面来看，他是火神，掌管需要用火的各种工艺。他得到大家的尊重，因为他不仅是工艺之神，也是家庭壁炉之神，让整个文明社会受益匪浅。与古希腊其他诸神不同，赫菲斯托斯外貌丑陋，身体畸形，举止笨拙。他走起路来一瘸一拐，这是因为有一次宙斯和赫拉发生矛盾赫菲斯托斯袒护赫拉，宙斯一怒之下，便将他从天上扔了下来。整整一天，他才从奥林匹斯山坠落到人间，最终落在利姆诺斯岛上。当地的居民见到他从空而降，便张开双臂接住他；尽管当地人们细心照料，但赫菲斯托斯还是摔坏了一条腿，之后一直跛行。为感激善良的利姆诺斯岛人，此后赫菲斯托斯一直居住在岛上，指导当地人们如何铸造金属以及其他珍贵有用的艺术品。他为自己建造了一座华丽的宫殿，还铸造工艺品，追求自己的业余爱好。

据说，赫菲斯托斯的第一件作品是一个别出心裁的黄金宝座，宝座内设有秘密弹簧，他将这个宝座送给了赫拉。赫拉一坐上宝座就发觉自己无法动弹，即便众神竭力营救，也都只是徒劳。赫菲斯托斯就是想借此机会报复赫拉，因为没有英俊的外表、优雅的举止，母亲赫拉对他总是很残酷。然而，酒神狄俄尼索斯却设法把他灌醉，说服他回到了奥林匹斯山。赫菲斯托斯将他母亲赫拉从黄金宝座上释放下来，与父母重归于好。

后来，他在奥林匹斯山上用黄金为自己建造了一座金碧辉煌的宫殿，也为其他神灵修建了宏伟壮丽的神殿供他们居住。赫菲斯托斯亲手制成了两座纯金的女性雕像。这两座雕像可以走动，时刻伴随在赫菲斯托斯身边。赫菲斯托斯拥有的各种精美绝伦的技艺都得到了这两座雕像的帮助。在库克罗普斯的帮助下，他为宙斯锻造出天衣无缝的雷电，给予他强大的父亲一种新的、令人生畏的力量。宙斯为了证明他对这份珍贵的礼物欣赏有加，将美丽的阿芙洛狄忒许配给赫菲斯托斯，但是这一恩赐并不太靠谱：阿芙洛狄忒非常可爱，是优雅与美貌的化身，她对笨手笨脚、其貌不扬的配偶毫无爱意，还常常取笑他笨拙的举止和丑陋的外表。特别是有一次，赫菲斯托斯好心地担任诸神的司酒官，他的跛足和笨拙让诸神哄堂大笑，而领头的正是自己不忠的妻子阿芙洛狄忒，她毫不掩盖内心的嘲讽。

阿芙洛狄忒更喜欢阿瑞斯，而不是自己的丈夫，这种偏爱自然让赫菲斯托斯嫉妒不已，双方都不开心。

赫菲斯托斯似乎已经成为奥林匹斯山上不可或缺的一员。他在那里是铁匠、军械师、战车建造师等。上文中提到过，赫菲斯托斯为诸神建造神殿供他们居住；为他们铸造金鞋，可以脚踏云层或水流前行；为他们锻造无与伦比的战车；为天马装上铜蹄，拉着金光闪闪的战车，驰骋于大地或海洋之上；赫菲斯托斯制作了三脚鼎，可以在神殿大厅中自行进出；为宙斯锻造了闻名遐迩的神盾，并建立了宏伟壮观的太阳殿。他还创造出埃厄忒斯公牛，公牛的四肢由黄铜所制，鼻孔能够喷出火焰，释放出烟雾，它们的怒吼声充斥四周。

赫菲斯托斯为人类创造的最为著名的艺术品包括：阿喀琉斯和埃涅阿斯的铠甲、哈耳摩尼亚精致的项链以及阿里阿德涅的皇冠；此外，他的代表作还有潘多拉，前边已有详细的叙述。

为纪念赫菲斯托斯，人们在埃特纳火山上建造了一座神庙，只允许单纯善良的人入内祭拜。神庙的入口处由几条狗把守着，这些狗具有特殊的能力，可以辨别正义与邪恶。它们对好人亲切温顺，对恶人狂吠不止，将恶人驱之门外。

赫菲斯托斯常常被塑造成一位中等身材的成年男子，体格健硕，肌肉发达，力大无比；他正抬起结实的臂膀，用手里的锤子锤击铁砧，另一个手中转动着雷电，身旁的雄鹰正等待着把雷电送给宙斯。利姆诺斯岛是敬奉赫菲斯托斯的主要地区，他在那里深受人们爱戴。

伏尔甘

古罗马神话中的伏尔甘（Vulcan）来源于古希腊，但是却从未在古罗马深根固蒂，也没有走进大部分古罗马人的实际生活和内心深处。古罗马人对伏尔甘的敬仰缺少虔诚和热情，而虔诚和热情也正是敬奉其他神灵的显著特征。不过，伏尔甘在古罗马仍然是火神，保留了赫菲斯托斯的特征，并且也是无人能及的金属工艺品的制造大师，还被列为奥林匹斯山的十二位大神之一，这十二位大神的镀金雕像依次矗立在古罗马广场上。伏尔甘是火神的古罗马名，该名似乎与圣经历史中的土八该隐相关，他是铜匠和铁匠的祖师。

波塞冬（尼普顿）

波塞冬（Poseidon）是克洛诺斯与瑞亚之子，也是宙斯的兄弟。他是海神，主要掌管辖地中海海域。正如他管辖的海洋一般，波塞冬性情多变，时而焦躁不安，时而平静温和。因此，在描述波塞冬时，有的诗人说他沉着冷静，有的说他心浮气躁。

在古希腊神话的早期阶段，波塞冬仅仅只是水的象征；后来航海技术日新月异,国与国交流往来如梭,极大地促进了海洋运输的发展,波塞冬的地位也日益凸显,被视为独一无二的神灵,无可厚非地统治着整个海洋,成为所有海神至高无上的首领。他能够随意制造出破坏性极高的狂风暴雨,巨浪滔天,长风呼啸,乌云笼罩着大地和海洋,在他的怒吼下,肆虐的灾难向可怜的水手袭来。同时,他也能平息狂风巨浪,使汹涌的海水平静下来,确保水手们安全航行。因此,在航行前人们总会举行祝酒仪式祈求和安抚波塞冬,待安全返航后又会满怀感激地向他奉上祭品,进行感恩祈祷。

波塞冬

渔夫的叉子或三叉戟象征着波塞冬的权杖,通过这柄利剑,他能撼动大地制造地震,将岛屿从海底升起,让泉水喷涌而出。

实际上,波塞冬也是管理渔民的神灵,因此在以鱼类为主要贸易商品的沿海国家,波塞冬备受人们的敬仰。据说,波塞冬通过制造泛滥成灾的洪水发泄自己的不满,让整个国家覆灭,还常常派出海怪去吞噬那些逃离洪水的人们。不过,这些海怪可能是诗人们想象出来的角色,伴随洪水而来,代表着饥荒的恶魔。

一般来说,波塞冬在面部特征、身高和一般体貌上都与弟弟宙斯十分相像。不过,从海神的面貌上我们看不到他仁慈和善的一面,这与强势的宙斯截然不同。波塞冬的眼睛炯炯有神,洞悉一切,脸庞比宙斯要瘦削,似乎与他狂暴的个性相吻合。他长着一头黑色的卷发,凌乱地散落在肩膀上;他胸膛宽阔,身材威武健壮;还留了弯曲的短胡须,额头上绑着一条彩带。

波塞冬常常站立在漂亮的战车里,战车由铜蹄金毛的海马拉着。海马驰骋在汹涌的波涛上,战车几乎在水面上腾空前行。深海的怪兽们认出自己强大的主人后,在波塞冬的身旁欢呼雀跃,同时,大海也满怀欣喜,为至高无上的首领开辟一条平静的道路。

波塞冬居住在埃维亚岛海底的华丽宫殿里,但他在奥林匹斯山上也有一座宫殿,不过只有参加众神会议时才会住那里。

他的海底宫殿面积很大,能容纳数千人。宫殿的外部金碧辉煌,在海水的冲刷下依旧光彩夺目;宫殿内高耸的圆柱,优雅别致,支撑着圆顶。到处都是喷泉,水花晶莹剔透;到处都是海洋植物林以及爬满了海洋植物的凉亭,植物的叶子好似一片片羽毛;同时水晶般的岩石五光十色,像彩虹一样色彩斑斓,夺人眼球。一些小道上铺上了闪闪发光的沙子,上边点缀着珠宝、珍珠和琥珀。这座华丽夺目的宫殿四周非常开阔,周围有深紫色的珊瑚林,有一簇簇长着鲜红色叶子的植物,还有五彩斑斓的海葵。还有粉色的海草,非常耀眼,五颜六色的苔藓和茂盛的杂草向上生长,形成了翠绿色的洞穴和石窟,如同涅瑞伊得斯海神爱的家园。同时,各种鱼类欢快地游来游去,尽情享受自己的乐园。这里也不缺乏照明,每天晚上深海的萤火虫都会点亮这童话般的世界。

虽然波塞冬对海洋及其居民拥有至高无上的统治权,但是他臣服于奥林匹斯山的最高统治者宙斯。我们可以看到,一旦发生危机,波塞冬都会伸出援手帮助宙斯迎战对手,经常给予他宝贵的支持。有一次宙斯遭到巨人袭击,波塞冬与可恶的巨人波吕玻忒斯单挑,在海上持续追击,最终把科斯岛压在波吕玻忒斯身上,杀死了巨人,借此证明他是宙斯最强大的盟友。

兄弟二人虽然关系密切,但有时也有隔阂。例如,有一次,赫拉和雅典娜密谋推翻天神宙斯,约束他的自由,剥夺王权,波塞冬也参与其中。阴谋被揭穿后,宙斯暴跳如雷,严惩了主谋赫拉,甚至还毒打了赫拉,而波塞冬只是受到谴责,剥夺对海洋为期一年的统治权。也正是在这一年间,波塞冬和阿波罗携手为拉俄墨多建造了特洛伊城墙。

波塞冬化身海豚向海仙女安菲特里忒求爱,并与她结为连理。后来,波

第一部分　神话

塞冬又爱上了美丽的少女斯库拉,让安菲特里忒心生嫉妒。为报复斯库拉,安菲特里忒在她沐浴的井水中放了草药,让她蜕变成了一个丑陋且可怕的妖怪,长着十二条腿,六个脑袋,六个长长的脖子,声音像狗吠。据说,怪物斯库拉居住在高处一个岩石的山洞里,这块广为人知的岩石上至今还刻着她的姓名。每当船只经过,斯库拉会从岩石上飞扑下去,每个头都能捕杀一位受害者。

安菲特里忒的形象通常是帮波塞冬将海马拴在他的战车前。

上文克洛诺斯的故事中曾经提到过独眼巨人库克罗普斯,他们是由波塞冬和安菲特里忒所生。独眼巨人属于野性种族,身材巨大,与人间出生的巨人具有相似的本性,前额的中间处只长了一只眼睛。他们过着无法无天的生活,既不懂得社交礼仪也不畏惧诸神,同时还是赫菲斯托斯的工匠,据说在位于埃特纳火山中心的作坊里工作。

关于古希腊人拟化大自然力量的方式,还有一个典型的例子。古希腊人认为大自然的力量无处不在,并发挥着积极的作用。当他们看到从埃特纳火山或其他火山山顶喷出的大火、石子和灰烬,他们既敬畏又惊讶,试图通过发挥他们丰富的想象找出谜团的答案。他们认为火神和他的下属一定在大地深处忙着工作,他们看到的这般熊熊大火是由地下熔炉喷发而成。

食人怪物波吕斐摩斯是独眼巨人库克罗普斯的代表人物,荷马在他书中描写道:奥德修斯最终戳瞎了他的独眼,以智取胜。

这个怪物爱上了美丽的海仙女伽拉忒亚,但是海仙女拒绝了他的表白,接受了一位名叫阿喀斯的青年。波吕斐摩斯一贯残暴,当时就用巨石砸死了阿喀斯。受害人阿喀斯的鲜血从岩石中喷涌而出,汇成了一条溪流,至今这条河流仍以他的名字命名。

特里同、罗达和本塞西库墨也是波塞冬和安菲特里忒的孩子。此外,海神波塞冬还养育了双胞胎巨人奥托斯和埃菲阿尔忒斯。据说,这对双胞胎九岁时就有27腕尺高,9腕尺宽。这两个年轻巨人自恃力气大,不禁狂妄叛逆起来,甚至还无礼地威胁诸神。在巨人之战期间,他们堆叠一座座高山,

71

试图抵达天界。当时,他们已经成功地把佩利翁山叠放在奥萨山上,是阿波罗用箭摧毁了他们亵渎神灵的计划。有人认为,要不是两位英年早逝,那么他们亵渎神灵的计划可能就成功了。

珀利阿斯和涅琉斯也是波塞冬的儿子。他们的母亲蒂罗尔爱着河神厄尼普斯,波塞冬变成了厄尼普斯的模样,赢得了她的芳心。之后,珀利阿斯在阿尔戈远征中声名远扬,而涅琉斯就是在特洛伊战争中赫赫有名的涅斯托耳的父亲。

古希腊人认为他们应该感激波塞冬创造了马匹。据说他是这样制造出马匹的:雅典娜和波塞冬都声称有权命名卫城(古时雅典的名称),双方发生激烈的争吵,最终通过奥林匹斯诸神会议解决了纷争。诸神决定两位竞争者中谁能够为人类带来最有用的礼物,谁就能获得命名卫城的特权。当时,波塞冬用他的三叉戟猛击地面,立刻跳出了一匹未驯服的骏马,力大无比,矫健俊美;而雅典娜用魔杖触碰了地面,立马长出一棵橄榄树。诸神一致认为雅典娜获胜,称她的礼物象征着和平和富庶,而波塞冬的礼物则代表着战争和杀戮。于是,雅典娜以自己的名字雅典来命名卫城,一直使用至今。

波塞冬开始驯服马匹供人类使用,并且还教授人类用缰绳御马。为纪念波塞冬,人类创立了伊斯特米亚竞技会(这样命名是由于在科林斯湾的伊斯特米亚举行),其特色就是赛马和马车比赛。

虽然在古希腊和意大利南部波塞冬普遍受到敬仰,但是对他的崇拜主要在伯罗奔尼撒半岛。他的祭品通常是黑色和白色的公牛,也有野猪和公羊。三叉戟、马匹和海豚是他的代表性圣物。

在古希腊的部分地区,波塞冬神会与海神涅柔斯相提并论。因此,涅柔斯的形象被刻画为他的女儿们时刻相伴左右。

尼普顿

古罗马人以尼普顿(Neptune)的名字信奉海神波塞冬,并把这位古希腊神的所有特征赋予了尼普顿。古罗马将领在海上远征前,都会举行祭祀仪式安抚尼普顿。

在古罗马,尼普顿的神庙位于战神广场,为纪念他而庆祝的节日被称为海神节。

海神

俄刻阿诺斯

俄刻阿诺斯(Oceanus)是乌拉诺斯和盖亚的儿子。早期的古希腊人认为,他象征着奔腾不息的水源,环绕世界各地,滋养了一条条河流和溪水,润泽着大地。俄刻阿诺斯与提坦神忒堤斯结为连理后,养育了很多的孩子,据说共有三千,被称为海洋女神。在提坦之战中,俄刻阿诺斯是唯一没有参战对抗宙斯的神灵,因此在宙斯时代,他也是众神中唯一继续拥有统治权的原始神祇。

涅柔斯

涅柔斯(Nereus)象征着波澜不惊的大海,是继波塞冬之后最重要的海神。他总被描绘成一位和蔼仁慈的长者,拥有未卜先知的才能,主要管辖爱情海海域,也因此被视为爱情海的保护神。他与妻子多里斯以及五十个貌美如花的女儿——神女涅瑞伊得斯,都居住在海底漂亮的石窟宫殿里,时刻准备在危难时刻援助不幸的水手。

普罗透斯

普罗透斯(Proteus),熟称"海洋老人",是波塞冬的儿子,具有预知未来的能力。但是他极其反对别人询问他未来的事。正午时刻,普罗透斯习惯带着一群海豹来到法罗斯岛,海豹是波塞冬的,他帮忙照料。那些期待普罗透斯告知未来事情的人得等到那时候。普罗透斯常常会在岩石下宜人的荫凉处睡觉,深海海豹环绕在他的四周。这正是向他请求预言的最佳时机。

为了避免被人纠缠不休,他会变成各种不同的样子。不过,耐心决定一切;如果被追问很久,普罗透斯最终会精疲力尽,恢复原形,告诉人们想要的预言。之后,他又会与自己照料的海豹一同潜入海底。

特里同

特里同(Triton)是波塞冬和安菲特里忒唯一的儿子,不过他的影响力微小,只能算作一位小神。他常常被刻画成小号手的形象,吹着海螺壳,给父亲领路。特里同和父母一同居住在爱琴海海底金碧辉煌的宫殿内,平日最喜欢骑着马或海怪在海浪上穿行。特里同一直被描绘成半人半鱼的样子,腰部以下长着海豚的尾巴。我们常常提到的特里同族可能是特里同的后代,也可能是他的亲属。

格劳科斯

据说,格劳科斯(Glaucus)是以这样的方式才成为了海神。有一天,他在钓鱼,发现被他钓起并且扔在岸上的鱼立刻咬了几口旁边的杂草,纵身一跃又回到了海里。这一幕激起了格劳科斯的好奇,他也采了几片草叶尝了尝。他一吃完,就有一种难以抗拒的冲动驱使他纵身跳入深海,变成了海神。

和大多数海神一样,格劳科斯具有未卜先知的能力,并且每年都要带着一群海怪巡访所有的岛屿和海岸,预言各种灾难。渔民们惧怕他的到来,并通过祈祷和斋戒竭力避免他所预言的灾难发生。他的形象常常被表现为脚踏巨浪,身上覆盖着贻贝、海藻和贝壳,长着大胡子,一头飘逸的长发,苦苦哀叹自己是位海神。

忒提斯

忒提斯(Thetis)拥有银色双脚和一头金发,在古希腊神话中具有至关重要的地位。她是涅柔斯的女儿,也有人说是波塞冬之女。忒提斯长得优雅

第一部分　神话

美丽，引人注目，因此宙斯和波塞冬都想娶她为妻；但是曾有预言称忒提斯的儿子会篡夺父亲的权利，因此两人都打消了念头，后来她嫁给了埃阿科斯之子珀琉斯。和普罗透斯一样，忒提斯可以变成各种不同的样子。当珀琉斯向她求婚时，忒提斯总会变身逃避他。但是坚持就是胜利，珀琉斯紧紧抱住忒提斯不放，直到她显出真身。他们的婚礼十分隆重，除纷争女神厄里斯之外其他的神灵都应邀出席了婚礼，为婚礼增彩。没被邀请参加婚礼的纷争女神是如何报复的，我们前面已有叙述。

忒提斯对强大的天神宙斯有着重要的影响力，这一点在后边我们也能看出。在特洛伊战争中，她利用了她的影响力支持赫赫有名的儿子阿喀琉斯。

海尔赛妮在丈夫柯宇可斯国王遭遇海难去世后，十分绝望地纵身跳入海中，这时忒提斯将夫妻二人变成了一对翠鸟，浓情厚意，双宿双飞，这种绵绵情意代表着这对不幸夫妻的情感。古希腊人认为，冬至前后，天朗气清，鸟巢漂浮在海面上，翠鸟会在巢里抚育小鸟。据说忒提斯在那时会让水流平缓，为翠鸟们提供方便，因此有了"幸福时光"（halcyon-days）一词，表示太平和无忧无虑的幸福时光。

陶玛斯、福耳库斯与刻托

早期的古希腊人有着超凡的想象力，使大自然的一切特性拟人化，赋予浩瀚的深海奇观独特的个性，从古至今，也为受过教育和未受教育的人提供了思索的素材。在这些拟人化的奇观中，我们发现了蓬托斯的后代陶玛斯（Thaumas）、福耳库斯（Phorcys）和他们的妹妹刻托（Ceto）。

陶玛斯（他的名字意味着奇迹）象征着奇特的、半透明状的海面。他像镜子一样，倒映着各种各样的景象。他似乎拥抱着闪烁的星星和灯火辉煌的城市，这些常常倒映在他晶莹剔透的怀中。

陶玛斯迎娶了俄刻阿诺斯可爱的女儿厄勒克特拉（她的名字代表电发出的闪闪亮光）。她长着琥珀色的头发，美丽至极，其他金发姐妹无人能及。

75

厄勒克特拉哭泣时,滴滴眼泪会变成闪闪发光的琥珀,每滴都是无价之宝,不可流失。

福耳库斯和刻托尤其象征着潜伏于海洋中的危险和惊骇。他们养育了戈耳工、格赖埃和守护赫斯珀里得斯金苹果的巨龙。

琉科忒亚

起初,琉科忒亚(Leucothea)是一位凡人,底比斯国王卡德摩斯之女。她嫁给了奥科美那斯的国王阿塔玛斯。看到琉科忒亚对继子们不和善,阿塔玛斯暴跳如雷,一路追击琉科忒亚和她的儿子,直到海边。眼见逃跑无望,琉科忒亚和她的儿子便跳入海里。他们受到海仙女涅瑞伊得斯的善待,并且成为了海神,取名琉科忒亚和帕莱蒙。

塞壬

塞壬(Sirens)象征着意大利西南海岸上大量的岩石和潜在的危险。她们是海仙女,上身是少女的身体,下身则是一只海鸟,肩上长着双翅,声音优美动人。据说她们常利用优美的歌声引诱水手,并杀害他们。

阿瑞斯(马尔斯)

宙斯与赫拉的儿子阿瑞斯(Ares)是战神,因此总以战争为豪;他热爱战场上的喧嚣和混乱,钟爱杀戮和毁灭;他毫无慈悲之心,祸国殃民。

尤其在史诗中,阿瑞斯被描绘成一位野蛮不羁的战士,旋风般穿梭在战场上,将对手打倒在地;摧毁所有的战车和盔甲,所向披靡,战无不胜。

在有关阿瑞斯的神话故事中,妹妹雅典娜一直是他的死对头,竭尽全力打败这位嗜杀成性的战神。因此,在围攻特洛伊城时,为了战胜阿瑞斯,雅典娜帮助狄俄墨德斯。在雅典娜的鼎力相助下,狄俄墨德斯成功击伤了残暴的战神阿瑞斯,阿瑞斯只好逃离战场,逃离时发出的怒吼声像万头公牛在咆哮。

除了阿芙洛狄忒以外,阿瑞斯似乎一直遭到奥林匹斯山诸神的厌恶。

身为赫拉的儿子,他继承了母亲强烈的独立意识和矛盾的性格。他还总爱扰乱父亲宙斯精心创造的和平生活,因此得不到父亲的欢心,宙斯甚至很讨厌他。这位奥林匹斯统治者本来很仁慈善良,但是阿瑞斯被狄俄墨德斯打伤后向父亲宙斯抱怨却未得到他的怜悯。父亲气冲冲地对他说:"不要整天用抱怨来烦我,奥林匹斯诸神中我最恨你,因为你只喜欢战争、冲突。你的身上融有你母亲的灵魂,你如果不是我的儿子,你比乌拉诺斯之子还要早下地狱。"

有一次,波塞冬之子哈利罗透斯对战神的女儿阿尔基佩无礼,阿瑞斯一气之下将他杀死,惹怒了波塞冬。因为这件事,波塞冬召集诸神控告阿瑞斯,由奥林匹斯诸神组成的庭审在雅典一座山上举行。最终,阿瑞斯被宣告无罪释放。据说,阿勒奥普格斯(又称阿瑞斯山)这一名字就来源于这一事件,之后它成为了著名的法院。在巨人战役中,阿瑞斯被波塞冬的两位巨人儿子阿罗伊代兄弟打败。他们让阿瑞斯戴上铁链,把他关进监狱长达13个月。

阿瑞斯常常被描绘成一位青年,高大威猛,力大无比,且反应敏捷。他的右手拿着一把剑或长矛,而左臂上挂着一个圆形盾。阿瑞斯所处的环境如恶魔一般,充斥着恐惧和不安。其中有战争呐喊女神厄倪俄,战争喧闹恶魔凯德莫斯,还有他的孪生妹妹和同伴纷争女神厄里斯。阿瑞斯奔赴战场时,厄里斯总是冲在他的战车前,显而易见,这是诗人的一种比喻,表示纷争引发战争。

厄里斯的形象常被表现为是一

阿瑞斯

位肤色红润的女神,一头乱蓬蓬的头发,一脸怒气,面相凶恶。她一手挥舞着匕首和一条嘶嘶作响的蝰蛇,另一只手拿着熊熊燃烧的火把。她的裙子脏乱破旧,头发上缠绕着毒蛇。凡人从来不会向纷争女神祈祷,除非他们想做坏事,希望厄里斯助一臂之力。

马尔斯

与古希腊战神阿瑞斯最为相像的古罗马神灵叫作马尔斯(Mars),又叫作马梅斯(Mamers)、马斯皮特(Marspiter)或神父马尔斯。

最初的意大利部落主要从事耕种,他们主要将马尔斯视为春神,驱走寒冬,又促进农业技术有条不紊地发展。古罗马本来就是一个好战的国家,渐渐地马尔斯也失去了爱好和平的特性。继朱庇特之后,马尔斯作为战神在奥林匹斯诸神中拥有至高无上的地位。古罗马人将他视为特殊的保护神,并且声称他是罗慕路斯与雷穆斯的父亲,是古罗马城的创始人。不过,虽然马尔斯在古罗马被称为战神,备受崇拜,但是他依然掌管农业,也是人类的保护神,关注国家的幸福安康。

作为神,马尔斯总是大步流星地奔赴战场,因此又被称为格拉迪沃斯(阔步前行的人)。古罗马人普遍认为马尔斯会带领他们前赴战场,并暗自守护着大家。作为掌管农业的神灵,马尔斯又称为赛尔瓦纳斯,而作为国家的守护者,他又被称为奎里努斯。

马尔斯共有十二位祭司,叫作沙里伊,因为身穿盔甲跳圣舞是他们祭祀仪式的重要环节,十分特别。这个宗教教派最初由努马·庞皮留斯创立,该宗教教派的成员都出生于罗马的贵族家庭,后来努马·庞皮留斯将神盾交由他们特殊管理。据说,一天早上,努马请求朱庇特庇佑新建的古罗马城,天神朱庇特似乎回应了他的祈祷,送来一个椭圆形的铜盾。当铜盾落在国王的脚下时,出现了一个声音说古罗马未来的安定与繁荣取决于对铜盾的保存。因此,为了避免圣物被盗,努马又另做了11个一模一样的铜盾,交给沙里伊保管。

古罗马军队在奔赴战场前都会庄严地恳求战神的协助和庇佑,并总是将不利的战势归咎于战神发怒。于是,他们通过向战神供上赎罪祭品和祈祷来平息战神的怒火。

在古罗马有个供马尔斯专用的地方叫作战神之地。那是一片面积很大的开阔地,用于集合检阅军队,召开群众大会以及对年轻贵族进行军事训练。

为纪念战神马尔斯,古罗马人建造了很多神庙,其中最著名、最壮观的神庙位于公共集会地,由奥古斯都建造,用来庆祝战胜杀害恺撒的凶手。

在现存的马尔斯雕像中最为著名的一座位于古罗马的路德维希别墅。这座雕像将马尔斯刻画成一位威武健硕的青年,洋溢着青春活力,正在休息,但又若有所思,一头短短的卷发,鼻孔大大的。这些十分显著的特征将他的力量和不安分的个性描绘得淋漓尽致。雕塑家在马尔斯的脚下还雕刻了一个小爱神,他无所畏惧地抬头仰望着威武的战神,似乎十分淘气地在想这不同寻常平静的心态都是受他影响。

一般情况下,三月份人们会举行纪念马尔斯的宗教节日,不过古罗马历中 10 月 15 日也是祭拜他的日子。那天,会举行战车比赛。赛后,获胜队右手边的马要供奉给他。古时候,人会被当做祭品供奉给马尔斯,尤其是战俘,后来这种残酷的做法被取消。

战神马尔斯的特征是铠甲、盾和长矛。供奉他的动物有狼、马、秃鹰和啄木鸟。

与战神马尔斯息息相关的是一位名叫贝罗娜的女神。显而易见,她是一些意大利原始民族(很可能是萨宾族)的女战神,常常与马尔斯同行,为他的战车引路。战场上的贝罗娜满腔怒火,残酷无比,狂爱厮杀。她身穿盔甲,全副武装,头发凌乱,一手挥舞着长鞭,一手拿着长矛。

战神广场上建有一座贝罗娜神庙。神庙的入口有一根柱子,公开宣战时要向这根柱子上扔一枝矛。

尼姬(维多利亚)

胜利女神尼姬(Nike)是提坦帕拉斯和斯堤克斯的女儿,掌管着冥界的尼姬河。

她的雕像有点像雅典娜，不过还是很容易辨别，因为她有一双巨大优美的翅膀，飘逸的长裳随意披在右肩上，部分遮掩了她婀娜的身姿。她的左手高举着月桂花环，右手拿着一根棕榈树枝。在古代，尼姬的雕像常常与宙斯或者帕拉斯·雅典娜的巨大雕像放在一起。尼姬的雕像与真人尺寸相同，站立在球上。雅典娜伸开手掌将她托在手中。有时尼姬也被刻画成在胜利者的盾上题词，记录着胜利，她右脚微微抬起，置于球上。

雅典卫城里还有为尼姬修建的一座神庙，举世闻名，至今保存完好。

维多利亚

尼姬以维多利亚（Victoria）的名字深受古罗马人的敬仰，对于他们而言，喜爱征服是维多利亚最引人注目的特征。

在古罗马有好几处维多利亚的圣殿，其中最重要的圣殿坐落在卡皮特尔山上。那里的将士们有一个习俗，一旦赢得战役就要为维多利亚女神建造雕像，庆祝他们的胜利。这些雕像中最宏伟壮观的当属奥古斯都在亚克兴战争后建造的维多利亚雕像。为了纪念尼姬，每年4月12号人们都会举行庆典。

赫耳墨斯（墨丘利）

赫耳墨斯（Hermes）是一位健步如飞的信使，也是众神值得信赖的使者，同时他还引领亡灵前往冥界。他掌管年青人的抚养和教育，并推崇发展健身操和体育。因此整个古希腊的体育馆和摔跤学校都立有他的雕像。据说，赫耳墨斯发明了字母表，还教授人们翻译异国语言的技能。因为他多才多艺，精明睿智，反应灵敏，宙斯扮成凡人，来到人间时总是让他担任侍者。

赫耳墨斯被敬奉为雄辩之神，大多是因为他身为使者常常进行谈判，而妙语连珠是决定谈判成功的关键因素。他还被视为畜牧之神，保障羊、牛等畜牧业的发展欣欣向荣，因此尤其受到牧民的爱戴。

在古代，人们主要通过交换家畜的方式进行贸易，于是畜牧之神赫耳墨斯渐渐被看做商人的保护神。因为买卖过程中反应敏捷机智是最重要的,因此他也被视为欺骗狡诈之术的庇护者。的确,在古希腊人心中这种想法已根深蒂固,赫耳墨斯甚至还被视为盗贼之神,保护着所有靠才智为生的人。

作为商业的保护神,赫耳墨斯自然被认为促进了各国间的相互交流。从本质上而言,他还是行路人的保护神,负责行人的安全,严惩那些拒绝帮助迷路行人和疲惫旅人的行为。赫耳墨斯也守护着大街小巷,他的雕像赫耳迈(几根石柱顶端是赫耳墨斯的头像)被放置在十字路口或者经常坐落在街道和公共广场上。

赫尔墨斯

赫耳墨斯是一切获利事务的保护神,给予人们财富和好运,受到人们的尊敬。人们也将任何突然降临的好运归于他的影响。他还掌管骰子游戏,据说在这方面他接受了阿波罗的指导。

赫耳墨斯是宙斯和迈亚的儿子,母亲迈亚(阿特拉斯的女儿)是七昂宿星中最美丽的大女儿。赫耳墨斯出生在阿卡迪亚库勒涅山的一个山洞里。婴儿时期,赫耳墨斯就表现出了狡猾虚伪的特性。事实上,他天生就是小偷,刚出生没几个小时,他就暗自爬出了山洞去偷哥哥阿波罗的牛,当时阿波罗正在喂养阿德墨托斯的羊群。不过,赫耳墨斯还没走太远就看到一只乌龟,杀了乌龟后,赫耳墨斯将七根弦穿过空龟壳,发明了七弦竖琴,并立马娴熟地演奏起来。自娱自乐后,他将琴放在摇篮里,继续前往皮埃里亚。那时,阿德墨托斯的牛群正在皮埃里亚食草。日落时分,赫耳墨斯到达了目的地,成功地从哥哥阿波罗那里偷走了五十头牛。赶牛时,为了避免引人怀疑,他未雨绸缪,脚上穿了桃金娘树枝编织的凉鞋。但是这淘气孩子的行为并非未被发觉,他的偷盗行为早已被老牧羊人巴蒂看在眼里,他当时正在照料皮勒斯国王涅琉斯(涅斯托耳的父亲)的羊群。赫耳墨斯非常害怕自己的行为被发现,于是挑选了最壮的一头牛贿赂巴蒂,让他替自己保守秘密,巴蒂答应为他保密。但是,赫耳墨斯既虚伪又诡计多端,还是决定检测下牧羊人巴蒂是否信守承诺。假装离开后,他变成阿德墨托斯的样子又回到原地,并告诉巴蒂如果能透露谁是作案的小偷,就奖赏两头最好的牛给他。这个计策果然有效,贪心的牧羊人无法抵抗诱惑,提供了所有的信息。这时,赫耳墨斯行使了神力,对他的背叛和贪婪行为进行了惩罚——将他变成了一块巨大的试金石。之后,赫耳墨斯杀死了两头牛供自己和其他神灵享用,剩下的藏在山洞里。接着,他小心地熄灭了火,把草鞋扔进阿尔甫斯河,回到了库勒涅山。

无所不见的阿波罗很快找出了盗牛之人,并迅速赶到库勒涅山,要求赫耳墨斯偿还牛。他向迈亚控诉她儿子赫耳墨斯的所作所为,她指指正躺在摇篮中熟睡的天真的孩子。于是,阿波罗愤怒地叫醒了装睡的赫耳墨斯,指控他就是小偷。年幼的赫耳墨斯理直气壮地否认一切,还自作聪明地扮演孩子的角色,天真烂漫地询问奶牛是什么动物。阿波罗便威胁赫耳墨斯如果不坦白就把他扔进地狱塔耳塔洛斯,但是一切无济于事。最后,他抓住赫耳墨斯的胳膊,把他带到了严父宙斯的面前。宙斯坐在天神的会议室里,倾听着阿波罗的指控,义正辞严地要求赫耳墨斯说出藏牛的地点。襁褓中的赫耳墨斯无所畏惧地抬头看着父亲的脸庞说道:"现在的我看上去能够赶走一头牛吗?我昨天才刚刚出生,双脚柔嫩,能在高洼不平的地方行走吗?直到刚才我都一直在母亲的怀里酣睡,从未踏出住所一步。您很清楚我是无辜的。但是,如果您希望,我会庄重发誓我确实没偷。"看着眼前的赫耳墨斯一副无辜样,宙斯禁不住对他的聪颖和狡猾一笑置之,但又对他的罪行一清二楚,便命他带领阿波罗前去隐藏牛群的山洞。眼看再多的托词都徒劳无益,赫耳墨斯只能立刻服从命令。然而,当阿波罗准备赶着牛群回到皮埃里亚时,赫耳墨斯偶然间碰到了七弦竖琴的琴弦。当时阿波罗只听过自己的三弦琴和西林克斯笛,又叫潘箫。他倾听着七弦琴演奏的欢快旋律,沉醉其

第一部分 神话

中,占有欲膨胀的阿波罗高兴地提出用牛进行交换,同时承诺给予赫耳墨斯牛羊马及森林所有动物的统治权。赫耳墨斯接受了这些条件,两兄弟和解,于是赫耳墨斯成为了牧民的保护神,而阿波罗则满腔热情地投身于音乐艺术。

他们俩结伴同行来到了奥林匹斯山,阿波罗介绍称赫耳墨斯是自己的好友和同伴,让他在冥河斯堤克斯旁发誓,称自己永远不会偷盗七弦琴和弓,也不会侵犯阿波罗在德尔斐的神庙。此外,阿波罗还送给赫耳墨斯双蛇杖或金色魔杖,魔杖的上方有双翅膀。在把魔杖交给赫耳墨斯的那一刻,阿波罗告诉他魔杖能够让因恨分离的人彼此相爱重归于好。赫耳墨斯想求证下这一说法,便将魔杖扔到了两条正在争斗的蛇之间,两条激烈交战的蛇瞬间变得友好起来,仿佛彼此拥抱缠绕在魔杖上,从此永不分离。魔杖本身就代表着权利;蛇象征着智慧;翅膀意味着快速传递;这些都是一位可靠信使所具有的品质特征。

父亲宙斯给年轻的赫耳墨斯戴上了一顶有翅膀的银帽(有翼帽),穿上了一双有翅膀的鞋子(翼靴),并立刻指派他为众神的使者,以及亡灵前往冥界的引路人,这一职务曾一直由阿伊得斯担任。

作为众神的使者,我们发现赫耳墨斯会出现在各种需要特殊本领、才智或需紧急送件的场合。于是,他带领赫拉、雅典娜和阿芙洛狄忒来到帕里斯,领着普里阿摩斯去见阿喀琉斯要回赫克特的尸体,将普罗米修斯捆绑在高加索山,把伊克西翁固定在永远旋转的轮子上,打败了百眼巨人阿耳戈斯等。

作为亡灵的引路人,亡灵们总是向赫耳墨斯祈祷赐予他们一条安全便捷的道路越过冥河斯堤克斯。赫耳墨斯还能够让亡灵回到人间,因此是生者和死者交流的桥梁。

古希腊诗人叙述了很多的趣事,描写爱恶作剧的赫耳墨斯戏弄其他神灵。比如,他斗胆从雅典娜的盾上拿下了美杜莎的脑袋,又嬉皮笑脸地贴到赫菲斯托斯的背上;他还偷了阿芙洛狄忒的腰带;取下了阿耳忒弥斯身上佩戴的箭和阿瑞斯的矛。然而,这些行为既灵巧曼妙又富有善意的幽默感,因此尽管诸神生气,但还是很乐意原谅他,众神都很喜欢他。

据说,有一天赫耳墨斯飞越雅典上空俯瞰这座城市时,看见很多的少女排成队,神情庄重地从帕拉斯·雅典娜神庙走出。走在队伍最前列的是赫尔塞,她是国王刻克洛普斯美丽的女儿,赫耳墨斯对她楚楚动人的样子一见倾心,决定与她见上一面。于是赫耳墨斯来到赫尔塞居住的皇宫,恳求她的姐妹阿格饶罗斯帮助他求婚。但是阿格饶罗斯贪得无厌,如果赫耳墨斯不给她足够的钱财,她就拒绝帮忙。对众神的信使而言,满足这个条件并不需要很长的时间,他很快就带回了一个钱包,里面装满了钱。与此同时,雅典娜为了惩罚阿格饶罗斯的贪婪,让她受制于嫉妒恶魔,结果导致她不考虑赫尔塞的终身幸福,坐在门前断然拒绝赫耳墨斯入内。赫耳墨斯使尽浑身招数,反复劝说,好话说尽,但是她仍然固执己见。最后,赫耳墨斯的耐心耗尽,将阿格饶罗斯变成了一块巨大的黑石,清除了他求婚路上的绊脚石,并最终说服赫尔塞成为他的妻子。

从赫耳墨斯的雕像上看,他是一位青年,没有胡须,胸膛宽阔,四肢肌肉发达;英俊的脸庞,露出几分睿智,雕刻精致的双唇挂着一丝和蔼善良的微笑,让人感到很亲切。

作为众神的信使,他戴着翼帽,穿着翼靴,手里拿着双蛇杖或预知权杖。

作为雄辩之神,赫耳墨斯的雕塑时常被表现为双唇挂着金链,而作为商人的保护神,他总是手拿钱包。

前边已有提及,在奥林匹亚的考古挖掘中发现了一组赫耳墨斯和幼年巴克斯的大理石雕像,这些雕像都是蒲拉克西蒂利的作品,十分精致。这一艺术巨作将赫耳墨斯雕刻成了一位青年俊男,低着头亲切深情地凝望睡在他怀中的孩子。但是,遗憾的是,在这个遗迹中,除了婴儿的右手被保存了下来,放在赫耳墨斯的肩上之外,其他部分都没有保存下来。

供奉赫耳墨斯的祭品主要包括香、蜂蜜、蛋糕、猪,尤其是羔羊和小山羊。赫耳墨斯身为雄辩之神,他的祭品还有动物的舌头。

第一部分　神话

墨丘利

在古罗马,墨丘利(Mercury)是商业利润之神。有记载称,早在公元前495年,大竞技场附近就有他的神庙。此外,在卡佩纳门附近也有为他建造的一座神庙和圣泉。据说圣泉拥有魔力,在每年5月25日举行的墨丘利纪念日里,商人们都会将圣水喷洒在身上和货物上,以确保货物能带来丰厚利润。

古罗马的随军祭司(主要负责守护公众信仰)并未把墨丘利等同于赫耳墨斯,下令在表现墨丘利时用一根神圣的树枝象征着和平,而不要用赫耳墨斯的双蛇杖。然而,在后期人们还是将墨丘利完全等于古希腊的赫耳墨斯。

狄俄尼索斯(利柏耳)

狄俄尼索斯(Dionysus),又称为巴克斯(源于bacca,意为浆果),是一位酒神,一般象征着大自然的祝福。

古希腊人对狄俄尼索斯的敬仰应该源于亚洲(多半是印度),这种敬仰之情首先在色雷斯扎根,之后逐渐传播到古希腊其他地区。

狄俄尼索斯是宙斯和塞墨勒的儿子。当宙斯以神的形象光彩夺目地出现在塞墨勒的眼前时,火一样的光芒烧死了狄俄尼索斯的母亲,但是宙斯救出了狄俄尼索斯。失去母亲后,狄俄尼索斯交由赫耳墨斯照料,随后赫耳墨斯又将他托付给了塞墨勒的姐妹伊诺。此时赫拉一心想要报仇,发了疯似地找上门来,为了孩子的生命安全,伊诺的丈夫阿塔玛斯把他带到了倪萨山交给仙女们抚养。

潘的儿子名叫西勒诺斯,是一位年长的森林之神,他承担起保护和指导狄俄尼索斯的工作。狄俄尼索斯也很喜欢这位和蔼可亲的导师,因此在酒神的各种征途中,我们可以看到西勒诺斯都作为主要随行人员出现。

狄俄尼索斯过着无忧无虑、平淡无奇的童年,每天穿梭在森林中,与仙女、森林之神和牧羊人相伴。有一次闲逛时,他发现了一种肆意生长的水果,凉凉的,特别爽口提神。这就是葡萄,之后他学习如何提取果汁,制成了一种能给人带来很强兴奋感的饮料。同伴们随手品尝了饮料后,都感觉到整个身体有一种不同寻常的快感,他们吼着、唱着、跳着,内心的情感完全得到了发泄。得知饮料有这种独特的效果,渴望品尝的来宾也就越来越多,他们都加入对酒神的崇拜之列,感激狄俄尼索斯给大家带来了新的乐趣。对狄俄尼索斯而言,看到自己的发现给同伴们带来了很多欢乐,他决心将饮料带到人间。狄俄尼索斯发现适度的饮酒会让人们更加开心和睦,在酒精的刺激下,伤心之人会暂时忘记悲伤,生病之人会暂时忘记疼痛。于是狄俄尼索斯召集了一群热心的朋友,踏上旅程,在所到之处都种植葡萄树,并教授种植方法。

现在我们可以看到狄俄尼索斯正带领着一个庞大的军队,队伍里有男有女、有农牧之神,还有森林之神,他们手中拿着酒神杖(杖上缠绕着葡萄藤,顶部是一个冷杉球果),还演奏着大镲和其他乐器。狄俄尼索斯坐在由黑豹驾驶的战车中,身后跟随着数千名满腔热情的伙伴。他们以胜利者之姿穿越了叙利亚、埃及、阿拉伯、印度等国,战胜了眼前的一切困难,在所经国家建立起一座座城邦,全方位地把更文明开化、更友好的生活方式带给这些国家的居民。

狄俄尼索斯结束东征途回到古希腊后,遭到了色雷斯国王吕库尔戈斯和底比斯国王彭透斯的强烈敌视。吕库尔戈斯极度不赞成通过野外狂欢来敬奉酒神,于是他将狄俄尼索斯的仙女侍从赶出了圣山倪萨山。还威胁狄俄尼索斯,逼他跳入大海,投入海洋女神忒提斯的怀抱。不过后来这位对神大不敬的国王因亵渎神灵而付出了沉重的代价。吕库尔戈斯遭到了惩罚,他患上了精神疾病,并在一次发作时将自己的儿子德里亚斯误认为是一棵葡萄树而将他杀死。

底比斯国王彭透斯看到自己的子民疯狂地敬仰酒神,沉醉其中,开始担心为酒神而举行的夜间狂欢活动会造成意志消沉等不良影响,于是严禁子民参加野外的酒神节狂欢活动。狄俄尼索斯想要帮助国王彭透斯免遭大不敬行为的惩罚,于是变成了一位年轻人的模样,出现在他的队列里,真挚地

第一部分　神话

提醒他收回命令。但是善意的提醒毫无作用,彭透斯对他的干涉更加生气,下令把他关押在监狱里,安排人员做了最残酷的准备工作,要将他立即处决。狄俄尼索斯很快摆脱了这不光彩的监禁,狱卒们刚刚出门,监狱大门便自动敞开,狄俄尼索斯挣脱身上的镣铐,逃出监狱后又与忠实的追随者们相聚。

与此同时,国王的母亲和姐姐受到酒神节气氛的感染来到了喀泰戎山,在举行令人敬畏的狂欢仪式时,与其他崇拜者一起敬奉酒神。狂欢活动仅限女士,禁止男士参加。彭透斯发现家人如此公然无视他的命令,不禁怒火中烧,决定亲眼见证那些肆无忌惮的行为,他之前只是听说过这类骇人听闻的报道。于是,他来到喀泰戎山上,藏在一棵树的后面,但是他的藏身之地还是被发现了,狂热的酒神女信徒们把他搜了出来。更恐怖的是,彭透斯被自己的母亲阿格薇和她的两位姐姐撕成了碎片。

在狄俄尼索斯的旅行中发生的一件小事至今一直都颇受经典诗人喜爱。有一天,一群第勒尼安海盗来到希腊海岸附近,他们看狄俄尼索斯年轻英俊,衣着华美,认为这次可稳获一笔丰厚的钱财。于是他们捆住了狄俄尼索斯带到船上,打算把他带到亚洲当作奴隶出售。但是,束缚狄俄尼索斯四肢的枷锁自动解开,舵手看到这一奇迹后,让同伴们小心翼翼地将这位年轻人送回原地,并十分肯定地对他们说这个年轻人是位神灵,亵渎神灵必会使他们招致狂风暴雨的袭击。然而同伴们拒绝送走这位囚犯,继续向公海航行。令他们感到震惊的是,船只突然停滞不前,桅杆和船帆布满了一簇簇葡萄藤和常青藤的花环,河流淌着芳香气四溢的红酒,淹没了整个船只,四面响起了圣神的乐曲。船员们惊慌失措,追悔莫及,纷纷簇拥在舵手身边寻求保护,恳求他向海岸驶去。但是,遭报应的时候已到。狄俄尼索斯先变成了一头狮子,然后身旁出现一头熊,怒吼着猛扑向船长将他撕成碎片。水手们惊恐万分,纷纷从船上跳入大海,变成了一群海豚。只有谨慎虔诚的舵手躲过了同伴们的厄运。狄俄尼索斯变回真身后亲切地对他说了些善意和鼓励的话,并道明了自己的姓名和身份。

船只再次起航，狄俄尼索斯让舵手开往纳克索斯岛，他登岸后就遇到了克里特岛国王米诺斯的女儿——美丽的阿里阿德涅。忒修斯将她丢弃在这座荒岛上，她被狄俄尼索斯发现时正躺在一块岩石上小睡，愁肠百结，身心疲惫。酒神狄俄尼索斯一见倾心，站在一旁凝视着眼前这位美人。阿里阿德涅醒来后，他向她表白了自己的身份，话音温柔，并且主动给予安抚。阿里阿德涅一直觉得自己被遗弃，无亲无故，此时狄俄尼索斯的善良和怜悯让她心生感激，她逐渐获得了昔日内心的平静，接受了他的请求成为狄俄尼索斯的妻子。

在世界各地奠定自己的地位后，狄俄尼索斯便下到冥界寻找命运多舛的母亲。他把母亲带到奥林匹斯山，更名为堤俄涅，她还获准参加诸神召开的会议。

在狄俄尼索斯所有的崇拜者中最著名的要属迈达斯，他是佛里吉亚的国王，家财万贯，还曾判决阿波罗，这点之前已有叙述。有一次狄俄尼索斯的导师兼好友西勒诺斯喝得酩酊大醉，误入了国王迈达斯的玫瑰园。侍从发现后用玫瑰的茎将他绑起来，带到国王迈达斯面前。迈达斯对这位年迈的山神细心照料，盛情款待，十天后又将他送到狄俄尼索斯身边。狄俄尼索斯十分感激迈达斯对好友西勒诺斯无微不至的关怀，主动提出自己可以答应他的任何要求。这时，贪心的迈达斯不满足自己已经拥有的大笔财富，还想获得更多财富，因此提出希望他触碰过的一切都能变成黄金。狄俄尼索斯实诚地答应了他的请求。很快迈达斯就对自己的愚蠢贪婪追悔莫及，因为每当他饥肠辘辘要吃东西时，还没来得及吃，食物就变成了黄金；红酒刚放在干燥的唇边，闪闪发亮的酒水也变成了他贪求的黄金。最终当迈达斯体力透支，身体虚弱，伸展着身体躺在奢华的睡椅上时，瞬间睡椅也变成了威胁他生命的黄金。绝望的迈达斯最后恳求狄俄尼索斯收回这致命的礼物，狄俄尼索斯同情他的不幸遭遇，让他在吕底亚一条名为帕克托罗斯的小河中沐浴，以使他失去招致生活不幸的魔力。迈达斯高兴地听从了他的建议，立马摆脱了因为贪婪所带来的恶果。从此，帕克托罗斯河流中的沙子就有了黄金颗粒。

对狄俄尼索斯的艺术形象塑造有两种类型。据早期文献记载,他年轻时浩气凛然,面容威严,若有所思,但又慈眉善目。他长着浓密的胡子,从头到脚一副东方君王的装扮。不过后期,雕塑家们将他刻画成一位绝世无双的美少年,不过有点欠缺男子汉的气概。他神情文雅,具有魅力;四肢柔软,姿态优雅;长长的卷发散落在肩上,头上还戴着葡萄或常青藤叶子编制的花环。他一手拄着酒神杖,另一只手里举着一个两柄酒杯,这两个物件都标志着他的身份。他常常被表现为身骑黑豹,或者坐在由狮子、老虎、黑豹或猞猁拉着的战车里。

身为酒神,狄俄尼索斯的任务就是促进社交,因此他很少单独外出,常有女祭司、山神和山中仙女相伴而行。

在现代作品中,最佳的阿里阿德涅雕像由丹尼克雕塑而成,位于美因河畔法兰克福。雕像上的她骑着一头黑豹,仰起美丽的脸庞微微向左肩倾斜,脸部匀称,雕刻精致。她头型很美,头上戴着常青藤编制的花环。阿里阿德涅身材丰满,长裳从身上向外自然披下,她的右手优雅地提着带有褶皱的长裳,另一只手轻抚着黑豹的脑袋。

狄俄尼索斯被视为戏剧之神。雅典每年都会举行隆重的仪式庆祝酒神节,人们为纪念他还会表演一些戏剧。所有有名的古希腊剧作家也都为此创作了一些悲喜剧,让人称道至今。

狄俄尼索斯能够预知未来,拥有神示所,主要的神示所位于色雷斯的罗多彼山上。

老虎、猞猁、豹、海豚、蛇和驴子都是狄俄尼索斯的圣物。他最喜欢的植物是葡萄树、常春藤、月桂树和长春花。大概因为山羊总喜欢破坏葡萄园,因此成了他的祭品。

利柏耳

古罗马有一位主管植被的神灵,名叫利柏耳(Liber)。古罗马人把他等同于古希腊的狄俄尼索斯,并且以巴克斯之名为人们所敬仰。

利柏耳的节日,又称"酒神节",于每年3月17日举行。

阿伊得斯(普鲁托)

阿伊得斯(Aïdes)又称为埃多纽斯(Aïdoneus)或哈得斯(Hades),是神王克洛诺斯和神后瑞亚之子,也是宙斯和波塞冬最小的弟弟。他掌管地下冥界,那里居住着逝者的幽魂和亡灵,还有一些落魄、流亡的神灵,他们都是宙斯及其盟友的手下败将。阿伊得斯,这位冷酷忧郁的冥界之主,是厄瑞玻斯的继承者,冥界就是以这位远古之神而命名的。

早期古希腊人将阿伊得斯视为最大的敌人,并且荷马也告知我们"众神之中,阿伊得斯最为可恨"。在古希腊人眼中,这位冷酷的劫匪夺走了他们的至亲至爱,并最终剥夺了他们在地球上生存的权力。

阿伊得斯的名字令人生畏,凡人从来不敢提及。凡人们在向他祈祷时,需要双手击打地面,背过脸去祭献。

在荷马时代,人的未来被认为既悲惨又不幸。人们认为凡人离世后,灵魂会离开人的躯体,但是仍然存在于人的阴影般的轮廓中。这些所谓的幽灵或亡魂由阿伊得斯驱使进入冥界。他们在那里度过死后的时光,有的在沉思自己所经历的人世浮沉,有的在遗憾自己所失去的人世欢娱,但是所有人都处于半意识的状态,只有在世朋友前来祭拜,饮入祭物的血后,他们大脑的智力活动才会被完全唤醒,暂时恢复昔日的精神活力。人们认为,在未来只有英雄才能享受幸福,他们英勇无畏,光耀故里。荷马还讲述道,当奥德修斯奉瑟茜之令造访冥界,并与特洛伊战争中英雄的亡魂交流时,阿喀琉斯很肯定地对他说自己宁愿在人间当一个最贫苦的帮工,也不愿在冥界当王。

早期的希腊诗人很少提到厄瑞玻斯。也许是为了增加对冥界的敬畏感,荷马似乎有意使冥界蒙上一层模糊和神秘的色彩。在《奥德赛》中,他称冥界的入口位于遥远的西部,在海洋最边缘的地方,那里居住着西米里族人,一直笼罩在薄雾和黑暗之中。

第一部分　神话

后来,由于与异国往来频繁,古希腊逐步引入了新的思想,埃及人的来世观念开始在古希腊生根发芽,并最终成为全民族的宗教信仰。如今,诗人和哲学家们,特别是厄琉息斯秘仪的祭司们都开始传授善有善报和恶有恶报的教义。迄今为止,阿伊得斯仍被视为人类最可怕的敌人,他钟爱自己冷酷的职务——夺走人类生存的欢乐,又将亡灵囚禁在自己的领地。不过现在,阿伊得斯会热情友好地接待这些亡灵,而赫耳墨斯取代了他把亡灵带向冥界的工作。在这种新情况下,阿伊得斯接管了另一位完全不同的神灵,名为普路托斯(财神),从此被视作人类财富的赐予者,这些财富以贵金属的形态藏在地底下。

后期有诗人提到了通往冥界的入口,入口形态多种多样,但大部分都是洞穴和裂缝。其中,有一个入口在忒那隆的山上,一个位于塞斯普罗蒂亚州,还有一个最有名的入口则在意大利,坐落在万恶的阿韦尔诺湖附近。据说没有鸟儿能够飞过这片湖泊,湖泊的蒸发物极具毒性。

在冥界有四条大河,所有亡灵必须穿过其中的三条河流。它们分别是阿刻戎河(痛苦之河)、科赛特斯河(哀叹之河)和斯堤克斯河(冥河),斯堤克斯河是条神圣的河流,会环绕冥界地区流淌九次。

冥河上的老船夫卡戎满脸胡须,十分冷漠,他负责摆渡亡灵。不过,卡戎只会摆渡那些在人间举行过葬礼和带着通行费的亡灵。通行费必不可少,是一枚小硬币或欧布鲁斯,常常放在逝者的舌头下面。如果未能满足这些条件,不幸的亡灵会被遗留在岸边,焦虑不安地徘徊上百年之久。

斯堤克斯河的对岸就是米诺斯法庭,所有的亡灵必须出现在最高法官面前接受裁决。他们要坦白在人间的各种行为,法官会根据他们的行为判决他们在冥界是过着幸福生活,还是遭受痛苦的惩罚。该法庭由可怕的刻耳柏洛斯把守,这是一只长有三个脑袋的守灵犬。它直挺挺地俯卧在地面上,三个颈脖子上缠满了毒蛇。这只守灵犬十分恐怖,它允许所有的亡灵进入,但他们都是有去无回。

幸福的亡灵注定能享受极乐世界的乐趣,他们靠右边行走,迈进阿伊得斯和珀耳塞福涅所在的金色宫殿,在前往远方的极乐世界之前接受这两位神的亲切问候。这片乐土充满了愉悦感官和放飞想象力的事物,空气宜人芬芳,碧波荡漾的溪流静静地流经生机勃勃的草地,草地上繁花盛开,姹紫嫣红,鲜艳夺目,树林里回荡着鸟儿欢乐的歌声。幸福亡灵的工作和娱乐与他们在人间乐于从事的一样。在那里,战士会得到他的战马、战车和武器;音乐家找到了七弦琴;猎人会有弓和箭。

在与世隔绝的极乐山谷里,静静地流淌着一股涓涓细流,叫作忘却之河(遗忘之河),河水能够消除顾虑,让人完全忘记往事。毕达哥拉斯灵魂轮回学说认为,亡灵在极乐世界居住千年后,注定要往人间投胎转世。为了忘记过去开始新的生活,他们在离开极乐世界之前都要饮入忘却之河的水。

有罪的亡灵在离开米诺斯法庭后,会被引入冥界的审判大厅,大厅四周是坚固的实心墙,周围环绕着皮里佛勒戈同河(火焰之河)。皮里佛勒戈同河的波浪内火焰滚动,有耀眼的火光照亮了这些可怕的区域。厅内坐着威严的法官拉达曼提斯,他向每位来者宣布他们将在塔耳塔洛斯遭受何种的惩罚。然后,复仇女神会抓住这些可怜的罪人,用鞭子鞭打他们,把他们拖到地狱出口的大门处,将他们扔进万丈深渊,遭受无尽的折磨。

塔耳塔洛斯广袤而阴暗,位于冥界之下,如同大地和天空一样遥远。曾经处于高位的提坦从天上被打入地域,在那里过着抑郁乏味的生活,度日如年;还有波塞冬的一对巨人儿子奥托斯和埃菲阿尔忒斯,他们曾企图用双手攀登奥林匹斯山,然后将宙斯拉下神位,行为极其不敬。居住在这阴暗之地的主要受难者还有提提俄斯、坦塔罗斯、西绪福斯、伊克西翁和达那伊德斯姐妹。

提提俄斯,是地球上的巨人之一,他在前往珀伊托的路上凌辱赫拉,惹怒了宙斯,被打入塔耳塔洛斯。他在那里遭受酷刑,两只秃鹰不断啄食他的肝脏,痛苦万分。

坦塔罗斯是吕底亚的国王,既聪明又富有,诸神纷纷屈尊与他交往;他甚至还与宙斯同桌进餐,宙斯乐于和他交谈,饶有兴趣地倾听着他富有智慧

第一部分　神话

的言论。然而,坦塔罗斯对诸神的偏爱沾沾自喜,越权行事,言语间冒犯宙斯,他还从诸神的餐桌上偷取蜜酒和仙丹款待他的朋友。不过,他最大的罪行是杀死了自己的儿子珀罗普斯,把他做成一道菜在宴会上款待诸神,以此试探他们是否通晓一切。因为这些可恶的罪行,他被宙斯打入地狱,遭受无尽的惩罚,忍受着烈火般的干渴。坦塔罗斯站在水中央,水深至他的下颚,每当他俯身喝水时,水立即从干裂的嘴唇边退走。高大的水果树,枝繁叶茂,硕果累累,吊在他的额前,十分诱人。可等他踮起脚来想摘取时,一阵风便把它们吹开,无法触及。

据记载,西绪福斯是一个暴君,会向所有进入他领地的行人投掷巨石,大开杀戒。诸神为惩罚他的罪行,让西绪福斯不断地将巨石推上山顶,不过每当巨石达到山顶,总是又滚下来。

伊克西翁是塞萨利的国王,宙斯赋予他参加诸神节日宴会的权力。但是他却利用自己的职权,肆无忌惮地追求赫拉,宙斯勃然大怒,用雷电劈他,并命令赫耳墨斯将他打入地狱,把他缚在一个永远转动的轮子上。

达那伊德斯姐妹是阿尔戈斯国王达那俄斯的五十位女儿,分别嫁给了她们的五十位堂兄——埃古普托斯的儿子们。但是,神谕告诉达那俄斯,女婿们会给他带来杀身之祸。因此,达那伊德斯姐妹奉父亲之命,一夜间杀死了各自的丈夫,只有许珀耳涅斯特拉违抗父命。她们受到了惩罚,在地狱劳作,往一个到处都是洞的桶里灌水——一个永无休止又徒劳无益的工作。

阿伊得斯的形象常常被表现为一位成熟的男性,伟岸威严,外貌与弟弟宙斯极像,但是他那阴暗无情的面部表情与天神宙斯特有的亲切感形成鲜明对比。阿伊得斯坐在乌木王位上,一旁是他郁郁寡欢的王后珀耳塞福涅。他脸上长着浓密的胡子,前额上垂下飘逸的黑发。阿伊得斯的手里要么握着万劫不复之剑,要么拿着冥界的钥匙,脚下坐着守灵犬。有时人们见到他坐在一个由四匹黑马拉着的金色战车里,戴着独眼巨人基克洛普斯制作的头盔,隐身起来。阿伊得斯经常把头盔借给凡人和诸神。

整个古希腊都供奉阿伊得斯,在伊利斯、奥林匹亚和雅典,人们都为他

93

修建了神庙，以示敬意。

一般在夜里举行阿伊得斯祭拜仪式，祭品是黑羊和鲜血。在其他祭祀仪式上，鲜血是被洒在祭坛上或放入器皿里，而在阿伊得斯的祭拜仪式上，人们将鲜血流入为此而筑的沟渠中。主持仪式的牧师们都身穿黑色长袍，头戴丝柏。

水仙、少女的头发和丝柏是阿伊得斯的圣物。

普鲁托

古罗马人在引入古希腊的宗教和文化前，并不相信存有冥界那样的欢乐或痛苦的世界，因此他们没有与阿伊得斯相似的冥界之神。在他们看来，地球的中心有一个巨大、阴暗又无法逾越的黑洞，名为俄耳库斯，那就是死者安息的地方。但是，随着古希腊神话传入古罗马，俄耳库斯便成为了古罗马的哈得斯，古希腊人的来世理念通通都在古罗马人中流行起来。古罗马人以"普鲁托"的名字来祭拜冥王，冥王的其他称呼还包括狄斯（源于 dives，意思是富有）和俄耳库斯（源于他所统治的地域）。在古罗马，人们没有专门为此神修建的神庙。

普鲁托斯

财神普鲁托斯（Plutus）是德墨忒尔和一位名叫伊阿西翁的凡人所生。当他出现时，他的形象常常表现为跛足而来，展翅离开。人们认为普鲁托斯应该是位既昏聩又愚钝的神灵，因为他总是一视同仁地赐予财富，时常让卑鄙小人也得到了钱财。

据说普鲁托斯居住在地底下，这也许就是后来人们把他与阿伊得斯相混淆的原因。

第一部分 神话

小神

哈耳庇厄

哈耳庇厄(Harpies)是海神陶玛斯和大洋神女厄勒克特拉所生的三个女儿,名字分别是埃罗、俄库珀忒和刻莱诺。他们和复仇女神一样,任务是帮诸神惩罚犯罪的人。

他们的形象被表现为长着金发女郎的头,却有着秃鹫的身体,并一直饱受饥饿的折磨。因此,她们常常折磨受害者,抢夺他们的粮食。对于抢来的粮食,哈耳庇厄要么暴饮暴食,要么四处糟蹋,让人们不能食用。

她们飞得比鸟还快,甚至超过了风速。倘若凡人无缘无故突然销声匿迹,人们都觉得是被哈耳庇厄带走。因此,人们认为就是哈耳庇厄劫走了潘达瑞俄斯国王的女儿们,把她们带到厄里倪厄斯那里做奴仆。

在人们眼里,哈耳庇厄是风暴的化身,突如其来,残酷无情,横扫整个地区,夺走或摧毁眼前的一切。

厄里倪厄斯

复仇女神厄里倪厄斯(Erinyes)是邪恶良心的痛苦折磨和犯罪后无法逃脱的懊悔之苦的化身。她们的名字是阿勒克图、墨纪拉和底西福涅。关于复仇女神的起源版本众多。赫西奥德说她们源自乌拉诺斯的鲜血,是所有可怕的诅咒的化身。当时,乌拉诺斯被克洛诺斯所伤,战败的乌拉诺斯神对他叛逆的儿子念了这些咒语。其他版本则称她们是夜神倪克斯的女儿。

复仇女神居住在冥界,阿伊得斯和珀耳塞福涅让她们惩罚和折磨那里的亡灵。在世期间,这些亡灵都曾犯下罪行,并且在打入地狱前都不服从诸神。

复仇女神的职能范围不限于冥界,她们还是人间的复仇神灵,无情地追

95

捕和惩罚杀人凶手、作伪证者、不赡养父母的子女、对陌生人冷淡或是对长者不敬的人。无人能躲过诸神敏锐的眼睛，即使逃跑也枉然，因为她们能够到达世界最遥远的角落。凡人也不敢收留这些有罪之人，帮忙躲避复仇女神的追杀。

复仇女神长有双翼；身体黝黑，双眼滴血，头发上缠绕着毒蛇，手里拿着匕首、鞭子、火炬或毒蛇。

复仇女神在追捕俄瑞斯忒斯时总是拿着镜子。俄瑞斯忒斯看到镜子后非常恐惧，因为镜子里显现他那被害母亲的脸。

复仇女神也叫作欧墨尼得斯，表示"善意"或"抚慰人心的女神"。人们给予复仇女神这样的称呼是出于对神祇的敬畏，他们不敢直呼其名，希望此举能平息女神的怒火。

后来，复仇女神被视为具有有益影响的神祇，她们通过严惩罪恶，维护了道德规范和社会秩序，因此为人类带来了幸福安康。如今，她们已失去令人畏惧的一面。尤其是在雅典，她们被表现为热心诚恳的少女形象，同阿耳忒弥斯一样，也身穿方便打猎的短束腰外衣，手里依然握着职权魔杖——一条巨蛇。

她们的祭物是黑羊和叫作涅非利亚的奠酒，由蜂蜜和水酿造而成。雅典的阿勒奥珀格斯山附近建了一座供奉欧墨尼得斯的庙宇，举世闻名。

命运女神

古人认为凡人的寿命和命运由三位姐妹女神掌控。她们是宙斯和忒弥斯的女儿，名叫克罗托、拉克西斯和阿特洛波斯。

命运女神摩伊赖（Moiræ）主要通过一根线来支配人类的命运。她们纺织这条线是每个人从生到死的生命线。对命运的支配，三位女神分工不同。克罗托在卷线杆上绕上亚麻，姐姐拉克西斯纺织生命之线，一旦一个人的命运即将终结时，阿特洛波斯就会用剪刀无情地剪断生命之线。

唯一被荷马提及过的命运女神是黑夜之神的女儿。她们代表着掌管宇宙万物的道义，其命令具有强制性，所有凡人和神灵都要服从，即便宙斯也无权违抗她的判决。然而后来，正如上文所描述的那样，诗人们夸大了命运女神不可反抗、所向无敌的形象。此后，她们成为了专门主管凡人生死的神灵。

在诗人的笔下，摩伊赖严厉无情、年迈丑陋，走起路来一瘸一拐。显而易见，这一形象意味着她们所掌管的命运既漫长又坎坷。不过，画家和雕塑家却将她们描绘成美丽少女，严肃，但是很友善。

此外，还有一个关于拉克西斯的作品，图像上的她集年轻和美貌于一身，楚楚动人。她坐着纺纱，脚旁放着两个面具，一个是笑脸，一个是哭脸，似乎用来表示命运女神并不在意世间的欢乐和悲伤，她只是默默地做自己的纺纱任务，毫不顾及人类的祸福甘苦。

当命运女神来见冥界阿伊得斯时，她们先会穿一身黑袍；但是当她们出现在奥林匹斯山时，则身着鲜艳的服饰，服饰上缀满星星。她们头戴皇冠，坐在光芒四射的宝座上。

人们认为，命运女神的职责就是告诉复仇女神，戴罪之人应该为自己的罪行承担哪些明确的惩罚。

命运女神被视为能够预言未来的神灵，在希腊各地都有圣殿。

据说，命运女神协助美惠三女神定期带着珀耳塞福涅来到天界与母亲德墨忒尔团聚。她们也常与生育女神埃勒提亚相伴。

涅墨西斯

涅墨西斯（Nemesis）是倪克斯的女儿。她给予每个人应得的命运，代表衡量世事公平的权利。对于人们谦逊低调的品质，她加以奖励，对于人们违法犯罪的行为，她施以惩罚，让罪人失去好运，让骄傲专横之人丢尽颜面，使灾祸降临到恶人头上，以此维持万物的公平，古希腊人认为这是创造文明生活的必要条件。虽然涅墨西斯原本的任务是执行奖赏和惩罚，但是由于世界充斥着罪恶，她给予奖赏的情况寥寥无几，因此最终被人们视为复仇女神。

在尼俄柏故事中,我们看到了涅墨西斯是如何严惩傲慢自大之人的,这个典型的事例可透露出她的行事风格。前面提到,阿波罗和阿耳忒弥斯报复了侮辱他们母亲的罪人,但他们仅仅只是复仇的工具;涅墨西斯才是推动行动的实施者,负责执行处罚。

荷马没有提到涅墨西斯,所以,很显然,这一角色是后期古希腊人具有更高的道德观后才创造出来。

涅墨西斯的形象被刻画为是一位美丽的女神,体贴入微,和蔼可亲,气度庄严;她的额前戴着王冠,十分威严,手里则握着船舵、公平秤和腕尺——十分贴切地表现了她指导、权衡、判断所有的人类活动的行事风格。有时,她也会手持车轮,这代表着快速公平执法。身为惩罚罪行的神灵,她露面时,总是展开两翼,手持鞭子或剑,坐在一个由狮鹫拉着的战车里。

涅墨西斯常常又称为阿德剌斯忒亚的女神,或拉姆诺斯,这个名字来源于她的主要供奉之地阿提卡的拉姆诺斯,那里放置着她著名的雕像。

古罗马人崇拜涅墨西斯神(在卡比多广场上向她乞灵),因为她可以避免因嫉妒而引发的致命后果。

黑夜女神和她的孩子

倪克斯

据诗意般的古希腊神话记载,卡俄斯的女儿倪克斯(Nyx)是黑夜的化身,她被视为一切神秘莫测、难以言表的行为之源,例如死亡、睡眠和做梦等。倪克斯与厄瑞玻斯结合生下了埃忒耳和赫墨拉(高空和白昼女神),显而易见,这是诗人的比喻,表示光明总是在黑暗之后到来。

倪克斯居住在冥界黑暗地域的宫殿里,她的形象被描绘成是一位面容美丽的女性,坐在由两匹黑马拉着的战车中。她身穿黑袍,长纱遮面,并有星星相伴,紧随其后。

塔那托斯与许普诺斯

塔那托斯(Thanatos,死神)和他的孪生兄弟许普诺斯(Hypnus,睡神)都是倪克斯的孩子。

他们居住在冥界。两人来到人间时,塔那托斯铁石心肠,毫无同情心,人类视他为敌人,既害怕又厌恶,而他的兄弟许普诺斯则处处受到爱戴和欢迎,被视作人类最善良仁慈的朋友。

虽然古人认为塔那托斯阴暗可怕,但并没有赋予他丑恶的外表。相反,塔那托斯仪表堂堂,一手拿着倒立的火把,象征着生命之火的熄灭,另一只手亲密地搂着兄弟许普诺斯的肩膀。

许普诺斯有时被表现为双眼紧闭地站着,有时则在兄弟塔那托斯的旁边侧卧着休息,通常手里都会拿着罂粟杆。

奥维德在作品《变形计》中把许普诺斯的住所描述得十分有趣。他告诉人们睡神是如何居住在西米里附近的山洞中,这是一个永无阳光的阴暗山洞。洞里一片沉寂,没有鸟儿的歌声,没有风吹草动,也没有人类的喧嚣,到处是死一般的寂静。遗忘之河从山洞最底端的岩石处流出,要不是河水慢慢流淌时发出让人昏昏欲睡的枯燥声响,人们大概都会认为河道受阻。洞的入口处被无数白色和红色的罂粟花部分遮盖,这些花由黑夜女神收集并种植在那里,她从花汁中提取睡意汁,每当太阳神西落休息时,黑夜女神便将它洒向人间。山洞的中心放着一张黑檀木床,上边铺着羽绒床垫,床垫上铺着黑貂色的被单。许普诺斯就在这里休息,四周则是数不尽的形体。这些都是悠闲的梦神,数不胜数,远多于海边的沙砾。其中的主要代表是摩耳甫斯,他变化多端,总能随心所欲地化作自己钟爱的外形。事实上,许普诺斯也无法抵抗自己的力量,虽然他能暂时保持清醒,但受到周边催眠环境的影响,又会很快睡去。

摩耳甫斯

梦神摩耳甫斯(Morpheus)是许普诺斯的儿子。他总被描绘成长着双翅,但是时而年轻,时而年迈。他的手中拿着一簇罂粟花,每当他悄无声息地踏入人间时,会把催眠植物的种子轻轻洒入疲倦之人的眼睛。

荷马曾描述梦神的住所有两个大门:一个大门,由象牙构成,虚假和讨人喜欢的幻象由此而出;而另一个则由动物的角构成,是已实现的梦想之门。

戈耳工

戈耳工(Gorgons)指的是福耳库斯和刻托的三位女儿:丝西娜、尤瑞艾莉和美杜莎。她们是麻木之感的化身,就像因突发和极端的恐惧所带来的麻痹感。

她们是令人畏惧的女妖,长着羽翼,满身鳞屑;头的四周无发,盘绕着蠕动的毒蛇,嘶嘶作响;黄铜利爪、野猪獠牙。据说,因为她们的外貌可怕至极,看到其容颜的人都会化为石头。

据说,这三姐妹居住在西方遥远神秘的圣河俄刻阿诺斯的彼岸。

戈耳工是阿伊得斯的仆人,负责恐吓威慑那些幽魂亡灵,使这些亡灵一直焦虑不安,作为对他们罪行的惩罚。同时,复仇女神也会履行自己的职责,用鞭子鞭打亡灵,让他们不断地受到折磨。

三姐妹中最著名的当属雅典娜的女祭司美杜莎,只有她是凡人。美杜莎原本长着满头金发,美丽动人,喜欢过着单身生活。但是,在波塞冬的追求下,她坠入爱河,忘记了自己的誓言,并与他结为夫妻。为此,她触怒了雅典娜并遭到严惩。曾经让波塞冬迷恋的每一缕秀发都变成了条条毒蛇,以往温柔、含情脉脉的双眼如今布满血丝,充满怒气,任谁看到都会感到毛骨悚然,顿生厌恶;昔日玫瑰色、牛奶白的皮肤也变成了可恶的绿色。美杜莎看到自己变得如此丑陋,逃出家中,一去不返。她四处流浪,整个世界都厌恶和恐惧她,对她避而远之,后来她性格变得乖戾,与她可怕的外表相称。万分沮丧下,她逃到非洲,忐忑不安地各地漂泊时,一条条小蛇会从她的发间坠落。古人认为,这些地方会成为滋生毒蛇的温床。由于雅典娜的诅咒,无论她看到谁都会变成石头。最终,经历这段难以名状的痛苦生活后,她被珀尔修斯杀死,得到了解脱。

众所周知,当人们单说戈耳工时,一般都暗指美杜莎。

美杜莎是珀伽索斯和克律萨俄耳的母亲。克律萨俄耳是长有三个头的飞行巨人革律翁的父亲,最终被赫拉克勒斯杀害。

格赖埃

格赖埃(Græ)是戈耳工姐妹的仆人,同样也是三位,她们的名字分别是佩佛瑞多、厄倪俄和得诺。

起初,格赖埃仅是老妇人的化身,她们和蔼可亲,令人尊敬,不受疾病侵害,拥有一切仁慈的特性。她们一生下来就是白发老妇,并一直保持不变。之后,格赖埃姐妹被视作畸形女神,衰老不堪,极为丑陋。她们共用一只眼睛,一颗牙齿和一个灰色的假发套。

珀尔修斯在踏上杀害美杜莎的征途前,曾来到格赖埃姐妹远在西方的住所,询问前往戈耳工住所的道路。如果不提供路线,珀尔修斯就夺走她们的眼睛、牙齿和假发,直到获得关键的路线信息才归还她们。

斯芬克斯

古埃及神灵斯芬克斯(Sphinx)是智慧和自然生产力的化身。她的形象被表现为像狮子一样俯伏着,长着女性的脸庞和胸脯,戴着独特的头巾,垂落在脸的两侧,完全遮盖了她的脑袋。

这位庄严神秘的埃及神灵传送到古希腊之后,沦落成为一个无关紧要又满怀恶意的神灵。虽然仍具神秘之感,但正如我们所见,古希腊的她是一个截然不同的神灵,对人类有百害而无一利。

根据古希腊家谱记载,斯芬克斯是堤丰和厄喀德那的后代。有一次,赫拉对底比斯人不满,送上了怪物斯芬克斯,作为对他们罪行的惩罚。赫拉派斯芬克斯坐在忒拜城附近的悬崖上,守着忒拜人做生意时必须经过的关口,让所有路人猜一个谜语,如果路人猜不中就会被她碎尸万段。

在克瑞翁国王统治期间,很多人都成为了斯芬克斯的祭品。同此,克瑞翁下定决心采取一切手段为国家扫除这一祸害。请教德尔斐神谕后,他得知摧毁斯芬克斯的唯一方法就是解出谜底,只要给出正确的答案,斯芬克斯就会立刻从她现在的位置坠入悬崖。

于是,克瑞翁发布公告,大意是正确解出斯芬克斯谜底的人能够成为忒拜的国王,并迎娶他的妹妹伊俄卡斯忒为妻。俄狄浦斯自告奋勇,前往斯芬克斯把守的关卡,从她那里取了需要解答的谜语:"什么动物早晨用四条腿走路,中午用两条腿走路,晚上用三条腿走路?"俄狄浦斯回答说谜底是人,幼年时人用四肢爬行,成年时靠双腿行走,而老年时身体虚弱,要借助拐杖,事实上也就有了第三只腿。

斯芬克斯一听到正确的谜底就跳下悬崖,在深渊中丧生。

古希腊神话中斯芬克斯的识别特征是长着羽翼,体型比古埃及的斯芬克斯要小。

堤喀(福尔图娜)与阿南刻

堤喀

堤喀(Tyche)是幸运的特殊化身,同时也被视为生命中一切突发事件的源头,既包括好事也包括坏事。如果一个人万事成功,但自身又没有任何突出的才能,那么人们会认为在这个人出生时,堤喀一定面带微笑。反之,如果他生活中总是八难三灾,一切努力付诸东流,那一定是因为堤喀的负面影响在起作用。

人们对这位命运女神的形象塑造形式各异,有时她会被表现为手里拿着两个方向舵,一个掌控凡人的好运,另一个掌控厄运。有时,她又以蒙着双眼的形象出现,站立在球体或车轮之上,象征着运气的变化无常及轮回。一般情况下,她长有双翼,手持权杖和聚宝盆或丰饶之角。在位于底比斯的堤喀神庙里,她怀抱着年幼的普鲁托斯,象征着主管财富与繁荣的权力。

堤喀深受古希腊各地人民的爱戴，尤其是雅典人，他们始终坚信堤喀给予他们城邦特殊的庇护。

福尔图娜

堤喀在古罗马名为福尔图娜（Fortuna），也受到当地人们的敬仰，并且她在古罗马人心中的地位远高于在古希腊人心中的地位。

后来，在古罗马人对福尔图娜的描述中，她既没有翅膀，也没有站立在球体上，只是手里拿着聚宝盆。所以显而易见，在罗马人眼中，她仅是幸运女神，给人们带去祝福，而在古希腊人看来，她象征着的运气轮回变化。

除了福尔图娜以外，古罗马人还供奉费里茜荻丝，认为她给予人们好运。

阿南刻

与堤喀的角色不同，阿南刻（Ananke）象征着无法撼动的自然法则，根据这些法则，有因必有果。

在雅典有一座阿南刻的雕像，一双青铜手，周围满是钉子和锤子。青铜手可能代表着必然的无法违抗的力量，而铁锤和链条则是她为人类锻造的枷锁。

阿南刻在古罗马以涅刻西塔斯的名字受到人们的供奉。

卡尔

除了命运三女神摩伊赖掌管凡人的命运之外，还有另一位名叫卡尔（Ker）的神灵，在凡人出生时就来到他们的身边。每个人都拥有自己的卡尔，人们认为无论好坏卡尔都同他们一起成长。当即将决定一个凡人的最终命运时，公平秤会称出他的卡尔重量，并且根据值的大小，宣布审判之人的生死。所以显而易见，从某种程度而言，早期的古希腊人相信人人都有能力把握生命的长短。

荷马也经常提起卡尔，她们是喜欢在战场上厮杀的女神。

阿忒

阿忒(Ate)，宙斯和厄里斯之女，是一位喜欢作恶的女神。

阿忒唆使赫拉夺走赫拉克勒斯的继承权后，父亲宙斯一把抓住她的头发，把她从奥林匹斯山扔下去，并且许下毒咒，让她永远不可回归天界。自那以后，阿忒在人间四处游荡，挑拨离间，胡作非为，引诱人们作出有损幸福安康的行为。因此，每当争吵的双方和好之后，他们都会责怪阿忒是制造分歧。

摩莫斯

倪克斯的儿子摩莫斯(Momus)是嘲弄和非难指责之神，以讽刺挑剔众神和凡人的举止为乐，竭力去发现万物的缺陷或瑕疵。于是，在看到普罗米修斯创造的第一个人后，摩莫斯指责他所创造的人不完整，胸部没有留有让人窥探内心的洞。见到雅典娜建造的房子后，他也挑剔房子不能移动，无法搬离危险地区。唯有阿芙洛狄忒免遭摩莫斯的数落，因为她完美无缺，无可挑剔，这也让摩莫斯十分懊恼。

我们不知晓古人怎样表现摩莫斯，但在现代艺术作品中，他被刻画成一副取笑国王的小丑样子，头戴滑稽的帽子，手拿铃铛。

厄洛斯

在赫西俄德的《神谱》中，爱神厄洛斯(Eros)由卡俄斯所生。当时，一切陷入混乱，是他的善与爱，让一切混乱与冲突恢复了秩序。在他的影响下，一切从无形变为有形。厄洛斯的形象被表现为一位成熟英俊的少年，鲜花加冕，依靠在牧羊杖上。

随着时间的流逝，英俊的厄洛斯在人们心中逐渐退去。虽然有人偶尔也会提及卡俄斯之子厄洛斯，但是阿芙洛狄忒之子，众所周知的顽皮小爱神，取代了厄洛斯的位置。

在一个关于厄洛斯的神话故事中,阿芙洛狄忒向忒弥斯抱怨她的儿子虽然外表英俊,但是似乎不长个子;忒弥斯表示厄洛斯身材矮小可能是因为他总是独身一人,建议阿芙洛狄忒为他找个伙伴。于是阿芙洛狄忒采纳了她的建议,让弟弟安忒洛斯(相爱之神)与厄洛斯相伴左右。不久,她的愿望实现了,身材矮小的厄洛斯长高变壮。然而,奇怪的是,只有两兄弟形影不离时,厄洛斯才会如愿以偿地长高。一旦两人分离,他又恢复为原来的个头。

渐渐地,厄洛斯的形象变得纷繁复杂,我们都听说过惹人喜爱、外形多变的小爱神们(埃莫)。艺术家们发挥着自己的想象力,让小爱神们成为作品中永恒的话题,这些小爱神们常常被描绘成从事各种职业,如打猎、钓鱼、划船、驾驶战车,甚至忙于机械劳动。

可能在所有的神话故事中,要属厄洛斯与普绪克的故事最引人入胜、逸趣横生。故事是这样的:普绪克公主在三姐妹中排行最小,她美丽过人,连阿芙洛狄忒都对她心存嫉妒,凡人们更不敢奢望赢得她的芳心。虽然两位姐姐的容貌不能与她相媲美,但是都已嫁为人妻,只有普绪克仍然未嫁。她的父亲请示了德尔斐神谕,并遵从了神的指示,让普绪克穿得好像去参加葬礼一样,把她带到一个巨大的悬崖边。普绪克独自一人刚站在那,就感觉自己被温和的西风神泽费洛斯举起又吹走。泽费洛斯把她带到了一片青翠的草地上,草地的中央是一座庄严的宫殿,四周环绕着树林和喷泉。

厄洛斯与普绪克

这里居住着爱神厄洛斯,泽费洛斯把他吹来的可爱美女送到了厄洛斯怀中。厄洛斯隐藏真身,用温柔甜蜜的话语向普绪克求爱,尽管普绪克很珍视他的爱,但是他仍提醒普绪克不要试图偷看他的外形。有一段时间,普绪克听从了厄洛斯的劝告,竭力压制自己的好奇心。然而,不幸的是,处于幸福中的她难以克制对姐姐们的思念。于是,普绪克便依从了自己的内心,让泽费洛斯把两位姐姐带到了自己仙境般的住所。看到普绪克过得幸福美满,两位姐姐十分嫉妒,故意挑拨她与丈夫的关系,说她未曾亲眼见到的爱人是一个可怕的怪物。她们送给普绪克一把锋利的匕首,劝她使用匕首摆脱厄洛斯的束缚。

姐姐们离开后,普绪克决定一有机会就按照她们恶毒的建议行动。于是,在夜深人静的夜晚,普绪克一手拿着灯,一手拿着匕首,悄悄地走到厄洛斯休息的睡椅旁。但是,她所看到的并不是之前想象的可怕怪物,而是英俊的爱神厄洛斯。普绪克克制着内心的惊喜和倾慕,弯下腰更加仔细地看着厄洛斯俊美的五官。由于她拿着灯的手在颤抖,一滴灯油滴在了正在熟睡的厄洛斯的肩膀上,厄洛斯惊醒过来,看到身旁的普绪克手里拿着致命的刀具,非常伤心,斥责了她的背叛行为,然后张开双翅,扬长而去。

普绪克失去了自己的爱人,郁郁寡欢,打算就近跳河结束自己的生命;不过河水并没有淹没她,而是缓缓地将她带到了对岸。在对岸,潘神(牧羊之神)发现了普绪克,并安慰她说有机会与丈夫重归于好。

与此同时,邪恶的两位姐姐满怀期待地站在悬崖边缘,希望普绪克的好运也能降临在她们的身上,但却双双坠入下方的峡谷中。

普绪克怀念着失去的爱情,内心颇不宁静,前往世界各地寻找厄洛斯。最后,她恳求阿芙洛狄忒能够怜悯她;但是这位至美女神对普绪克的魅力依然心存妒忌,交给了她一些常常是不可能完成的苛刻任务。

普绪克在执行任务时总是有善良之人助其一臂之力。这些人都是厄洛斯派遣的,他仍然深爱着普绪克,一直关注着她的安危。

普绪克必须经受漫长严峻的救赎,才能重获曾经被她愚蠢挥霍掉的幸福。最终,阿芙洛狄忒命令她前往冥界,从珀耳塞福涅那里取一个装满至美诱人之物的盒子。普绪克当时毫无信心,因为她知道踏进冥界之前自己必

第一部分　神话

死无疑。她失望之极,万念俱灰,突然她听到了一个声音,告诉她在危机四伏的旅途中应避免哪些危险,以及应遵循的相关事项,包括不要忘记为卡戎带上摆渡者的通行费,不要忘记准备一块安抚冥府守门犬的蛋糕,不要参加阿伊得斯和珀耳塞福涅举办的任何宴会,最重要的是也不要打开带给阿芙洛狄忒的装有至美诱人之物的盒子。最后,这个声音向她保证只要遵守以上几点一定能够平安回到人间。但是,唉! 普绪克听从了所有的建议,唯独抵挡不住盒子的诱惑;一离开冥界,她就按捺不住满心的好奇,急切地打开了盒盖。普绪克并没有看到自己预想的精美诱人的宝物,从盒中升起一阵浓浓的黑烟,让她像死去一般昏睡过去。厄洛斯一直隐身在她的身边,最终用金箭的一端唤醒了她。厄洛斯温柔地责备普绪克又一次经不住好奇心的考验,做了蠢事。之后,他说服了阿芙洛狄忒与普绪克和好,又说服宙斯容许普绪克加入众神之列。

在奥林匹斯山众神的祝福下,厄洛斯与普绪克庆祝了这次重逢。当时,美惠三女神在他们经过的小道上洒满香水,时序女神向空中洒下玫瑰,阿波罗演奏着七弦竖琴,缪斯女神欢快地齐声高歌。

这个故事似乎是一则寓言,告诉我们灵魂在与最初神圣的本质结合之前,一定要在世俗生活中接受磨炼、悲伤和煎熬的洗礼。

厄洛斯常常被描绘成一个英俊的男孩,四肢圆润,表情欢乐又淘气。他有双金翅膀,肩膀上斜挎着箭袋,里面装着百发百中的神奇弓箭。他一只手拿着金色的弓,另一只手举着火把。

厄洛斯也常常被描绘成身骑狮子、海豚或老鹰,或者坐在由牡鹿或野猪拉的战车中。毋庸置疑,他是爱情的象征,征服了大自然,乃至所有的野生动物。

在古罗马,厄洛斯以埃莫或丘比特的名字受到人们的敬仰。

许门

许门(Hymen),又称许墨奈俄斯,是阿波罗和缪斯女神乌拉妮娅之子。他主管婚姻和结婚仪式,因此在所有结婚庆典上都会受到人们的乞灵。

关于婚姻之神许门有一个故事。据说,许门出身贫寒,但却是一位英俊的美少年,他爱上了高高在上的富家千金,又不敢奢望与她结婚。许门不肯错过任何一个见她的机会。有一次,他乔装打扮成女子的模样加入了侍女之列,陪伴着自己的爱人从雅典前往厄琉息斯参加祭拜德墨忒尔的节日。路途中他们遭遇海盗,被带到了一个荒岛上。在小岛上,这些恶棍无赖喝得酩酊大醉,酣然入睡。许门抓住时机将他们全部杀死,之后启程回到雅典。在雅典,他发现这些侍女的父母对孩子莫名其妙地消失痛心疾首。他安慰这些父母,保证一定让女儿们回到他们的怀抱,只要他们答应让自己迎娶所爱的少女为妻。看到大家很乐意地应许这一条件,许门立马启航回到荒岛上,将所有侍女安全带回了雅典,他也与自己的爱人相守在一起,他们的婚后生活幸福美满。此后,许门的名字就代表着美满的姻缘。

伊里斯

陶玛斯和厄勒克特拉之女伊里斯(Iris)是彩虹的化身,也是天后专门的侍从和信使。天后布置的任务,她总能机智、敏锐又迅速地执行。

大部分古老国家都认为彩虹是天地之间交流的桥梁,而伊里斯代表这一美丽的自然现象,因此,这也是为什么古希腊人赋予伊里斯从事人与神沟通职责的原因。

伊里斯常常被描绘成坐在赫拉战车之后,时刻准备着听从女主人的吩咐。她身材苗条,面容姣好,穿着像珍珠母般色彩斑斓的轻薄衣裳;她的鞋子闪闪发光,像磨光银一样;她还长着一双金色的翅膀,无论伊里斯出现在何处,那里就会光芒万丈,香气四溢,犹如春天娇嫩的鲜花,空气中到处弥漫着芳香。

赫柏(禹文塔斯)

赫柏(Hebe)象征着最诱人、最让人愉悦的永恒的青春。

她是宙斯与赫拉的女儿,虽然身份尊贵,但还是常常被描绘成众神的斟酒人;这是旧时父权习俗很有说服力的事例,依照这一习俗,家中的女儿即使地位尊贵,私下也要亲自为客人服务。

赫柏被描绘成一位清秀、谦和的少女,小巧玲珑,身材圆润美丽,长着一头栗色的长发和一双水灵灵的眼睛。她时常被刻画成从举着的器皿中倾倒花蜜,或者一手拿着装有美食的浅碟,这些美食能让诸神永葆青春。

有一次,由于赫柏动作笨拙为诸神斟酒时滑倒,所以宙斯不再让她担任这一职务,特洛斯的儿子伽倪墨得斯受命成为司酒官。

后来,赫柏嫁给了赫拉克勒斯,赫拉克勒斯全心全意敬奉神灵,最终为众神接受。

禹文塔斯

在古罗马神话中禹文塔斯(Juventas)等同于赫柏,古罗马人认为她的品性更适合永葆国家不朽的活力和荣耀。

古罗马人为纪念女神禹文塔斯修建了多个神殿。

伽倪墨得斯

伽倪墨得斯(Ganymedes)是特洛伊国王特洛斯最小的儿子。有一天,他在爱达山上提取井水时被宙斯看到,天神被他英俊的外貌吸引,于是派自己的老鹰将伽倪墨得斯送到奥林匹斯山,并让他成为神灵,担任众神的司酒官。

伽倪墨得斯常被刻画成一位外表出众的少年,长着短短的金发,五官精致,轮廓鲜明,一双蓝色的眼睛炯炯有神,撅着嘴巴。

缪斯女神

在奥利匹斯山的诸神之中,没有谁的地位能与缪斯们相提并论,她们是宙斯和摩涅莫辛涅的九个女儿,都非常美丽。

最初,缪斯女神主要负责音乐、歌曲和舞蹈;但是随着文明的发展,她们成为了专门掌管艺术和科学的神灵。之后,我们可以看到优雅的缪斯女神们都各司其职,例如负责诗歌和天文学等等。

缪斯女神同时受到凡人和诸神的敬仰。在奥林匹斯山上,她们由阿波罗管理,任何宴会或节日,只有出现缪斯女神的身影才会完美无缺,人间举行的所有庆祝活动也都会向她们献上美酒。同时,对于一切需要智慧的工作,人们都会真挚地向她们寻求帮助。缪斯女神赋予偏爱之人知识、智慧和理解力,让演说家口若悬河,让诗人拥有最高尚的思想,让音乐家拥有最动听和谐的乐感。

然而,与众多希腊神灵相同,缪斯女神对挑战其神权的凡人向来严惩不贷,极为苛刻,这点或多或少有损她们高雅的形象。塔米里斯的故事就是一个很好的例子。塔米里斯是色雷斯的一位吟游诗人,冒昧地邀请缪斯女神参加歌艺竞赛。打败塔米里斯后,缪斯女神不仅让他双目失明,还剥夺了他歌唱的权力。

另一个例子是有关国王皮厄鲁斯女儿们的故事,这则故事告诉了我们众神如何惩罚凡人的傲慢和虚荣。皮厄鲁斯的女儿们因为拥有精湛的歌艺而骄傲自满,并斗胆向专门掌管音乐的缪斯女神发出挑战。比赛在赫利孔山上举行,据说当这些凡间少女开始唱歌时,天空乌云密布,一片漆黑。而当缪斯女神放声高歌时,天籁般的声音似乎让自然界的一切欢呼雀跃,连赫利孔山都兴高采烈地舞动起来。显而易见,皮厄鲁斯的女儿们失败了,她们被缪斯女神变成了会唱歌的鸟儿,以惩罚她们的胆大放肆,竟敢与神灵相媲美。

以上的故事并没有让海妖塞壬望而却步,海妖塞壬也参加了一个类似的比赛。缪斯女神的歌声真实动人,而塞壬女妖的歌却虚假做作,在此之前曾诱惑了很多水手,致船触礁,水手不幸地成为她们的腹中餐。缪斯女神获胜后,拔掉了塞壬女妖身上装饰的羽毛,以示羞辱。

对缪斯女神的敬仰最早起源于色雷斯的皮埃里亚,当地人认为缪斯女神首先见证了白天的曙光。皮埃里亚位于奥林匹斯山的斜坡上,是众多河流的源头。这些河流顺流而下,流向下方的平原,发出悦耳动人、舒缓人心的声音。这也许正意味着该地就是主管歌曲缪斯女神们最合适的住所。

第一部分　神话

缪斯居住在赫利孔山、帕纳索斯山和品都斯山的山顶。山石嶙峋的山丘上涌出泉水,她们喜欢居住在此地。对她们而言,一切都那么的神圣,不断激发着创作灵感。

在缪斯女神看来,赫利孔山上的伽尼珀泉和希波克里尼泉,以及帕纳萨斯山上的卡斯塔利亚泉都是神圣之泉。其中,卡斯塔利亚泉流经德尔斐城上方高耸的岩石。古时,这些泉水会被储存在一个方形的石盆里,供皮提亚和阿波罗的祭司们使用。

献给缪斯女神的奠酒没有白酒,而是水、牛奶和蜂蜜。这九位缪斯的姓名和职能如下:

卡利俄佩在缪斯女神中的地位最为尊贵,主管英雄之歌和史诗。她被刻画成手里拿着铅笔、膝盖上放着写字板的形象。

克利俄是负责历史的缪斯女神,手里拿着一卷羊皮纸,头上戴着月桂花环。

墨尔波墨涅是悲剧缪斯女神,手里拿着一副悲剧面具。

塔利亚是喜剧缪斯女神,右手拿着一根牧羊杖,身边放着一副喜剧面具。

波吕许谟尼亚是圣歌缪斯女神,头上戴着月桂花环。她总是被描绘成一副若有所思的样子,身穿有褶皱的长裳。

忒耳普西科瑞是歌舞缪斯女神,她总是被刻画成在弹奏七弦竖琴。

乌拉尼亚是天文学缪斯女神,她笔直地站着,左手拿着一个地球仪。

欧忒耳佩是和谐缪斯女神,她常被描绘成手拿乐器——乐器时常是一个长笛。

厄刺托是掌管爱情和婚礼颂歌的缪斯女神。她头戴月桂花环,拨动着七弦竖琴的琴弦。

关于缪斯女神的起源,据说是宙斯为了回报提坦战争后凯旋的神灵而特意创造的,目的是让这些特意创造的神灵通过歌曲的形式庆祝奥林匹斯诸神的光荣事迹。

111

珀伽索斯

珀伽索斯(Pegasus)是一匹长有双翼的骏马,宙斯和达那厄之子珀尔修斯砍掉美杜莎的头时,他从美杜莎的身体里蹦出来。珀伽索斯张开双翅,立马飞到奥林匹斯山的顶端,在那里受到诸神的热情款待和欣赏。宙斯在自己的宫殿里指定给他一块地方,让他携带自己的闪电和雷声。珀伽索斯允许诸神骑坐在他身上,凡人柏勒洛丰除外,当时柏勒洛丰奉雅典娜之命,为了能用箭射死奇美拉,骑坐在飞马珀伽索斯身上。

后来,诗人们将珀伽索斯描绘成缪斯女神的侍者,因此,与古时相比,当代人更注重供奉他。有时,他代表着诗歌的灵感,往往能够发掘人的内心深处,让精神得到升华。史诗中只有一个故事提到了珀伽索斯和缪斯的关系,这个故事就是著名的希波克里尼泉,该泉水是由珀伽索斯的马蹄创造的。

据说,在与皮厄里得斯姑娘们比赛时,缪斯女神站在赫利孔山顶放声歌唱。她们的歌声响亮,悦耳动人,就连天地都停止了运动在静静地聆听,赫利孔山也兴奋起来,朝着天神的住所不断地升起。波塞冬看到自己的职能遭到干涉,便派珀伽索斯去制止赫利孔山胆大包天的行为,竟敢未经允许随意移动。珀伽索斯到达山顶后用马蹄跺了下地面,希波克里尼泉顿时涌了出来。之后,它就成为遐迩闻名的圣泉,缪斯女神饮用着这些富含灵感的泉水。

赫斯珀里得斯

赫斯珀里得斯(Hesperides)是擎天巨神阿特拉斯的三位女儿,她们居住在世界极西部的一座孤岛上。

赫拉指派她们看守一颗金苹果树,这棵神树是大地之母盖亚当年送给赫拉和宙斯的结婚礼物。

据说,金苹果树原来交由赫斯珀里得斯看管,但由于他们无法抵抗诱惑偷尝了金苹果,因此被剥夺这一职务。之后这一工作交给了可怕的巨龙拉冬,他一直小心谨慎地照料着这些宝物。

赫斯珀里得斯三姐妹分别是埃格勒、阿瑞托萨和赫斯珀里亚。

美惠三女神

古希腊神话中的"美惠三女神"欧佛洛绪涅(Euphrosyne)、阿格莱亚(Aglaia)和塔利亚(Thalia)是一切美好和高尚品质的化身。她们是宙斯与海洋女仙欧律诺墨的女儿(后期也有作家称她们由狄俄尼索斯和阿芙洛狄忒所生)。

她们常常被描绘成花样少女,面容姣好,婀娜多姿。她们的手和胳膊亲密地交织在一起,有时一丝不挂,有时则穿着羊毛制成的透明轻裳。

美惠女神还代表着内心最细腻的感情,以友谊和仁慈的形式表现出来。人们认为她们主管着优雅、谦逊、天生丽质、温柔、善良、天真无邪、身心的纯洁和永恒的青春等品质。

她们不仅自身美丽,还能够赋予他人美丽。她们的存在增加了生活的乐趣,没有了她们,就不完美。人们认为无论何处,只要弥漫着欢声与笑语、美好与快乐,那里就一定有她们的身影。

为纪念她们,古希腊到处都修建了神庙和圣坛,并且不同年龄、不同阶层的人们都会恳求她们的庇佑。圣坛上每天香火不断,人们在宴会上都要向她们乞灵,并献上奠酒,因为美惠女神不仅能够带来欢乐,而且具有高雅的影响力,能够平缓酒所带来的兴奋感。

虽然音乐、口才、诗歌和艺术由缪斯女神直接负责,但是经美惠女神之手后,为它们的精致和优美锦上添花;因此,她们一直被视为缪斯的朋友,一同居住在奥林匹斯山上。

此外,美惠女神还要履行一些特殊的职能,她们要与季节女神共同侍奉阿芙洛狄忒,为她戴上花环,将她打扮成春天的女王,阿芙洛狄忒身上还散发着玫瑰、紫罗兰等花朵的芳香。

美惠女神常常会陪同在其他神灵身边,比如她们为阿波罗拿乐器,为阿芙洛狄忒拿着香桃木等等。同时,她们还常常陪伴在缪斯、厄洛斯或狄俄尼索斯左右。

荷赖

与美惠女神紧密相关的是荷赖(Horæ),又称时序女神,她们是宙斯和忒弥斯三个女儿的总称,她们分别叫欧诺弥亚(秩序女神)、狄刻(公正女神)和厄瑞涅(和平女神)。

只有三位女神负责季节似乎有些奇怪,但是事实上这正符合古希腊人的观念,他们认为一年只有春、夏、秋三季,到了我们称之为冬季的时候,大自然没有了生机,也没有了收成,在他们看来是大自然死去或沉睡的时候。在古希腊的部分地区仅仅只有两位荷赖,春之女神塔罗,代表着萌芽的季节;秋之女神卡尔波,代表着粮食与果实丰收的季节。

荷赖对人类十分友好,不会耍任何诡计和心眼。她们被描绘成欢乐而温和的少女,头戴花环,彼此牵着手围成圈跳舞。不过当她们分开作为不同季节的化身来描述时,代表着春季的荷赖满身鲜花,代表夏季的荷赖手拿玉米,而象征秋季的荷赖则双手捧满葡萄和其他水果。同时,她们也与美惠女神一起陪伴在阿芙洛狄忒的身后,或相伴阿波罗和缪斯左右。

荷赖与大自然一切本质美好的东西息息相关。正如她们从事的其他职务一样,季节规则性的交替也需要严格的秩序和规律,因此忒弥斯的女儿荷赖渐渐被看作秩序的代表,公正处理文明社会中的事务。这三位优雅的荷赖女神各司其职:欧诺弥亚主要负责国民生活,狄刻负责保护个人利益,三姐妹中最开朗聪颖的厄瑞涅则是狄俄尼索斯无忧无虑的伴侣。

荷赖还主管飞速流逝的时间,负责大小时间段的划分。每日清晨,她们会将天马拴在太阳神金灿灿的战车上,夕阳西下时,她们又前去卸轭。

最初,荷赖是乌云的化身,并且负责开启和关闭天门。此外,当她们向果实和花朵倾注神清气爽的水流时,果实和花朵便会蓬勃生长。

第一部分　神话

山林川泽女神宁芙

宁芙(Nymphs)是一群优雅的仙女神灵,主管树林、石窟、溪流、草地等等。

人们认为仙女神灵美丽动人,拥有仙女般的外表,身着缥缈的衣裳。虽然身为小神没有专门的神殿,但人们会在山洞或石窟中祭拜她们,献上牛奶、蜂蜜和油等奠酒,她们仍然受到了人们最崇高的尊敬。

宁芙可以划分为三种不同的类别,即水宁芙,山宁芙和树宁芙。

水宁芙

俄刻阿尼得斯,涅瑞伊得斯,那伊阿得斯

敬奉水神对大多数古老的国家而言是司空见惯的事情。就像流经人体内无数动脉的血液关系着人的身体一样,一国的溪流、泉水和喷泉与这个国家的兴衰也息息相关,它们都是生命、运动和意识的要素,没有了它们,便没有了生命。我们可以看到大多数国家人民对本国的溪水河流都有一种深深的依恋,当他们身处异国他乡时,那些河流总会被视如珍宝,让人眷念。在早期的希腊,每个部落都将各自的河流和泉水视为有益的力量,这些河流和泉水可以带来福祉,让国家繁荣发展。也许这动人的流水声激发了他们的想象力,他们满心欢喜地倾听着泉水的喃喃细语,潺潺低沉的声音让人身心舒缓;小溪流经石砾时,涓涓作声,瀑布飞流而下时,震耳欲聋。在人们的笔下,这些主宰大自然迷人景色和声音的神灵长相俊美与她们息息相关的美景并无二致。

俄刻阿尼得斯

俄刻阿尼得斯(Oceanides),又称海洋女神,是提坦神俄刻阿诺斯和忒堤斯的女儿们。和众多海神一样,她们具有未卜先知的能力。

俄刻阿尼得斯是微妙的水蒸气的化身,天气温暖时,这些水蒸气从海平面升腾,尤其是在傍晚时分,晚风将它们吹散开来。因此,她们的形象也被描绘成雾状朦胧,摇摆着婀娜的身姿,穿着浅蓝色、薄纱似的衣裳。

涅瑞伊得斯

涅瑞伊得斯(Nereides)由涅柔斯和多里斯所生,是地中海海域的仙女。

她们的外表与俄刻阿尼得斯相似,但是她们的美却更加清晰可见,像凡人的美貌一样。她们身着飘逸的淡绿色长袍;在海底深处,她们那明亮的双眼如同她们居住的地中海清澈的海水;她们的头发随意地披散在肩膀上,呈现出海水般的淡绿色,美感不仅丝毫不减,反倒锦上添花。涅瑞伊得斯有时陪伴在强大的海洋统治者波塞冬的战车附近,或者紧随其后。

诗人们叙述称,当涅瑞伊得斯从深海的石窟宫殿中浮出水面,兴高采烈地在睡意未醒的浪花上翩翩起舞时,孤独的水手默默不语注视着她们,敬畏、好奇和愉悦感油然而生。其中,有的女神双臂交织在一起,随着似乎飘荡在海面上的旋律舞蹈,有的向四周播撒闪闪发光的宝石,象征着海面的磷光,在地中海南部海域旅行的人经常在夜间看到这些磷光。

涅瑞伊得斯女神中最有名望的几位当属珀琉斯的妻子忒提斯,波塞冬的妻子安菲特里忒,以及阿喀斯的爱人伽拉忒亚。

那伊阿得斯

那伊阿得斯(Naiades)是负责泉水、湖泊、小溪和河流等淡水资源的宁芙女神。

由于树木、植物和鲜花都得益于她们无微不至的照料,因此古希腊人把那伊阿得斯视为人类特殊的恩人。和所有宁芙一样,她们能够未卜先知,因而人们认为一旦凡人饮用了她们管理的泉水,也能够预知未来。那伊阿得斯与以她们的名字命名的睡莲花,又称水上百合,有着密切的联系,这些睡莲花长着硕大的绿叶和黄色花瓣,躺在水面上,好像在彰显自己的美丽优雅,洋洋自得。

我们常常听说那伊阿得斯和凡人结合,也听说居住在森林和山谷中的森林神灵一直追求着她们。

树宁芙德律阿得斯

树宁芙会一辈子坚守着某种树木,并具有该树的鲜明特征,并且所有树宁芙都以德律阿得斯(Dryades)命名。

哈玛德律阿得斯,又称橡树宁芙,所代表的典型个性是爱静、特立独行,是高贵森林之王的本质力量所在。

桦树宁芙是一位忧郁的少女,长发飘逸,如同她居住的桦树的枝叶一样,黯淡柔弱。

榉木宁芙体格健壮,活力四射,精神饱满,看上去像坚守着忠贞的爱情,泰然自若地休息。同时她那红润的脸颊、深棕色的眼睛和优雅的身姿也象征着健康、活力和生命力。

菩提树宁芙被描绘成了一位腼腆的小少女,穿着过膝的银灰色裙子,显露出纤细的四肢。清秀的脸庞时而闪躲,一双蓝色的大眼睛似乎在看着你,目光中流露出惊奇、羞涩和怀疑的神情,浅金色的头发用细小的玫瑰色发带盘成了一个发髻。

树宁芙终生与所居住的树木相伴,一旦树木倒下,或受伤枯萎甚至死去,宁芙的生命也会停止。

山谷宁芙和山宁芙

娜佩雅和俄瑞阿得斯

娜佩雅(Napææ)是山谷宁芙,和蔼温顺,总是紧随阿耳忒弥斯身后。她们被描绘成一群可爱的女神,穿着齐膝的束腰外衣,以便打猎时能快速敏捷地奔跑。淡棕色的头发在后脑勺盘成了一个发髻,肩上还披散着几缕卷发。娜佩雅像小鹿一样害羞,但有时也很调皮。

俄瑞阿得斯(Oreades),又称为山宁芙,一直是阿耳忒弥斯的主要侍女,身材高挑,举止优雅,穿着很像女猎手。俄瑞阿得斯热衷于打猎,既不会放过温顺的小鹿,也不会让胆小的兔子溜走,事实上在她们快速奔跑中遇到的任何动物都会沦为猎物。无论在何地狩猎,害羞的娜佩雅总被描写为躲在树叶后面，最爱的小鹿会俯卧在一旁，瑟瑟发抖，抬头请求女猎手的保护。就连勇猛的萨提尔看到她们也会飞速离开，为避免危险逃之夭夭。

山宁芙中，一位名叫厄科的仙女有一段凄美故事。她迷上了一位俊男，名叫纳西索斯，他是河神刻菲索斯之子，但是这份爱却没有得到回应，这让她悲痛欲绝，日渐憔悴，骨瘦如柴。最后，除了声音以外，她的一切都消失得无影无踪，她的声音坚贞不屈地回响在山丘和山谷中，而纳西索斯本人也命运不济，为了惩罚他，阿芙洛狄忒让他在附近的泉水中看到了他自己的模样，因此他爱上了自己的容貌，遭受着单相思的煎熬，日渐消瘦，最后变成了一朵花，这朵花便以他的名字命名。

花精，又称草坪宁芙，她们与那伊阿得斯很像，并且常常被表现为手牵手围成圈跳舞。

乌云女神许阿得斯在外貌上与俄刻阿尼得斯有点相似，因为时刻有雨水相伴，因此被表现为总是在哭泣。

墨利阿得斯是主管果树的宁芙。

在结束本章内容前，我们必须注意到，在近代各个国家，赋予大自然以生命这一美好的理念会依据当地不同的习俗再次出现。因此，俄刻阿尼得斯和涅瑞伊得斯又以美人鱼的形式获得了生命，水手们依旧相信她们的存在，鲜花和草坪宁芙又变成了小巧玲珑的精灵出现在人们面前，人们之前总是认为她们在森林里和公共场所举行午夜狂欢派对。的确，时至今日爱尔兰的农民，尤其是爱尔兰西部，仍坚信精灵或者他们称为的"好人"是存在的。

风神

据最古老的传说记载，埃俄罗斯是埃俄丽安岛屿的国王，宙斯赋予了他掌控风的能力。埃俄罗斯将风关在深谷中的一个洞里，高兴时或在众神的要求之下才将其放出。

后来，以上的传说发生了变化，风被人们看成不同的天神，各自代表着风的不同属性。他们被刻画成生有翅膀、活力四射的青年。

主要的风神有：玻瑞阿斯（北风之神）、欧洛斯（东风之神）、泽费洛斯（西风之神）、诺特斯（南风之神），传说他们是厄俄斯和阿斯特赖俄斯之子。神话中并没有与四大风神相关的有趣的故事。泽费洛斯与花神克洛莉丝结为夫妻。关于玻瑞阿斯，神话叙述说，他在飞过伊利苏斯河上空时，看见了雅典国王埃瑞克修斯美丽的女儿俄瑞堤亚站在河岸，于是将她带回领地色雷斯，作为自己的新娘。玻瑞阿斯和俄瑞堤亚养育了泽泰斯和加来，后来，俩人成为著名的阿尔戈英雄。

古希腊有一座纪念玻瑞阿斯的神坛，用来歌颂他摧毁了攻击希腊的波斯船队。

在雅典的奥林匹斯山上，有一座著名的由佩里克莱建造的供奉风神的八角神庙。神庙的四个方向对应的是四大风神，神庙的遗迹至今依然可见。

潘（弗恩乌斯）

潘（Pan）是孕育之神，专门保护牧羊人和猎人，他掌管着所有畜牧农业，领导森林之神萨提尔，是所有农业之神的首领。

一般认为，他是赫耳墨斯和森林女神的儿子，天生额头生有犄角，面带山羊胡，鹰钩鼻子，尖耳朵，长有一双羊腿和一根羊尾。外貌丑恶，以致母亲见到他心灰意冷，丢下他仓皇逃走。

然而，赫耳墨斯抱起了这个让人好奇的小家伙，用野兔皮将他包裹起来，把他带到了奥林匹斯山。这个陌生的小家伙，以他古怪的外形和滑稽的动作，成为众神的宠儿，酒神狄俄尼索斯对他更是宠爱有加。因为小家伙给他们带来了许多快乐，众神给他赐名潘。

他最喜欢出没在洞穴之中，无忧无虑、恣意徜徉于岩石与山峦之间，欢快地从事多种多样的工作，时常也很吵闹。他热爱音乐、唱歌和跳舞，热爱一切给生活增添乐趣的事物。因此，虽然他外形怪异，但是森林和山谷仙女们仍常常围绕在他身边，伴着他欢快的排箫乐声翩翩起舞。

有关潘的排箫的由来,神话叙述道:潘曾醉心于一位名为西琳克丝的美丽仙女,执着地追求西琳克丝,而西琳克丝看到潘丑陋的外貌非常害怕,讨厌他对自己的求爱,一直在回避他。潘追逐西琳克丝来到拉冬河畔,西琳克丝眼看潘就要追上了她,躲避无望,于是她向神求助,在潘就要抓住她的那一刻,神将她变成了一支芦苇。相思成疾的潘叹息不已,悲叹自己的不幸。芦苇随风轻轻地摇摆,发出阵阵声响,犹如在低声抱怨。潘被这温柔的声音

潘与西琳克丝

迷住了,于是他亲自尝试要再现这些声音。他将七根芦苇截成不同的长度,然后把它们绑在一起,做成了排箫,并取名为西琳克丝,以此纪念失去的爱情。

牧羊人尊潘为自己最英勇的保护神,他会保护羊群免于狼群的攻击。早些时候,牧羊人还没有使用栅栏,他们习惯将羊群圈在山洞之中,保护羊群免受恶劣天气伤害,也确保羊群不受野兽的攻击。在阿卡迪亚和波塞提亚的山林中存在很多这样的洞穴,它们是潘的圣地。

热带地区的人们习惯在每天炎热的时段休息,所以潘的形象也被表现为在树荫下或洞穴里午睡,享受阴凉,非常讨厌有声音打扰他。因此,牧羊人总是特别注意在这个时段保持绝对安静,会尽情地享受宁静的午睡。

潘同样受到猎人的尊崇,因为他热爱丛林,常常恣意漫步于丛林之中,在那里他可以尽情展现开朗活泼的个性。他是猎人的保护神,农村爱狩猎的人,一天狩猎无果,空手回到家中,会敲打潘的木像,发泄心中不悦。潘的木像总是放在家中显要的地方。

在人迹罕至之处,突发的声响会让旅行者不寒而栗。人们通常认为这种声音是由潘发出的,因为他的嗓音令人惊恐,极不协调,自此"潘的恐惧"一词就被用来指代突然的惊惧。雅典人将他们在马拉松战役的胜利归功于潘发出的可怕声音,因为他的声音在波斯人中造成了惊恐。

潘有预言的能力,据说太阳神阿波罗正是从他那继承了这种能力。与此同时,在阿卡迪亚,他拥有著名而古老的神示所,在那里他受到特别的崇拜。

艺术家后来有些弱化以上描写的潘的消极形象特征,仅仅将他刻画成一个青年男子,在农村经历的风霜雨雪造就了他沧桑坚毅的外貌,他手持牧羊杖和排箫——这些是他的常见特征——前额上长有一个小小的犄角,有时赤身裸体,或者仅身披一件轻便外衣——又称为短斗篷。

牧羊人通常将牛奶和蜂蜜放在碗里供奉给潘,同时牛和羊也会作为祭品献给潘。

在对酒神狄俄尼索斯的崇拜中引入了潘神之后,我们听到了多个版本的小潘神(潘尼撒人)传说,人们有时会将他与萨提尔弄混淆。

弗恩乌斯

古罗马人有一位古老的意大利神,名叫弗恩乌斯(Faunus)。他是牧羊人之神,人们把他与希腊潘神相提并论,对他俩的艺术形象塑造也相似。

弗恩乌斯常被称作伊努斯、精王、卢波库斯或者驱赶狼群的人。就像潘神一样,他也拥有预言的天赋,是森林与田野的守护神,并且与潘神一样会在人迹罕至的地方惊吓路人。人们把做噩梦和邪恶神灵显现的原因都归咎于弗恩乌斯,认为是因为他在夜间偷偷潜入人们的住所。

弗娜是弗恩乌斯的妻子,参与行使弗恩乌斯的职能。

萨提尔

萨提尔(Satyrs)是森林之神,他们显然是自由、野性和无拘无束森林生活的象征。他们的外表既怪诞又令人厌恶,鼻子又平又宽,耳朵尖尖的,前额长着一个小犄角,皮肤粗糙多毛,尾部还长有一根小山羊尾巴。他们过着快乐又放纵的生活,喜欢狩猎,在狂野的音乐和舞蹈中寻欢作乐,他们酗酒成瘾,豪饮后又沉睡不醒。不仅凡人畏惧他们,山林中温柔的仙女们也害怕他们,总是回避他们粗俗的娱乐活动。

萨提尔是酒神狄俄尼索斯随从中的显耀人物,正如上文所述,他们的首领西勒诺斯是酒神狄俄尼索斯的导师。年长的萨提尔被称为西伦斯,在古代雕塑中的形象更加酷似人类。

除了描写普通的萨提尔以外,艺术家还热衷于描绘年轻淘气的小萨提尔以各种奇特姿态在森林中嬉戏的场景。这些年轻人与他们的朋友和同伴——潘尼撒人极为相似。

按照惯例参加狄俄尼索斯酒神节的牧羊人和农民会穿上山羊和其他动物的毛皮做成的衣服。在这种伪装下,他们放纵自己玩弄着各种小伎俩,行为过火。一些权威人士把萨提尔放荡、好色的形象归因于此。

在古罗马,古意大利森林之神弗恩斯长着两只山羊脚,具有被夸张的萨提尔的性格特征,人们常把他与萨提尔相提并论。

普里阿普斯

普里阿普斯(Priapus)是狄俄尼索斯和阿芙洛狄忒的儿子,被视为生殖之神,是家畜、绵羊、山羊、蜜蜂、藤本植物果实及所有花园产物的保护神。

他的雕像矗立在花园和葡萄园中,不仅作为崇拜的对象,而且还用来驱赶鸟类。因为这位神的外貌特别令人厌恶,不雅观。这些雕像由木头或石头雕刻而成,从臀部向下只是简陋的柱状物。在这些雕像中,普里阿普斯的脸呈红色,非常丑陋,他手里拿着一把修枝刀,头上戴着一个由葡萄藤和月桂树枝做成的花环。他通常在衣服里装着水果,或者手中拿着一个聚宝盆,然而总是保持他那令人反感的样子。

据说,赫拉想要惩罚阿芙洛狄忒,便把这个又畸形又难看的儿子赐予她。当普里阿普斯出生时,他的母亲一看到他的模样便惊恐万分,下令将他丢弃在山上。在那里,普里阿普斯被几个牧羊人发现,牧羊人出于怜悯,救了他的性命。

普里阿普斯主要在他的出生地兰普萨库斯受到人们崇拜。供奉他的祭品是驴,他还会收到来自田野和花园的第一批果实,以及作为奠酒的牛奶和蜂蜜。古罗马人对普里阿普斯的引入与崇拜与对阿芙洛狄忒的崇拜在时间上相同,普里阿普斯等同于当地意大利名为穆图纳斯的神灵。

阿斯克勒庇厄斯(埃斯科拉庇俄斯)

医药之神阿斯克勒庇厄斯(Asclepias)是阿波罗和仙女科罗尼斯的儿子,由著名的半人马喀戎教他各个领域的知识,尤其是草药的性能。阿斯克勒庇厄斯研究了植物未被揭示的治疗效果,并发现了针对各种折磨人类的疾病的治疗方法。他的医术精湛,不仅能给人治病,而且妙手回春使人起死回生。人们普遍认为,他之所以能有如此神奇的治愈能力,很大程度上得益于帕拉斯·雅典娜给予了他美杜莎的鲜血。

人们很容易观察到,阿斯克勒庇厄斯的神殿通常建在城外山丘健康卫生的地方或者靠近被认为具有治愈力的水井旁边,这些神殿向病人提供治疗方法,集宗教与公共保健为一体。按照当地习俗,病人会在神殿中睡觉,如果他信仰虔诚,阿斯克勒庇厄斯会出现在他的梦中,并告诉他治愈疾病可以采用的方法。这些寺庙的墙上挂着牌匾,上面由不同的朝圣者记载了他们的疾病、采用的治疗措施和神实施的治疗方法——这是一种习俗,无疑有着非常好的效果。在古希腊许多地方,树丛、寺庙和祭坛都献给了阿斯克勒庇厄斯,但是崇拜他的主要地方是在埃皮达鲁斯,据说这里也是崇拜阿斯克勒庇厄斯的发源地,建有他的主庙,同时也是一所医院。

在埃皮达鲁斯的神庙中,阿斯克勒庇厄斯的雕像是由象牙和金子做成的,他被塑造成一个满面胡子的老人,靠在手杖上,上面缠绕着一条巨蛇。蛇是阿斯克勒庇厄斯的显著象征,部分原因是因为这些爬行动物被古代人大量用于治疗疾病,也因为蛇的谨慎和智慧被看成一个高明的医生不可或缺的要素。

通常，阿斯克勒庇厄斯的标志是一根手杖、一只碗、一束草药、一个菠萝、一条狗和一条蛇。他的孩子大都继承了父亲的杰出才华。两个儿子，玛卡翁和波达利俄斯，与阿伽门农一起参加了特洛伊战争，并且一战成名。战争中，他们不仅是军事英雄，而且也是技艺高超的医生。他们的姐妹，海吉亚（健康女神）和潘娜西亚（万灵丹女神）也拥有神殿，获得了神圣的荣誉。海吉亚的职能是维护社区的健康，她把来自众神直接的恩惠和祝福带给了社区百姓。

埃斯科拉庇俄斯

对埃斯科拉庇俄斯（AEsculapius）的崇拜是从埃皮达鲁斯传至古罗马，那时古罗马正经历大瘟疫，这位医药之神的雕像从埃皮达鲁斯被运入古罗马。古罗马人逃避了这场瘟疫，为此心存感激，在台伯河口附近的一个岛上建了一座纪念他的神庙。

古罗马之神

雅努斯

远古时期，古罗马人就非常爱戴和敬仰雅努斯（Janus），认为他是仅次于朱庇特的神，人们所有的祷告和请愿需经他传达给其他神灵。

人们认为雅努斯掌管万事的开端，是他开启了年、月和季节。他又被看成所有人类事业开端的专门保护神。古罗马人非常在意一件事能有个顺利的开端，认为这会有助于事情最终圆满完成，这也说明了为何雅努斯受到崇高的敬仰，被尊为起源之神。

在人们看来，雅努斯是意大利部落古老的太阳神，他每天早晨开启天门，到了晚上则要关闭天门。因此，他被视为天庭的守门人，也是地球上所有大门和入口的掌门神。

第一部分　神话

雅努斯是城门之神,城门都以他的名字命名为雅尼。以下神话则解释了这个称号的由来:在古罗马人绑架萨宾妇女后,萨宾人为了复仇侵略了古罗马。正要进入城市的大门时,突然滚烫的硫磺泉从地下喷涌而出,阻止了他们的前进。据传,这是雅努斯为了保护古罗马而特意送来的。

除了作为门的守护者,雅努斯也被视为家的保护神,正因如此,家家在房门上方建有一个小神龛,里边立着一尊双面神像。从"拥有"这个词的一般意义上来讲,雅努斯并未拥有任何寺庙,但是所有的城门都供奉他。古罗马广场旁边有一座所谓的雅努斯庙宇,然而它只是一条拱形走廊,由一扇扇大门封闭起来。这个庙宇只在战争期间开放过,因为人们认为,那时雅努斯跟随罗马军队一起出征,他要负责军队的福祉。值得注意的是,作为古罗马人参与诸多战争的证据,这座圣所的大门 700 年里只关闭过三次。

作为开辟新年的神灵,人们以他的名字命名一月。在 1 月 1 日人们会举行最重要的节日庆典来纪念雅努斯,这一天所有的公共和私人建筑的入口都装饰了月桂树枝和花环。

每月月初,人们向他献祭,祭品包括蛋糕、葡萄酒和大麦;在供奉其他神之前,总是先向他乞灵,向他献奠酒。

雅努斯常被表现有两张面孔:在行使天门神专职时,他被描绘为直立着身子,一只手拿着钥匙,另一只手拿着一根棍棒或权杖。人们认为,雅努斯是意大利最古老的国王,在他的一生中,他对臣民的统治既明智,也很温和。为了感谢雅努斯给他们带来的福祉,雅努斯的臣民在他死后将他神化,并将他置于众神中最重要的位置。从前面古希腊的历史中,我们已经看到,萨图恩是雅努斯的朋友和同事,人们把萨图恩与希腊克洛诺斯(时间之神)相提并论。由于急于证明他对恩人的感激之情,克洛诺斯赋予了雅努斯通晓过去和预知未来的能力,这使他能够采取最明智的措施造福于他的臣民。正因为如此,雅努斯被表现为长有两张脸,分别朝着相反的方向,一张面对过去,一张展望未来。

芙洛拉

花神芙洛拉(Flora)在人们眼里是一位仁慈的神,她负责看护早期的花蕾。古罗马人对她十分尊敬,为了纪念她,将4月28日至5月1日定为芙洛拉利亚节。这个节日是一个充满欢乐的季节,人们用花朵恣意地装饰着房子、街道等,年轻女孩把花戴在头发上。芙洛拉代表着春季,通常被表现为一位可爱的少女,头上饰以花环。

罗比顾斯

和芙洛拉相对,我们发现有一位敌对之神,名叫罗比顾斯(Robigus),他是邪恶的化身,通过霉病来摧毁嫩弱的草药,并以此为乐。人们只有通过祷告和供奉祭品才能避免这位神灵发怒,从而避免他带来的灾难。人们向他乞灵时称他为阿威龙库斯或者阿威托耳。

每年4月25日是纪念罗比顾斯的庆祝日(罗比加利亚节)。

波莫纳

波莫纳(Pomona)是果园和果树女神。根据奥维德所言,她不关心树林或溪流,但酷爱花园和结满果实的树枝。

波莫纳,象征秋天,被刻画成一位可爱的少女,身上挂满了果树枝条。

维尔图诺斯

维尔图诺斯(Vertumnus)是花园和农产品之神。他是季节变化的化身,象征着大自然变化的过程。叶芽通过这种变化逐渐生长,开花结果。在一个神话中,季节的变化象征着维尔图诺斯为了获得波莫纳的爱,将自己蜕变成各种不同的样子。可是波莫纳酷爱她的职业,根本没有结婚的念头。第一次,他以犁田人的形象出现在她的面前,象征着春天;然后把自己变成收割者,象征着夏天;后来,又作为葡萄采集者出现,象征着秋天;最后又以一个白发老妇人的形象出现,象征着冬天的雪。但是,直到他显现出英俊青春的真身,才赢得了波莫纳的芳心。

维尔图诺斯的雕像通常表现为头戴麦穗王冠,一只手拿着聚宝盆。

帕勒斯

帕勒斯(Pales)是意大利一位非常古老的神灵,有时被表现为男性,有时又是女性。

作为男神,他主要是牧羊人和家畜的保护神。作为女神,帕勒斯掌管农业和畜群的繁殖。每年4月21日都要举行纪念她的庆典,又称帕利利亚节,这天也是古罗马成立之日。节日期间,牧羊人通常会点燃大量的稻草,赶着羊群迅速从中穿越,他们认为这种折磨会净化心灵,使人远离犯罪。

最初代表牧民殖民地的名字帕拉丁就源于此神。她的祭品是蛋糕和牛奶。

皮库斯

皮库斯(Picus)是萨图恩的儿子,弗恩乌斯的父亲,是一位林地之神,具有先知能力。

有一个古老的神话把皮库斯描述成一位俊美青年,与一位名叫卡农斯的仙女结合。女巫瑟茜被皮库斯英俊的外表所迷,极力争取得到他的爱,但是遭到了拒绝。为了报复,女巫把他变成了啄木鸟,但是皮库斯仍然具有先知能力。

皮库斯的艺术形象被表现为一位青年,头上栖息着一只啄木鸟,这只啄木鸟后来被认为拥有预言的力量。

皮库姆纳斯与皮鲁姆纳斯

皮库姆纳斯(Picumnus)和皮鲁姆纳斯(Pilumnus)是古罗马的两位家神,他们是专门掌管新生婴儿的神灵。

西尔瓦诺斯

西尔瓦诺斯(Silvanus)是林地之神,像弗恩乌斯一样,与古希腊潘神十分相似。他是种植园和森林的掌管神,专门守护着田野的边界。

西尔瓦诺斯的形象被表现为一位健壮老人,扛着一棵柏树。根据古罗马神话,西尔瓦诺斯把年轻人库帕里索斯变成一棵树,并以他的名字命名。供奉给他的祭品有牛奶、肉、葡萄酒、葡萄、麦穗和猪。

特耳米努斯

特耳米努斯(Terminus)是掌管所有边界和地标之神。他的形象最初只是一块普通的石头,后来人们在石头上放上了他的头像。努马·庞皮留斯是人民的大救星,他迫切地向臣民们灌输财产权利的思想,特别要求竖立这些石头,作为划分财产的界限。他也要求修建祭坛纪念特耳米努斯,并把2月23日定为特耳米怒斯纪念日(特耳米纳利亚节)。

有一次,塔尔金为了建立一个新的寺庙希望移走几座像神的祭坛,据说只有特耳米努斯和尤文塔斯反对。他们坚持原则,拒绝撤除寺庙被人们解释为一个好兆头,象征着罗马城永远不会失去它的边界,将一直保持青春和活力。

康苏斯

康苏斯(Consus)是秘密忠告之神。

古罗马人相信当一个想法在一个人的头脑中自发产生时,是康苏斯促成了这一思想的形成,尤其是那些产生预期效果的计划。

为了纪念康苏斯,人们在马克西穆斯竞技场上建了一个祭坛。这个祭坛全年封闭,只有在8月18日康苏利亚节期间人们进行节日庆典时才开放。

利比蒂娜

利比蒂娜(Libitina)是掌管葬礼的女神。此神常与维纳斯相提并论,可能是因为古人认为爱的力量甚至可以影响到冥界。塞尔维乌斯·图利乌斯在古罗马为她建了一座寺庙,里边有葬礼所需的一切必需品,这些必需品既可以买,也可以租。寺庙中保存着古罗马城里所有的死亡记录,为了确定死亡率,每个人死亡时图利乌斯都会支付一笔死亡金。

拉维尔那

拉维尔那(Laverna)是掌管盗贼及所有奸计骗局的女神。在波特拉维尔娜丽丝附近,有为她而设并以她的名字命名的祭坛,她在萨拉莉亚街上拥有一处神圣的果园。

柯玛斯

柯玛斯(Comus)是掌管宴会、节日、狂欢以及所有娱乐和放纵活动的神灵。他的形象被表现为一个头戴花环的年轻人,酒后红光满面,倚在柱子上,似睡非睡,一副醉酒的姿态,一根火炬从他的手中落下。

嘉美勒

嘉美勒(Camenæ)是具有先知能力的仙女,受古意大利人高度崇拜。她们共有四人,其中最为著名的仙女有卡门塔和埃格里亚。人们为卡门塔举行庆典,尊她为埃文德之母。埃文德曾领导阿卡迪亚侨民进入意大利,并在台伯河边建立了一座城镇,后来这个小镇与古罗马合并。据说埃文德是将古希腊艺术和文明引入意大利的第一人,也是将古希腊神祇崇拜引入意大利的第一人。在卡匹托尔山上,人们为卡门塔修建了一座庙,并且为了纪念她,把1月11日定为卡门提斯节。据说嘉美勒向努马·庞皮留斯传授了各种宗教崇拜形式,使其在臣民中推行。嘉美勒被认为是给予生命之神,因此在孩子出生之前,妇女会向她乞灵。

古罗马人常把嘉美勒与缪斯相提并论。

守护神精灵

古罗马人有一种信仰,即每个人从出生到死亡都有一位守护神陪伴在他的身旁。守护神精灵激励他去做善事,像守护天使一般对待他,在他悲伤时安慰他,引导他的整个尘世生涯。

随着时间的推移,人们相信又有了一位守护神,他本性邪恶,煽动各种恶行,总是与善良的守护神不和。这些敌对影响势力之间的博弈取决于个人的命运。守护神精灵被描绘成有翼的生物,非常像现代的守护天使。

每个国、城镇或城市(以及每个人)都拥有其特殊的守护神。守护神精灵的祭祀品有葡萄酒、蛋糕和香料,在他们生日时供奉。

指引女性的守护神以天后的名字命名,称为朱诺。

古希腊人认为达蒙斯与古罗马神话中的精灵行使类似的功能。人们认为这些精灵是黄金时代的正义种族的灵魂,他们守护着人类,把他们的祷告转给诸神,并将神的恩赐带给人类。

亡灵玛涅斯

勒穆瑞斯与勒瑞斯

玛涅斯(Manes)是死者的灵魂,分为两类,即勒穆瑞斯和勒瑞斯。

勒穆瑞斯是这样一些玛涅斯,夜晚他们以邪恶亡灵的身份出没他们以前在人世间的住所,样貌可怕、丑陋,给他们的朋友和亲戚造成了极大的恐慌。人们非常害怕这些勒穆瑞斯,为了安抚亡灵,他们会举行一个叫驱魂节的节日。

鬼神出没住宅这类与亡灵有关的迷信即使在今日也还存在,这种迷信极有可能来自于这个古老的异教。

相比而言,勒瑞斯家族守护神更受人们喜爱。他们是每个家庭祖先的灵魂，在死后保护他们在世间所属家庭的幸福和繁荣。炉膛旁边的至尊之地由勒瑞斯占据，人们认为他是这个家庭的创始人。这尊雕像受到家人极度崇拜，家庭中的每一个成员在所有场合都要对这尊雕像表示敬意。每餐的一部分餐食会摆在它的面前，人们认为所有的家庭事务和活动，无论是悲伤的事还是快乐的事，它都要参与其中。在开始远征之前，房子的主人会向家神的雕像敬礼；回来时，主人会庄严地向这尊守护灶台和家庭的雕像感恩，感谢家神对家的保护。雕像通常会有花环，在所有家庭欢庆的场合中，花环是献给家神最受欢迎的贡品。

新娘入住新房的第一件事便是向家神致敬，相信家神会保护她，使她免受邪恶的伤害。

除了上面列举的这些家神之外，还有公共勒瑞斯，他们是国家、公路、乡村和海洋的守护者。他们的寺庙总是对所有虔诚的信徒开放。在他们的祭坛上，人们会向他们献祭，以求公共勒瑞斯会给国家或城市带来幸福安宁。

佩纳忒斯

佩纳忒斯（Penates）是由每个家庭自主选择的神灵，经常被家庭成员选为特别守护神。选择的原因各种各样。例如，如果一个孩子出生在维斯塔节，人们认为今后这个神会作为他的特殊守护神；如果一个青年拥有了不起的商业天赋，他就会选择墨丘利作为他的守护神；如果他热爱音乐，他会选择阿波罗作为守护神，等等。他们被视为守护家庭的专神，人们会用他们的小幅画像装饰灶台周围，像对待勒瑞斯一样对待这些神灵。

有公共的勒瑞斯，就有公共的佩纳忒斯。佩纳忒斯起初以两个年轻战士的形象受到古罗马人的敬奉，后来古罗马人又把他们与卡斯托耳和波吕克斯相提并论。他们一般被表现为骑在马背上，头戴圆锥形帽子，手里拿着长矛。

古希腊和古罗马的公众崇拜

神庙

在远古时代,古希腊人没有用于公共崇拜的神庙或圣所,他们是在广袤无边的天空下,在大自然天然的神庙中进行宗教仪式。古希腊人相信他们的神殿在云层之上,虔诚的教徒自然要寻找最高点,以便与神近距离接触。因此,人们选择高高的山峰作为敬神之所,并且神灵排名越高地位越显赫,祭祀地点也越高。但是这种拜神的方式不方便,于是人们逐渐产生了建立寺庙的想法,因为寺庙在天气险恶时可以为人们提供容身之所。

起初,寺庙的结构非常简单,没有装饰。但是,随着文明的进步,古希腊人变得富有和强大起来,不惜花费大量人力、劳力和财富用于建造和装饰寺庙,把寺庙建设和修饰得壮丽辉煌。人们大规模地建设寺庙,有些寺庙在一定的程度上经受住时间的侵蚀。特别是雅典卫城,存有许多古老建筑的遗迹。在雅典卫城,除了其他古代艺术的丰碑外,我们还可以看到雅典娜的寺庙

寺庙

和忒修斯的寺庙,后者是世界上最完整的古代大型建筑。在德洛斯岛,人们可以看到阿波罗和阿耳忒弥斯的寺庙遗迹,这两座建筑都保存完好。这些遗迹极具价值,它们保存完整,有助于我们研究原有建筑的规划和特征。

然而，在古代斯巴达，我们没有发现这些庄严寺庙的遗迹，因为莱克格斯规定寺庙应以最少支出服务于众神。当人们询问这位伟大的立法者这则命令的缘由时，他回答说，若非如此，作为贫穷民族的斯巴达人可能会回避他们的宗教职责。接着他又机智地补充道，华丽的建筑和昂贵的祭品不如朝圣者的虔诚和真诚奉献更能让众神感到愉悦。

我们已知的最古老的寺庙有双重用途：它们不仅用于供奉诸神，同时也是纪念逝者的庄严场所。例如，位于拉里萨市塔楼中的帕拉斯·雅典娜神庙就是阿克里西俄斯的坟墓，雅典卫城供奉了雅典城创建者刻克洛普斯的骨灰。

一个寺庙经常供奉两位或更多的神，这些寺庙的建筑风格总是与所供奉的特定神灵的风格相一致。因为正如树木、鸟类和动物都被某些神灵神为圣物，所以几乎每一位神都有自己特有的建筑形式，与其他神相比，这一建筑形式也最符合他的个性。因此多立克柱式风格的建筑对于宙斯、阿瑞斯和赫拉克勒斯来说是神圣的；阿波罗、阿耳忒弥斯和狄俄尼索斯神圣的风格是爱奥尼亚柱式建筑；对赫斯提亚来说，神圣的建筑是科林斯柱式建筑。

寺庙的门廊内通常放有一块石器或铜器，里面盛有圣水，所有参加献祭的人身上要洒上圣水。寺庙的最深处是最神圣的地方，除了祭司，其他人都不能擅自闯入。

古希腊寺庙通常被树丛包围。这些场所非常偏僻隐蔽，自然会激发朝圣者的敬畏。此外，在炎热的国家，这些绿叶繁茂的参天大树给人带来了清凉，十分宜人。事实上，在树林中建立庙宇的习俗非常普遍，所有圣地，即使周围没有树木，也被称为树林。这种做法历史悠久，《圣经》上的禁令也已经证明这点，禁令目的是阻止犹太人参与所有的偶像崇拜："你不可在耶和华神坛附近栽种树丛。"

雕像

古希腊人崇拜神，但这些神在刻克洛普斯时代之前并没有任何可见的标志物。最古老的象征物由方形石块组成，石块上刻有它所代表的神的名字。人们最初尝试以粗糙的树干为材料进行雕刻，一端是神首，另一端是不成形的树干，从头到脚逐渐变小，脚的轮廓不清，四肢也不分明。但是后来的艺术家运用他们的天赋成功创造出众神完美的塑像，有些一直保存到今天，并被视为最纯粹艺术的范例。

在寺庙中心的基座上矗立着这座寺庙供奉的神的雕塑，周围是其他神的塑像，所有的神像都由横杆围起来。

祭坛

古希腊神庙中的祭坛位于中心位置——主神雕像之前，一般呈圆形，由石头建成。一般的习俗是在祭坛上刻上被供奉的神的名字或其独特标志。神坛是神圣之所，罪犯逃到这里，生命便得到了保障，不会受到追捕；采取强制手段把罪犯从避难圣所带走，则被视为亵渎神灵之举。

最古老的祭坛有牛角或羊角装饰，这在以前是权力和尊严的象征，因为在多数原始国家中，人的财富和地位由拥有牛羊的数量决定。

除了建在公共礼拜场所的祭坛，祭坛还常建在树林里、公路上或城市的市场里。

冥界的众神没有任何祭坛，祭祀品的鲜血通过人们挖的沟渠供奉给他们。

祭司

在古代，祭司被视为一个特殊的社会阶层，他们与众不同不仅是因为从事圣职，而且也因为他们虔诚、智慧、身世清白。祭司由上帝所选，是联系神和凡人的中间人，并以凡人的名义进行祷告和献祭，告知凡人众神可接受的誓约、礼物和献祭。

每一个神都有不同层级的祭司负责对神的祭祀活动，每个地方都会有一个大祭司，大祭司的职责是掌管他这一层级的其余祭司，并且开展更为神

第一部分 神话

圣的仪式和宗教活动。

男祭司和女祭司允许结婚,但是只能结婚一次。然而,一些祭司自愿过独身生活。

祭品

毫无疑问,人们对众神的守护心存感恩,相信众神赐予人类繁荣富足,因此所有民族、所有国家的人都渴望从众神慷慨的施与中拿出一些献祭给神灵。

古希腊人的献祭形式多样,包括自愿献祭、赎罪祭等。

自愿献祭是人们受恩惠后的感恩,祭品通常是田间第一批果实,或最好的羊群和牛群,这些祭品不能有斑点或瑕疵。赎罪祭的目的是平息神的愤怒。

除了上面所列举的原因之外,人们献祭要么是为了在将要从事的事业上取得成功,要么是为了履行誓言,要么是为了听从神谕。

凡献祭的物品都要加盐和奠酒,酒杯通常要斟满,表明人们慷慨献祭。当献祭给冥神时,杯中则会装满血。

献祭给奥林匹斯神灵的动物呈白色,而献祭给冥界的动物则为黑色。当一个人为自己或他的家人献上特殊的祭品时,这个祭品则与他的职业有关,牧羊人会献上羊,葡萄种植者献上葡萄等。但是在公共祭祀时,人们会参考某一神的个体特征。例如,向德墨忒尔献祭一头母猪,因为母猪会把玉米连根拔起;向狄俄尼索斯献祭一头山羊,因为它会破坏葡萄园等。

祭品的价值在很大程度上取决于个人的地位,一个富人献上寒酸的祭品被视为对众神的轻蔑,而对一个穷人来说,再微薄的祭品也可以接受。大献祭由一百只动物组成,由整个社区供奉,或者由富人提供,这些人要么渴求众神特殊帮助,要么已经获得众神的帮助。献祭时,祭坛上会点燃圣火,人们会向祭坛倒入酒和乳香,使火更旺。在远古时期,祭品被放在祭坛上整个烧掉活祭;但是在普罗米修斯时期之后,只需献祭前肩肉、后腿肉和内脏等,其余的部分由牧师专享。

主礼的祭司头戴树叶编制的花环,这些树是人们向其乞灵的神的圣物。因此祭司向阿波罗献祭时,头戴月桂花环;向赫拉克勒斯献祭时,头戴杨树叶做成的花环。后来,人们在宴会和其他节日场合也采用这种佩戴花环的做法。

在特别庄严的场合,作为祭品的动物角会镀上金子,祭坛上也装饰着鲜花和神圣的药草。

献祭的方式如下:所有东西准备妥当,人们把盐饼、用于献祭的刀和花环放在一个小篮子里,由一位年轻少女把这些东西带到寺庙,祭品被带进寺庙时通常伴有音乐。如果是一只小动物,就不用捆绑,直接把它赶到祭坛上;如果是大动物,就会用一根长长的拖绳牵着它走向祭坛,表明它自愿被献祭。

当人聚齐后,祭司会围绕祭坛庄严地行走一圈,然后把餐食和圣水混合在一起先撒向祭坛,接着洒向来祭祀的人群,并让他们与自己一起祈祷。祭祀结束后,祭司首先品尝祭酒,再让参加祭祀的人品尝。之后,祭司会把剩余的酒倒在祭品的两角之间,接着在祭坛上撒满乳香,一部分餐食和圣水会洒在动物身上,然后杀牲献祭。万一动物逃跑,或者焦躁不安,会被视为不吉之兆;相反,如果动物没有挣扎便断了气,则被视为吉祥之兆。

在祭祀神灵时,会有圣乐伴奏,人们围着祭坛载歌载舞,唱着赞美诗。这些赞美诗一般是为了纪念众神而创作的,内容包含众神著名的善行以及他们给予人类的恩惠。总之,人们乞灵于众神,继续寻求众神的帮助。仪式结束时,会举行盛宴。

神谕

在这个世界上,不管什么年代,人们都渴望能够看清未来,若有可能,好规避危险的发生。古希腊人通过神使之口寻求预言知识,他们的预言由祭司进行阐释,尤其是专任此职的祭司。

德尔斐的阿波罗神谕在全世界享有盛誉,人们从各地涌来,向阿波罗神庙的祭司咨询。

发布神谕的女祭司被称为皮提亚,以巨蟒皮同之名命名,巨蟒被阿波罗杀死。皮提亚先在卡斯特兰泉水中沐浴,然后被祭司们带到寺庙,坐在一种被称为三脚凳或三脚桌上,这个三脚桌凳安放在一个洞口处,洞口向外散发出硫磺蒸汽。在这里,皮提亚的举止逐渐变得异常激动,兴奋得无法自控,嘴里说出狂野、奇特的言语,这些言语被认为阿波罗自己说的话。祭司们把这些解释给人们听,但是在大多数情况下,祭司对这些话语的解释非常模糊,这样预言的结果就不易引起争议。在仪式上,寺庙里弥漫着香雾,遮掩了女祭司,让人无法看见她。最后,女祭司在昏迷的状态下被带回她的房间。

以下是神谕模棱两可的典型范例:克罗伊斯是吕底亚国王,非常富有,他在与波斯国王赛勒斯交战之前,曾向一位神使咨询这次远征能否取得成功。他收到的答复是,如果他越过某条河,他会毁灭一个伟大的帝国。克罗伊斯认为这个神谕对他有利,便越过河与波斯国王作战,结果完败,他自己的帝国被毁灭。然而,人们却说神谕应验了。

预言家(占卜官)

除了通过神谕体现众神意愿之外,古希腊人也相信有些被称为预言家的人天赋异禀,能从梦境、鸟的飞行、献祭动物的内脏,甚至从祭坛上烟火的方向预测未来事件。

占卜官

在古罗马,预言者被称为占卜官,他们在历史上发挥了重要作用。因为所有的大事都是先咨询他们能否最终成功,然后才进行的。

节日

节日的设立是为了休息、欢庆和感恩,同时这些节日也是国家重要事件的周年纪念日。最古老的节日在粮食丰收或采摘葡萄后举行,人们欢庆丰收,尽情欢乐,节日持续数天。在此期间,人们在祈祷和感恩中把地里第一批成熟的果实献给众神。

城市中举行的节日是为了纪念特别的保护神或特定的事件,庆祝节日时会有精心安排的仪式。这些场合显著的特色是要举行华丽的游行、游戏、战车比赛等,也经常举行戏剧演出,剧情涉及众神和英雄生活中一段特别的故事。

我们接着来叙述几个有趣的古希腊和古罗马节日。

古希腊节日

厄琉息斯秘仪

古希腊人举行的最古老、最重要的节日是厄琉息斯秘仪(Eleusinian Mysteries),为纪念德墨忒尔和珀耳塞福涅而设。厄琉息斯秘仪这个名字源自阿提卡的一个小镇厄琉息斯,秘仪是由女神本人率先引入小镇。秘仪分为大秘仪和小秘仪两类,一般认为每五年举行一次。厄琉息斯大秘仪是为了纪念德墨忒尔,持续九天,在秋天举行;而小秘仪是为了纪念珀耳塞福涅(人们在这些节日亲切地称她为科拉或少女),仪式在春天举行。

据传,祭司是秘仪的阐述者,向教徒传授的秘密都是些道义,并从德墨忒尔和珀耳塞福涅的神话中引典以阐明这些道义;但反复灌输的最重要的信仰是灵魂不朽的教义。秘仪上所授的都是最高境界的道德修养内容,这些观点被普遍接受。"参加秘仪的人,他们的灵魂充满了对现世和未来世界的最甜蜜的希望";雅典人常说的一句话是"在厄琉息斯秘仪中,没有人会伤心"。

入会仪式非常庄严(起初这是雅典人独有的特权),令人敬畏;仪式严格要求保密,违反者会被处以死刑。入会仪式结束后,人们欢庆一堂,举行赛车、摔跤比赛等,并且庄严地向神灵献祭。小秘仪的入会仪式是为大秘仪做准备。

塞斯摩弗洛斯节

塞斯摩弗洛斯节(Smophoria)是为纪念德墨忒尔所设立的另一个节日。德墨忒尔主管由农业文明传播而产生的婚姻和社会风俗。只有女性群体庆祝这一节日。

酒神节

每年三月,人们欢声笑语地举行春季庆典以纪念酒神狄俄尼索斯,节日会持续好几天。

这个节日,被称为"大酒神节",在雅典举行,仪式极为隆重。节日期间,来自世界各地的人涌入雅典参加庆典。雅典城被装饰得很华丽,房屋挂满了常春藤,街道上熙熙攘攘,一切都披上了节日的盛装,人们尽情享用着葡萄酒。

节日期间,在游行队伍中,人们抬着狄俄尼索斯的雕像,男男女女头戴着常春藤花环,手持酒神杖,穿着各种奇装异服,敲着鼓,吹着风笛和长笛,擦着钹等等。一些扮演西勒诺斯的人骑着驴,其他人穿着小鹿皮扮演着潘神或萨提尔。人们唱着赞歌纪念酒神,同时还举行公开表演、游戏和体育娱乐活动,整个城市充满狂欢的气氛。

向公众介绍新喜剧和悲剧是"大酒神节"的传统习俗,这些也给节日带来别样的趣味。另外,对于活动中选出的最受喜爱的悲喜剧作品,其创作者也会得到奖励。

"小酒神节"是古老传统的节日,每年十一月在乡村举行庆祝仪式,仪式的特点是饮酒、享用美食和享受各种形式的娱乐。

有些神秘的宗教活动与纪念狄俄尼索斯的一些节日有关,这些神秘的宗教活动只允许妇女参加,她们被称为默纳德或巴克斯(酒神节女祭司)。

她们身穿幼鹿皮制品,在夜间聚集在山间,有些手持燃烧的火炬,有些拿着酒神杖,所有人热情高涨,极度狂热。他们呼喊着、拍着手、狂野地跳着舞,兴奋疯狂到极点,疯狂中她们把献祭给狄俄尼索斯的动物撕成碎片。

这些神秘仪式,被冠名巴卡纳利(酒神节)引入古罗马。在古罗马,男人也被允许参加这些仪式;但是人们庆祝这些节日时过激无度,因此当局最终干涉并禁止了这些节日活动。

泛雅典娜节

雅典娜·波利亚斯是国家守护神,泛雅典娜节(Panathenæa)是为纪念雅典娜·波利亚斯而在雅典举行的著名节日。泛雅典娜节包括小泛雅典那节和大泛雅典那节。前者每年举行一次,后者每四年庆祝一次,每次持续数日。

在大泛雅典娜节上,雅典的少女们专门编织一件镶金的女式长外衣,这件外衣被称为佩普勒斯,上边编织有象征雅典娜在抗击巨人族战争中获得胜利的图案。城墙之外有船停泊,这件衣服被悬挂于一艘船的桅杆上;节日期间的特色活动有大游行,游行时,这艘船(桅杆上悬挂着佩普勒斯女士长衣)由隐秘的机器推行前进,成为这场盛典的最显著特色。所有雅典人手拿橄榄枝参加游行,在音乐和欢乐声中,壮观的游行队伍蜿蜒来到雅典娜·波利亚斯神庙,在这里人们把佩普勒斯长衣披在女神的雕像上。

节日期间,人们慷慨激昂地朗诵着荷马诗歌,诗人们也向公众介绍自己的作品。此外,还会举行音乐、赛跑、赛马和摔跤比赛,男孩们身穿盔甲进行舞蹈表演。

对国家作出贡献的人会在节日期间被授予一顶金冠,掌礼官会当众宣布这些人的姓名。

各种比赛的胜出者会收到一瓶油作为奖励,据说这油是从雅典娜神圣的橄榄树果实中提取而来的。

达弗涅佛里亚节

每隔八年,人们会在底比斯举行纪念阿波罗的达弗涅佛里亚(Daphnephoria)庆典,也称为月桂节。

这个节日的显著特色是要前往阿波罗神庙进行列队游行,队伍中有一位血统高贵的祭司牧师(达弗涅佛里亚),穿着华丽,头戴金冠。走在他前面的是一位年轻人,手持圣物,象征着日、月、星辰和岁月,走在祭司后面的是美丽的少女,她们拿着月桂枝、唱着赞美上帝的圣歌。

古罗马节日

农神节

萨图恩农神节(Saturnalia)是纪念萨图恩的全国性节日,每年十二月收获农作物之后举行庆祝仪式,持续数日。

这是一个普天同庆的节日,没有劳动,只有欢乐。中小学放假,朋友互赠礼品,法院休庭,商人停业。

节日期间,来自邻国的人们涌向古罗马,他们穿着各式化妆舞会礼服,相互开玩笑,从中取乐,狂喜的叫喊声随处可闻。人们放纵着自己,不分阶层,尽情享乐。一时间,没有了社会差别,社会等级甚至被逆转。萨图恩农神节的精神如此深入人心,以致在奴隶为主人准备的宴会上,奴隶主竞招待起奴隶来;在这些场合,奴隶们穿起了他们主人的服装。

毫无疑问,现代嘉年华狂欢节是古代萨图恩农神节遗留下来的习俗。

谷神节

谷神节是为了纪念谷神克瑞斯(Ceres)而设立的节日。只有女性参与庆祝仪式,她们穿着白色的衣服,手持火炬四处漫走,象征着女神克瑞斯在寻找她的女儿珀耳塞福涅。

节日期间，人们在马克西穆斯竞技场举办比赛，只有身着白衣才能进入马克西穆斯竞技场。

灶神节

为了纪念掌管炉灶、家庭的女神维斯塔（Vesta），每年6月9日人们会庆祝灶神节。这个节日只有女性才能庆祝，她们赤脚游行到女神维斯塔庙。

维斯塔的女祭司叫作维斯太斯或维斯塔贞女，她们在这些节日中扮演着重要角色。女祭司共有六人，从最显贵的家庭中选出，年龄在六到十岁之间。她们任期为三十年。在头十年，她们要了解自己需履行的宗教义务。在第二个十年任期里，她们履行宗教行礼。在第三个十年，她们教导新手。她们的主要职责是看管和给维斯塔祭坛上的永燃之火添加燃料，若火焰熄灭则被视为不祥之兆，预示着国家会有灾难。

维斯塔女祭司被授予了极高荣誉和特权，所有公共场合最好的座位都为她们预留，供她们使用。即使是古罗马执政官和行政长官也要为她们让路。如果她们遇到正在去往执行死刑路上的罪犯，只要证明是偶遇，她们就有权赦免罪犯。

维斯塔贞女发誓对婚姻忠贞不渝，违背誓言将会受到严厉惩处，遭到活埋。

第二部分 传说

Part Ⅱ *Legends*

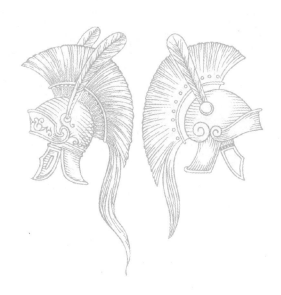

卡德摩斯

以下是关于建造底比斯城的传奇故事:

腓尼基国王阿戈诺尔的女儿欧罗巴被宙斯挟持之后,阿戈诺尔无法忍受丧女之痛,便派他的儿子卡德摩斯(Cadmus)去寻找,要求他若找不到妹妹,就不要回来。

多年来,卡德摩斯到各国寻找妹妹都没有找到,他不敢回家,便在德尔斐寻求阿波罗神谕。得到的答复是他必须停止搜寻,开始执行一项新任务,即建立一座城市。一头母牛将指引他去那座城市所在的地点,这头母牛没有套轭,到了要建城市的地方便会躺下。

卡德摩斯一走出神庙,就看到一头脖子没有套轭的母牛在他面前慢慢地走着。他跟着母牛走了相当长的一段距离,最终来到目的地——也就是日后底比斯城所在地。母牛抬头望着天空,轻轻地发出哞哞声,然后躺到草丛中。卡德摩斯感激神灵的指示,决定把这头母牛作为祭品献给神。于是卡德摩斯派他的随从去附近的山泉中取些水,用作祭奠酒水。这眼山泉是阿瑞斯的圣泉,位于丛林之中,由一条凶猛的龙守卫着。当卡德摩斯的随从靠近泉水时,恶龙突然向他们猛扑过去,咬死了他们。

卡德摩斯一直等待随从归来,等了一段时间后变得不耐烦,匆忙带上长矛去寻找他们。卡德摩斯一到达目的地,不幸的随从们面目全非的遗骸便映入他的眼帘。在遗骸附近,他看到了那头可怕的怪物,随从们的血正从它的口中滴出。卡德摩斯抓住一块巨石,使出全身力气向恶龙猛砸过去,但是恶龙有黑色的皮肤和如钢铁般坚硬的鳞甲的保护,竟然毫发无损。卡德摩斯便尝试用他的长矛捕杀,从野兽的侧面刺入。遭受皮肉之痛的恶龙狂怒,向卡德摩斯猛冲过来。卡德摩斯飞快地闪跳到一边,成功地将长矛刺向猛龙的下颚,这一击结束了这场战斗。

当卡德摩斯站在那里审视着这个被他打败的敌人时,帕拉斯·雅典娜出现在他的面前,命令他把死去猛龙的牙齿种在地里。卡德摩斯遵命执行,随即沙地上涌现一群武装战士,他们相互搏斗,最后仅剩五人,其余全部战死。这些幸存的战士相互讲和,在他们的帮助下,卡德摩斯建造了著名的底比斯城。后来,底比斯最显贵的家族自豪地宣称他们是这些强大战士的后裔,由大地生长而出。战神阿瑞斯发现卡德摩斯杀死了他的龙,暴跳如雷,若不是宙斯干涉,他便要杀了卡德摩斯。宙斯劝说阿瑞斯减轻对他的惩罚,让卡德摩斯服苦役八年。服役结束后,战神阿瑞斯与卡德摩斯和解,为了体现诚意,阿瑞斯便把女儿哈耳摩尼亚嫁给了他。卡德摩斯与哈耳摩尼亚的婚礼几乎如珀琉斯和忒提斯的婚礼一般盛大,众神莅临,带来了丰富的礼物和他们的祝福。卡德摩斯自己送了一条华丽的项链给他可爱的新娘,这条项链由赫菲斯托斯亲手打制而成。然而,这条项链在哈耳摩尼亚死后总是成为项链持有者生命的克星。

卡德摩斯和哈耳摩尼亚有一个儿子波吕多洛斯和四个女儿,她们分别是奥托诺厄、伊诺、塞墨勒和阿盖武。

多年以来,底比斯的创始人卡德摩斯愉快地统治着他的国家。但最终针对他的阴谋还是逐渐形成,他的孙子彭透斯剥夺了他的王位。在妻子哈耳摩尼亚的陪伴下,卡德摩斯隐退去了伊利里亚。他们死后,都被宙斯变成蛇带去极乐世界。

珀尔修斯

珀尔修斯(Perseus)是最著名的古代传奇英雄之一。他是宙斯和达那厄的儿子,而达那厄是阿尔戈斯王阿克里西俄斯的女儿。

阿克里西俄斯得到神谕,达那厄的儿子会致他于死地。阿克里西俄斯便把达那厄囚禁在黄铜塔中,使她与世界隔离。然而,宙斯化身为金雨从塔顶落下与达那厄相见,美丽的达那厄便成了宙斯的新娘。

四年来,阿克里西俄斯对宙斯和达那厄的婚事一直一无所知。直到一天晚上,他偶然路过铜塔听到里面传来小孩的哭声,这才发现了女儿与宙斯的婚事。当阿克里西俄斯发现他所有的防备措施都是徒劳时,非常愤怒,下令把母子俩放在箱子里扔进大海。

但是宙斯不愿看到他的妻儿死去。他让波塞冬平息波涛汹涌的海水，让箱子安全漂浮到塞里弗斯岛。当时，塞里弗斯岛国王波吕得克忒斯的兄弟迪克提斯正在海边钓鱼，他看到了搁浅在海滩上的箱子，怜悯箱子里无助不幸的母子，把他们带到国王的宫殿，母子俩在那里受到了热情的接待。

后来，波吕得克忒斯与达那厄结合，并让珀尔修斯享有只有半神才有的教育。当国王看到他的继子成长为一个高尚且富有男子气概的年轻人时，他努力向珀尔修斯灌输英雄思想，让他立志要作一番惊天动地的大事。在深思熟虑之后，珀尔修斯决定去杀戈耳工蛇发女怪美杜莎，这会令他名声大振。

为了成功实现他的目标，珀尔修斯需要一双带翼的拖鞋、魔法钱包和阿伊得斯头盔，这些可以让他隐身。但是这些东西都由山林川泽宁芙保管，而宁芙的居住地只有格赖埃知晓。珀尔修斯开始了寻找格赖埃之旅，在赫耳墨斯和帕拉斯·雅典娜的指引下，经过漫长的旅程之后，珀尔修斯抵达遥远的奥西诺斯边界地区。那里住着格赖埃，她们是福耳库斯和刻托的三个女儿。抵达之后，珀尔修斯立刻向她们索要必要的信息，但是被拒绝。然后，珀尔修斯夺去了格赖埃的一只眼睛和牙齿，她们只有毫无保留地告知他路线，他才把眼睛和牙齿还给她们。之后，珀尔修斯便向宁芙的居住地前进，从那里他得到了他想要的东西。

珀尔修斯配上了神奇的头盔和钱包，带上赫耳墨斯送给他的镰刀，然后穿上带翼拖鞋，飞到戈耳工蛇发女怪的住所。他发现戈耳工姐妹正在睡觉。因为天神向导们已经告诫过珀尔修斯，任何人盯着怪异的戈耳工姐妹看都会变成石头，于是他侧着脸站在睡熟的戈耳工姐妹的面前，从他那明亮的金属护罩上看着她们三人的影像。然后在帕拉斯·雅典娜的指导下，珀尔修斯砍掉了美杜莎的头颅，把它放在自己的包里。他刚把美杜莎的头放好，突然从无头身躯中飞出飞马珀伽索斯和有翼巨人吉里昂的父亲克律萨俄耳。美杜莎两个幸存的姐妹从睡梦中醒来，愤怒地要为已故的妹妹报仇，珀尔修斯急忙躲避两姐妹的追杀。

珀尔修斯的隐形头盔和带翼拖鞋此时派上大用场,隐形头盔帮他藏起来,戈耳工姐妹看不见他,而带翼拖鞋让他能在陆地和大海上迅速飞行,把追杀者远远地甩在身后。利比亚平原骄阳似火,在通过平原上空时,美杜莎头部的血渗出,落在滚烫的沙漠上,诞生了一群色彩斑斓的蛇,遍布全国各地。

珀尔修斯继续飞行,最后到达阿特拉斯王国,他请求国王能让他在此地休息,并赐予他生活居所。但是,由于这位国王有一个价值连城的果园,果园里的每棵树上都会结出金果,他担心美杜莎的杀手会杀死守护果园的龙,抢夺他的珍宝。因此,他拒绝珀尔修斯的要求。国王无礼的拒绝激怒了珀尔修斯,他从钱包中取出美杜莎的头颅,对着国王高举头颅,把国王变成了一座石山。国王的胡子和头发变成森林中的树木,肩膀、双手和双脚变成巨大的岩石,头部变成陡峭的山峰,直插云霄。

此后,珀尔修斯又踏上旅途。他穿着带翼拖鞋越过沙漠和山脉,到达刻甫斯的王国埃塞俄比亚。他发现这个国家洪水成灾,城镇和村庄被毁,到处是荒地和废墟。在靠近岸边的一个悬崖上,他看到一位美丽的少女被锁在岩石上。她就是国王的女儿安德洛墨达。她的母亲卡斯欧琵雅曾经鼓吹她女儿的美貌超过了所有海仙女,愤怒的海仙女呼吁波塞冬对他们进行报复。于是海神用可怕的洪灾摧毁了这个国家,一头巨大的怪兽随洪水而来,吞噬了所有的一切。

埃塞俄比亚人痛苦不堪,向居住在利比亚沙漠的朱庇特·阿蒙请求神谕,获得的回应是只有将国王的女儿祭献给怪兽,这个国家和人民才能得救。

刻甫斯与他的孩子感情很好,起初拒绝接受这个可怕的提议,但是最终在臣民的祈祷和恳求下,心碎的父亲为了国家利益牺牲了他的孩子。于是,安德洛墨达被拴在海边的岩石上作为怪兽的猎物,而她不幸的父母在下面的海滩上为她悲惨的命运哀泣。

第二部分 传说

在珀尔修斯得知这一悲剧后,他向刻甫斯提议去杀死这头怪兽,条件是他要娶美丽的安德洛墨达为妻。国王看到安德洛墨达有被释放的希望喜出望外,欣然同意。珀尔修斯急忙来到岩石旁,向颤抖的少女说了些安慰的话。然后,他再次戴上阿伊得斯头盔,飞向空中,等待怪兽的到来。

不一会,大海敞开了大门,深海中的怪兽从海底浮出,头在海浪上高高昂起。怪兽的尾巴左右猛烈地摇摆,然后一跃而起想抓住它的猎物。英勇的珀尔修斯静候时机,突然俯冲而下,从包里掏出美杜莎的头颅,放在怪兽的眼前。怪兽的可怕身躯逐渐变成一个巨大的黑色岩石,永远成为珀尔修斯奇迹般拯救安德洛墨达的沉默的见证人。之后,珀尔修斯把少女领到她父母面前,父母欣喜若狂,急切地表达感激之情,立即为他们的婚礼做准备。但是,年轻的珀尔修斯并不能轻易地娶走他的新娘。在宴会中,安德洛墨达之前的订婚对象——国王的兄弟菲利努斯试图夺走新娘。菲利努斯带领一队武装士兵强行进入大厅,如果珀尔修斯没有突然想到美杜莎的头颅,可能会遭受致命的打击。珀尔修斯让他的朋友们转过头,他把美杜莎的头颅从包里拿出来,放在菲利努斯和他的侍卫面前,于是他们都变成了石头。

珀尔修斯离开了埃塞俄比亚,和他美丽的新娘一起回到了塞里弗斯岛。在那里,达那厄和她的儿子愉快地见了面。然后珀尔修斯向他的祖父派了一个信使,告诉阿克里西俄斯他打算返回阿尔戈斯。阿克里西俄斯担心神谕变成现实,逃到他的朋友拉里萨国王淘特米亚斯处寻求保护。珀尔修斯急于让已年迈的君王回到阿尔戈斯,便跟随他到了那里,但意外却发生了。在参加为纪念国王淘特米亚斯父亲而举办的葬礼竞技时,珀尔修斯不慎将铁饼砸向了他的祖父,阿克里西俄斯不幸身亡。

阿克里西俄斯的葬礼庄严肃穆,在参加完葬礼仪式后,珀尔修斯回到阿尔戈斯。由于国王之死是他一手造成,因此他不愿意继位,便与梯林斯的国王墨伽彭忒斯交换王国,并逐渐建立了迈锡尼城和米蝶尔城。

他把美杜莎的头颅献给了他的庇护神——帕拉斯·雅典娜。雅典娜把美杜莎的头颅放在她护盾的中心。

许多伟大的半神是珀尔修斯和安德洛墨达的后裔,其中最著名的是赫拉克勒斯。其母阿尔克墨涅是他们的孙女。

不仅在阿尔戈斯,珀尔修斯在雅典和塞里弗斯岛也都享有英雄般的荣耀。

伊翁

伊翁(Ion)是太阳神福珀斯·阿波罗和克瑞乌萨(雅典之王厄瑞克透斯之女,长相出色)之子。克瑞乌萨与阿波罗完婚,其父并不知晓。

克瑞乌萨担心厄瑞克透斯会生气,便把她新出生的婴儿放在一个小柳条篮子

手持盾牌的雅典娜

里,并在孩子脖子上挂了一些金色的护身符,为他乞求神的保护,然后把他隐藏在一个偏僻的洞穴中。阿波罗怜惜他被遗弃的孩子,派赫耳墨斯把他放到德尔斐神庙的台阶上。第二天早上,德尔斐神庙的一位女祭司发现了这个婴儿,她被这个孩子动人的外表迷住,把他作为自己的儿子来抚养。这位善良的养母细心照顾和养育年幼的孩子,伊翁在寺庙中长大,承担一些简单的行礼拜式任务。

现在再回头来说说克瑞乌萨这边。埃俄罗斯之子克苏托斯在对抗埃维亚人的战役中给予雅典人很大帮助,克苏托斯因此名声大振。为了报答他所作出的杰出贡献,雅典公主克瑞乌萨嫁给了他。然而,这对夫妻婚后却一直未能生子,这令他们十分忧伤。因此决定去德尔斐请求神的指点,得到的回答是克苏托斯应将离开圣所时遇见的第一个男子视为他的儿子。神庙守护者伊翁既年轻又英俊,恰好是第一位映入他眼帘的男子,苏托斯一见到他便高兴地认他为自己的儿子,认为这是上帝在他暮年所赐予他的祝福与安慰。克瑞乌萨则认为伊翁是克苏托斯在外的私生子,内心充满了怀疑和妒

忌。一个老仆看出了她的伤心后安慰了她,并向她保证那让人忧虑的事情很快便会烟消云散。

克苏托斯举行公开认养伊翁的仪式,并举办了盛宴。克瑞乌萨的老仆密谋在毫无戒心的伊翁的酒杯中投入剧毒,想要毒害他。但这位年轻人遵从先人虔诚的风俗,在用餐前先在地上洒点酒敬奉众神,然后才会自己喝。就在此时,突然一只鸽子神奇般地飞进了宴会厅,呷起了洒在地上的奠酒,可怜的鸽子顿时全身颤抖,很快就死了。

事发前,克瑞乌萨的仆人十分谄媚,为他斟酒时既殷勤又谨慎,因此立即引起了伊翁的怀疑。他狠狠地抓住老仆,诘问他的杀人动机。突如其来的攻击让老仆措手不及,只好承认了自己的犯罪行为,但他指着克苏托斯的妻子说是受到了她的教唆。伊翁正要报复克瑞乌萨时,他的养母德尔斐神庙的女祭司通过阿波罗的神佑适时出现,向众人解释了克瑞乌萨与伊翁的真实关系。为了消除大家的疑虑,她又拿出了伊翁婴儿时脖子上挂的金色护身符和他被送至德尔斐神庙时所躺的小柳条篮子。

如今母子之情重修于好,克瑞乌萨也向伊翁透露了他的神族血统。德尔斐神庙的女祭司预言伊翁将成为一个伟大王国的君主,这个国家的子民们以他的名字命名为爱奥尼亚人;克苏托斯和克瑞乌萨也将迎来自己的儿子多罗斯,会成为多里安人的祖先。这两则预言均在之后得到了证实。

代达罗斯与伊卡洛斯

代达罗斯(Dædalus)是厄瑞克透斯的后代,也是一位雅典建筑师、雕刻家和机械师。他是第一个将雕塑艺术推向更高发展水平的人,在此之前雕像作品还很粗糙,人物的四肢都未曾被清晰地展现。

尽管代达罗斯极具才华,但是他的虚荣心很强,不能忍受任何对手的出现。他的侄子塔罗斯,也是他的学生,天资过人,发明了锯子和罗盘。代达罗斯担心塔罗斯的声誉会超越他,悄悄将其杀害并将尸体从雅典娜神庙扔了下去。不久后,事情败露,代达罗斯被传唤至最高法院并被判以死刑。但是他逃至克里特岛,受到了米诺斯国王的盛情款待。

在克里特岛,代达罗斯为米诺斯国王建造了举世闻名的迷宫。建筑规模宏大,满是复杂的通道,彼此相互连接,据说有一次连代达罗斯本人在宫内都差点迷失方向。也正是在这座迷宫里,米诺斯国王放入了人头牛身怪物弥诺陶洛斯。

随着时间的推移,这位伟大的艺术家厌倦了长期流亡的日子,尤其是国王打着友谊的幌子把他监禁在岛内。代达罗斯下决心要逃离,为此他为自己和儿子伊卡洛斯巧妙设计了双翼,不辞辛劳地教伊卡洛斯使用双翼的方法。

等到合适的时机,父子俩开始了飞行。起初,空中飞行非常顺利,途中伊卡洛斯全然沉浸在新奇感所带来的兴奋中,完全忘记了代达罗斯多次对他的训谕,告诫他不要太接近太阳飞行。

最终连接他与双翼的蜡被高温融化,伊卡洛斯不幸坠入大海淹死。伊卡洛斯的遗体被海浪冲上岸,痛失爱子的代达罗斯将儿子的遗体埋在一个岛上,并以儿子的名字将小岛命名为伊卡利亚岛。

不幸发生后,代达罗斯飞到了西西里岛。他在那里受到了科卡洛斯国王热情的款待,因此他为国王建造了一些重要的公共设施。米诺斯国王收到了情报,得知伟大的建筑师受到了科卡洛斯的庇护,他立刻随同他的大部队渡海前往西西里岛,要求西西里国王交出代达罗斯。科卡洛斯假装顺从,把米诺斯请进宫殿,在米诺斯洗温水浴时将他处死。米诺斯的遗体被克里特人带至阿格里真托安葬,举办了盛大的葬礼,并在他的墓上建了一座阿芙洛狄忒神庙。

代达罗斯在西西里岛平静地度过了余生,专心建造各式各样既美丽又具有艺术性的建筑。

阿尔戈英雄

埃宋本是伊奥尔科斯的国王,但他的领土被其弟弟珀利阿斯侵占,因此

第二部分 传说

被迫离开。在逃离之前,他艰难地救出他十岁的儿子伊阿宋,并将他托付给半人马喀戎照顾。伊阿宋和其他贵族青年一起接受严格的训练,后来建立了英勇功勋。这十年间伊阿宋一直待在喀戎的洞穴中,跟他学习各种实用的技能和战术。成年后,他有一种无法抑制的渴望——夺回自己父亲的王位。于是他告别了挚友和老师,动身前往伊奥尔科斯,要求他的叔叔珀利阿斯归还被他非法侵占的王位。

旅途中,伊阿宋来到了一条河边,河水滔滔,河岸边有一位老妇人请求他帮忙渡河。起初,他犹豫了一下,心想就算他只身一人要通过这激流也不是容易的事。但是伊阿宋怜悯老妇人的孤苦伶仃,还是将她抱起,虽然费了很大的力气,但最终成功到达了对岸。老妇人刚落地就变成了一位美丽的女子,她和蔼地看着迷惑不解的伊阿宋,告诉他:她就是女神赫拉,在他今后的生涯中,她将一路指引并保护着他。说完这些话赫拉就消失了,伊阿宋内心充满了希望和勇气,继续前行。这时伊阿宋发现他在渡河时丢失了一只凉鞋,只好光着一只脚继续前进。

伊阿宋一到伊奥尔科斯就看见他的叔叔珀利阿斯正在集市上向波塞冬献祭。当国王结束祭典时,看见了那单特孑立的陌生人。他气宇轩昂、英姿飒爽,早就吸引了人们的注意。珀利阿斯看到陌生人光着一只脚,想起了神谕曾经预言穿着一只凉鞋的男人会夺走他的王国。他掩饰起内心的恐惧,假装友好地与年轻人交谈,诱导他说出自己的名字和职业。

珀利阿斯佯装见到侄子非常高兴,连续五天举行庆典盛情款待,整个国家到处洋溢着节日和欢乐的气氛。第六天,伊阿宋来到珀利阿斯面前,态度坚决地要求珀利阿斯依法把王位和王国归还给他。珀利阿斯掩饰住内心真实的情感,微笑着答应了伊阿宋的请求,但作为回报伊阿宋需要替他去完成一次探险,因为自己年事已高无法亲自完成。珀利阿斯告知伊阿宋,弗里克索斯出现在他的梦中,请求他将自己的遗体与金羊毛带回科尔喀斯。他还说,如果伊阿宋成功将这些遗物带回给他,王位、王国和权杖都归他所有。

金羊毛的故事

阿塔玛斯是波奥提亚的国王,与云彩女神涅斐勒婚后育有一双子女,名叫赫勒和弗里克索斯。涅斐勒身为女神生性爱动，飘然不定，落拓不羁。凡人阿塔玛斯不能理解她，很快对她感到了厌倦，与她离婚，娶了伊诺为妻（塞墨勒的妹妹）。伊诺长得很美，但内心邪恶，极其厌恶继子和继女，想设法杀死他们。涅斐勒十分警惕，设法避开她残酷的计谋，成功地将孩子送出了宫外。她让两个孩子骑在赫耳墨斯赠予她的一只插有双翼的公羊背上，羊身上长满纯金羊毛。羊很神奇，兄妹俩坐在羊背上飞过陆地和海洋，但是途中赫勒突然一阵头晕，从羊背上坠入海中溺亡（这片海因她被称作赫勒斯蓬托海）。

弗里克索斯安全到达了科尔喀斯后，受到了科尔喀斯国王埃厄忒斯的热情款待，埃厄忒斯将自己的一个女儿嫁给了他。为了感谢在飞行途中宙斯对他的保护，弗里克索斯将金羊献给了他，同时把金羊毛赠与了埃厄忒斯。埃厄忒斯用钉子把金羊毛挂在阿瑞斯圣林中，把它献给了战神阿瑞斯。有神谕宣称埃厄忒斯的生命取决于他是否能安全保管好金羊毛，因此他在圣林入口处放了一条永不睡眠的巨龙，谨慎地看守着入口。

阿尔戈英雄之船的建造与启航

现在我们回过来说说伊阿宋，他急于完成他叔叔所提出的危险的远征任务。他的叔叔十分清楚，参与此次远征凶多吉少，而他正想借此永远除去伊阿宋这个不速之客。

伊阿宋没有丝毫迟疑，立刻开始计划安排此次远征，并邀请了许多年轻英雄参与。他们曾一同接受喀戎的训练，结下了深厚的友谊。无人拒绝邀请，所有人都以能参与这一崇高而英勇的任务而感到荣幸。

伊阿宋接着联系了阿尔戈斯，他是那个时代最聪明的造船者。在雅典娜的指导下，阿尔戈斯为他建造了一艘五十桨帆船，非常壮观，并以自己的名字将船命名为阿尔戈号。雅典娜从宙斯在多多那用来传达神谕的橡树上取下一块木板，嵌入阿尔戈号的上层甲板中，这块木板一直保有预言的能力。

船身外部装饰有华丽的雕刻，整个船体非常结实，既可以抵挡强风巨浪

第二部分 传说

的侵袭,又非常轻巧,必要时英雄们甚至可以将其扛在肩上。船建成后,所有的阿尔戈英雄们(以阿尔戈号命名)集结在一起,抽签决定了他们各自的岗位。

伊阿宋是这次远征的最高统帅,提费斯是舵手,林叩斯则是领航员。著名的英雄赫拉克勒斯负责船首,而珀琉斯(阿喀琉斯之父)和忒拉蒙(大埃阿斯之父)负责船尾。负责船舱内部工作的分别是卡斯托耳、波吕克斯、涅琉斯(涅斯托耳之父)、阿德墨托斯(阿尔刻提斯丈夫)、墨勒阿革洛斯(吕卡冬野猪猎手)、俄耳甫斯(著名歌神)、莫诺提俄斯(帕特洛克罗斯之父)、忒修斯(之后的雅典国王)、忒修斯的朋友庇里托俄斯(伊克西翁之子)、许拉斯(赫拉克勒斯养子)、欧斐摩斯(波塞冬之子)、俄琉斯(小埃阿斯之父)、仄特斯和卡拉伊斯(玻瑞阿斯长有双翼的儿子)、先知伊德蒙(阿波罗之子)与摩普索斯(萨利的预言者)等。

在出发前,伊阿宋庄严地向波塞冬和其他海神献祭,并祈求宙斯和命运女神的庇护。然后,摩普索斯进行占卜,结果显示为吉兆。英雄们上了船,一阵和风吹来,船员们各就各位扬帆起航。船像鸟一样滑出海港,驶入大海。

到达利姆诺斯岛

阿尔戈号载着五十名威武的英雄船员很快从视线中消失,只有俄耳甫斯悦耳的声音在海上产生的微微回声被海风吹送到岸边。

远征一度进展顺利,后来气候恶劣,船只被迫驶入利姆诺斯岛避难。利姆诺斯岛上住的都是女人,一年前,她们由于疯狂的嫉妒杀光了岛上所有的男人,只剩下女王许普西皮勒的父亲。由于保护岛屿的责任落到女人们的身上,她们只好日夜提防危险的发生。当阿尔戈号远远地出现在她们的视线中时,女人们全副武装,冲向岸边,决心击退一切入侵者。

阿尔戈英雄们一到达港口,看见全副武装的女子部队都惊呆了。于是他们派出一名传令官,坐着一艘小船,带上礼物,向女人们传递和平与友好的信息。女王许普西皮勒提议向这些陌生人们送去食物和礼品以防他们登陆。但是站在她身边的老保姆却认为这是一次绝好的机会,他们可以成为女人们高贵的丈夫、忠诚的保卫者,以终结她们无止境的忧虑。许普西皮勒认真听取了老保姆的建议后,思索片刻,决定邀请陌生人进城。伊阿宋身披雅典娜赠予他的紫色斗篷,与他的同伴一上岸。他们受到了利姆诺斯岛代表团的迎接,代表团由岛上最美的女性组成。伊阿宋作为这次远征的最高统帅应邀进入了女王的宫殿。

许普西皮勒一看见伊阿宋便被他英雄气概深深打动,立马将自己父亲的权杖交给他,并邀请伊阿宋坐在自己的宝座旁边。伊阿宋住在了城堡里,他的同伴分散在城中各处,纵情享乐。而赫拉克勒斯则与一些被选中的伙伴们一起留守在船上。

时间一天天过去,英雄们沉迷于花天酒地,几乎忘记了此次远征的目的,起程的时间也一再被推迟。直到赫拉克勒斯突然出现在他们面前,才唤醒他们心中的责任感。

巨人和杜利奥纳人

阿尔戈英雄们继续航行,途中一阵逆风将他们吹向一座岛屿,岛上居住着杜利奥纳人。国王基济科斯非常好客,极为热情地接待了他们。杜利奥纳人是海神波塞冬的后代,一直受海神的保护,免于凶猛可怕的邻居——六臂巨人的频繁袭击。

当伙伴们参加国王基济科斯举办的宴会时,赫拉克勒斯如往常一样留守阿尔戈号,他观察到巨人们正忙着用巨石阻塞港口。赫拉克勒斯意识到了危险,用弓箭射击巨人,杀了一部分巨人。随后英雄们赶来相助,最终消灭了所有剩余的敌人。

接着阿尔戈号扬帆出港,但夜间刮起了一阵暴风又将他们吹回友好的杜利奥纳岛岸。

不幸的是,由于夜色笼罩,杜利奥纳人未能认出他们之前的宾客,误认为他们是敌人,并向他们发起进攻。他们刚刚以朋友身份告别,现在双方却殊死搏斗。在随后的战斗中,伊阿宋刺穿了他的朋友基济科斯国王的心脏。

杜利奥纳人眼见失去了统领,立马逃至城中,关上了城门。天一亮,战斗的双方都意识到所犯的错误,感到十分悲痛与懊悔。英雄们在杜利奥纳停留了三天,满怀哀痛地参加了亡者的葬礼。

留下赫拉克勒斯

阿尔戈英雄们再次起航,在一场暴风雨后,航行到密细亚,当地居民用丰盛的宴会热情款待了他们。

当其他朋友在享用盛宴时,赫拉克勒斯却婉言谢绝,没有与他们一起参加宴会。他独自踏入森林寻找用来做船桨的冷杉树,错过了前来寻找他的养子许拉斯。位于森林最偏僻的角落有一处泉水,当许拉斯走到泉水边时,他的美貌吸引了泉水女神,女神把他拉入泉水中,然后他的身影就消失了。英雄波吕斐摩斯正好也在森林中,听到了他求救的喊声,一见到赫拉克勒斯,就立刻向他汇报了情况。他们立马前去寻找失踪的年轻人,却未找到丝毫线索。就在他们四处找寻时,阿尔戈号扬帆起航,将他们丢在了这里。

船航行了一段距离后人们才发现赫拉克勒斯不见了。一些英雄主张返程去接他,另一些英雄则认为应当继续航行。双方正在争论时,海神格劳科斯从海浪中出现,告诉他们是宙斯特意将赫拉克勒斯留下执行其他的任务。

于是剩下的阿尔戈英雄们继续航行。赫拉克勒斯回到阿尔戈斯,而波吕斐摩斯则留在密细亚,在那里建起了一座城市,并成为那里的国王。

与阿密科斯的较量

第二天早上,阿尔戈号在珀布律喀亚作短暂停留。珀布律喀亚国王阿密科斯是有名的拳击手,他坚持所有到达这里的陌生人都必须与他较量一番,否则不允许离开海岸。当英雄们提出上岸的请求时,珀布律喀亚人通知他们说他们之间必须有一人与国王进行拳击比赛。于是他们派出古希腊最有名的拳击手波吕克斯作为他们的王牌赛手。比赛随即开始,经过一番激烈的较量后,阿密科斯受到了致命的打击,而在此之前他可从未在相似的对手面前失过手。

菲纽斯与哈耳庇厄

英雄们继续航行至比提尼亚。比提尼亚由先知菲纽斯统治,他是阿革诺耳的儿子,年岁已高,双目失明。由于菲纽斯滥用预言的能力,因此受到神的惩罚,过早衰老,成为盲人。此外,他还受到哈耳庇厄的折磨,哈耳庇厄总是抢走他的食物,直接吞食或将食物污损,使他无法食用。这个可怜的老人由于年迈和饥饿非常虚弱,颤颤巍巍,他出现在英雄的面前,恳求能将他从恶魔般的折磨中解救出来。插有双翼的玻瑞阿斯之子仄特斯和卡拉伊斯认出菲纽斯是他们姐姐克利欧佩特拉的丈夫,亲切地拥抱了他,承诺定会将他从痛苦中拯救出来。

英雄们在海边举办了一场宴会并邀请菲纽斯前来参加。菲纽斯一出现,哈耳庇厄就飞出吞下所有的食物。仄特斯和卡拉伊斯立即拔出刀剑飞向空中追赶哈耳庇厄,就在此时,众神的信使伊里斯出现在面前,劝他们停止复仇,并保证菲纽斯不再受骚扰。

老人终于不再受折磨,他坐了下来,与和蔼的朋友们享受丰盛的饭菜,而这时阿尔戈英雄们也告诉了他这次远征的目的。为了感谢英雄对他的解救,菲纽斯给了他们许多与任务相关的实用信息。他不仅提醒他们会出现的各种危险,也告诉了他们如何摆脱这些危险。

通过叙姆普勒加得斯撞岩

在比提尼亚暂住了两星期之后,阿尔戈英雄们再次起航,但是他们还没有航行多远,就听到了一声巨大的轰鸣声,非常可怕。轰鸣声是由两个巨大岩石构成的岛屿相撞产生的,两块巨岩被称为撞岩,漂浮在海上,不断相撞,然后又分开。

在离开比提尼亚之前,盲人老预言家菲纽斯已经告诉了他们必须从两座骇人的岩石中穿过,并指导他们如何安全通过。

临近危险的现场时,他们回忆起菲纽斯的建议,并按照他的建议航行。提费斯操纵着船舵,欧斐摩斯手上拿着鸽子,准备放飞,因为菲纽斯告诉他们如果鸽子敢从两座岩石间飞过,他们就可以紧随鸽子安全通过。于是欧

第二部分 传说

斐摩斯放飞了手中的鸽子,鸽子很快从岩石间飞过,鸽子的尾巴损失了几根毛,因为撞岩又迅速撞在一起。趁着岩石又分开的瞬间,阿尔戈英雄们用尽全力划桨前进,安全通过了这一危险路段。

在阿尔戈号奇迹般地驶过这一通道后,两块岩石永久地撞合在一起,并与海底相连。

斯廷法利斯湖怪鸟

阿尔戈号沿着蓬托斯南岸继续航行,到达了阿里提阿斯岛。阿里提阿斯岛上栖息着一种鸟,它们在空中飞行时,会从翅膀处发射出利剑一般的羽毛。

阿尔戈号在水中滑行时,俄琉斯被这种鸟所伤。于是英雄们召开了会议。英雄安菲达玛斯经验丰富,根据他的建议全体船员带上头盔、举起闪耀的盾牌,同时发出可怕的喊叫声,怪鸟受到惊吓随之飞走,英雄们因此得以安全着陆。

登陆后,他们发现了四位遭遇海难的年轻人,他们是弗里克索斯的儿子,也是伊阿宋的侄子。在得知英雄们远征的目的之后,他们四人也自愿成为阿尔戈号的一员,为英雄们指引去科尔喀斯的路。四位年轻人还告知他们金羊毛被一只可怕的巨龙看守着,而且埃厄忒斯极其残忍,作为阿波罗之子,他拥有超人般的神力。

到达科尔喀斯

带着四位新成员,英雄们继续远征。不久之后,白雪皑皑的高加索山脉便映入眼帘。到了夜间,他们听到头顶上方有用力拍打翅膀的声音。那是巨鹰飞去折磨高贵的提坦巨人普罗米修斯,普罗米修斯饱受摧残,痛苦的呻吟声不绝于耳。当天夜里他们到达了终点,并将船停在费斯河平静的河水中。在河的左岸可见科尔喀斯的首都休达,河的右岸是一大片田野和阿瑞斯圣林,金羊毛挂在一棵橡树上,在阳光下闪闪发光。伊阿宋用酒灌满金杯,祭奉大地母亲、众神和一路上牺牲的英雄们。

第二天一早英雄们便召开会议,他们决定在诉诸暴力措施之前首先向埃厄忒斯表达友好与和解的态度,以诱导他交出金羊毛。会议安排伊阿宋和几个选定的同伴前往皇室城堡,剩下的船员留下护船。

随后,伊阿宋在忒拉蒙、奥革阿斯和弗里克索斯四个儿子的陪同下一起向宫殿出发。

当他们抵达城堡时,他们被雄伟壮观的建筑所吸引,花园繁花似锦,犹如公园一般,通往建筑的入口处喷着喷泉,在园中闪闪发光。此时,国王的两个女儿卡尔基奥佩和美狄亚正在园中散步,与他们撞个正着。卡尔基奥佩感到非常高兴,因为她一眼认出英雄旁边的四位年轻人正是她失散很久的四个儿子,她曾以为他们已经去世,悲痛不已。而年轻可爱的美狄亚则被伊阿宋魁梧的身材和高贵的气质所吸引。

弗里克索斯儿子归来的好消息很快便传遍了宫殿,埃厄忒斯也随之现身。他接见了这些陌生人,并下令备好晚宴款待他们。宴会上,皇室里靓丽的美女都来了,但在伊阿宋眼中,无人可与国王美丽的女儿美狄亚相比。

宴会结束后,伊阿宋向埃厄忒斯叙述了他一路上的各种冒险经历,并说出了自己此次远征的目的和理由。埃厄忒斯听着他的叙述,一言不发,内心感到十分愤慨,对阿尔戈英雄和他的孙子破口大骂,声称金羊毛是他理应享有的财产,绝不同意将金羊毛让出。伊阿宋只好用温和、动听的话语设法安抚他,最终埃厄忒斯被劝服,并承诺如果英雄们能够展示他们的神性身份,完成某项需要超凡能力才能完成的任务,那么金羊毛就归他们。

埃厄忒斯交给伊阿宋的任务是先将火神赫菲斯托斯为他打造的两只鼻腔喷火的铜蹄神牛套在笨重的铁犁上,让它们在圣林多岩的土地上犁地,将龙的毒牙播种在犁沟中。武士们会从岩土中长出,伊阿宋必须把他们全部杀死,否则便会死在他们手中。

当伊阿宋听到要他完成的任务后,他的心一下子沉了下去。但他绝不临阵脱逃,相信上帝、勇气与能力会助他成功。

伊阿宋耕种圣林

在忒拉蒙、奥革阿斯与卡尔基奥佩之子阿尔戈斯的陪伴下,伊阿宋回到

第二部分 传说

了船上,与同伴们磋商找出完成那些危险壮举的最佳方法。

阿尔戈斯向伊阿宋分析了完成此次非凡任务要面临的艰难险阻,他认为最可能的成功之径是获得公主美狄亚的援助。她是赫卡忒的祭司,也是一位了不起的女巫。阿尔戈斯的建议被采纳后,他回到了宫殿中,在母亲的帮助下,安排了伊阿宋与美狄亚的会面。第二天一大早,两人如约在赫卡忒殿中见了面。

两人相互倾诉完爱恋之情后,美狄亚由于担心伊阿宋的安危,赠予他一种魔法药膏。任何人涂抹上这个药膏后在一天内都能刀枪不入、火海不惧,无论对手多强大都无法战胜他。美狄亚建议伊阿宋在执行任务时将药膏涂抹在长矛和盾牌上;并进一步指出犁好地、种下龙牙后,武士们会从垄沟中冒出来,此时伊阿宋切不可泄气,要记住将一块巨石扔进武士们中间,引发他们相互争抢。武士们注意力被分散,他就能轻而易举地将他们消灭。对于美狄亚给予他的忠告和及时的援助,伊阿宋非常感激,向她表达了最诚挚的谢意。同时伊阿宋也向她求婚,并许诺不娶她为妻就不回古希腊。

第二天早上,埃厄忒斯在家人以及皇室成员的簇拥下来到了圣林,从那里可以看到即将发生的壮观场面。

不久,伊阿宋像战神一样出现在圣林中,显得既高贵又威武。远处,他看见黄铜牛轭和巨大的铁犁摆放在田里,却不见令人畏惧的神牛。当他正准备去寻找时,神牛突然从地下洞穴中冲出,鼻中喷着火焰,浑身笼罩在浓烟中。

朋友们吓得心惊肉跳,但是英雄伊阿宋却无所畏惧。他仗着美狄亚给他涂抹的药膏,抓住牛角,一一为它们套上牛轭。铁犁边有满满一头盔的龙牙,伊阿宋一边用满是刺的长矛驱使这些怪兽快速拉犁,迅速耕地,一边将龙牙播种在地里。

伊阿宋一边将龙牙播撒在深深的垄沟里,一边警惕地观察,唯恐土地中的武士出现的太快来不及抵御。四亩地一耕种完,伊阿宋就解除了神牛们的牛轭,用武器恐吓它们回到地下的牛棚中。

就在这时,武士们从垄沟中突然涌出,刹那间整个田里都是举起的长矛。伊阿宋牢记美狄亚的建议,举起一块巨石用力掷向从地里冒出的武士们,武士们立刻开始相互厮杀。伊阿宋乘机向他们发起猛烈袭击,一场恶斗后消灭了所有的武士。

看到自己残忍的阴谋没有得逞,埃厄忒斯大发雷霆。他拒绝将金羊毛交给英勇的伊阿宋。不仅如此,他在盛怒之下还决定消灭所有的阿尔戈英雄,并烧毁他们的舰船。

伊阿宋获得金羊毛

在得知父亲的阴谋之后,美狄亚立即采取应对措施。夜幕中,她登上阿尔戈号,提醒英雄们要面临的危险。她还建议伊阿宋立即跟她前往圣林去取他渴望已久的宝物。于是他们一起出发,一路上美狄亚引路,伊阿宋紧跟其后勇敢地走进了圣林。不久他们便发现了那颗高大的橡树,最高的树枝上挂着美丽的金羊毛。树下,可怕的巨龙不眠不休,始终保持高度的警觉,一看见他们走近便张开血盆大口,猛扑过来。

美狄亚立即施展巫术。她悄悄地接近巨龙,向它身上洒了几滴药水。药物很快起效,巨龙陷入深睡眠。伊阿宋抓住时机,爬到树上取到了金羊毛。伊阿宋和美狄亚完成了艰巨任务后,快速撤出圣林,登上阿尔戈号驶向了大海。

谋杀阿布叙尔托斯

埃厄忒斯发现女儿和金羊毛失踪后,派儿子阿布叙尔托斯率领一只舰队进行追击。航行几天后,他们到达了位于伊斯特河口的一个小岛,发现阿尔戈号停靠在这里,便用许多船包围了阿尔戈号。追击者们派出一名传令官登上阿尔戈号,要求他们交出美狄亚和金羊毛。

美狄亚与伊阿宋商议后,采取了以下的计谋:美狄亚送信给胞兄阿布叙尔托斯,就说自己是被逼迫带走的,并许诺如果他愿意在深夜时与她在阿耳忒弥斯庙会面,她就帮助他取回金羊毛。阿布叙尔托斯十分信任自己的妹妹,因此落入了美狄亚的陷阱,他准时出现在约定的地点。在与美狄亚交谈时,伊阿宋突然出现并杀死了他。然后,根据事先定好的暗号,伊阿宋高举火把,阿尔戈英雄们看到火把开始袭击科尔喀斯人,把他们彻底击溃。

英雄们回到了船上,听到甲板上有预言能力的多多那橡树木板对他们说道:"复仇女神厄里倪厄斯目睹了阿布叙尔托斯被残忍杀害的过程,除非瑟西女神愿意洗去你们的罪行,否则你们逃脱不了宙斯愤怒的惩罚。让卡斯托耳和波吕克斯向神祈祷,你们就可以找到瑟西女神的所在。"双胞胎兄弟遵循预言求助于神灵,英雄们起航寻找瑟西女神。

找到瑟西女神

阿尔戈号加速前进,在安全通过波涛汹涌的厄里达诺斯河后,终于到达瑟西女神所在的岛并抛锚停泊在港口。

伊阿宋让船员们留在船上,他和美狄亚二人上岸,领着她前往女神的宫殿。魔法女神友好地接待了他们,并邀请他们坐下。但是伊阿宋和美狄亚并没有坐下,二人作出祈求的姿态,恳求瑟西的保护。他们告诉瑟西自己犯下的可怕罪行,请求获得净化。瑟西答应了他们的请求,立马吩咐侍女那伊阿德点燃祭坛的火焰,并为神秘的仪式做好必要的准备,献祭了狗和圣饼。瑟西洗清了他们所犯的罪行后,严厉地谴责了伊阿宋和美狄亚,美狄亚带着面纱泣不成声,被伊阿宋带回到船上。

阿尔戈英雄进一步的冒险

离开后,英雄们被西风吹向了塞壬海妖的住处,海妖们诱人的乐曲已传入他们的耳中。阿尔戈英雄们被旋律深深地感染,正准备上岸时,俄耳甫斯感知到了危险,他在七弦琴的伴奏下唱起了一首动听的歌曲。这歌声完全吸引了大家的注意力,他们安全通过了岛屿。但是到达比特岛之前他们并不安全,有一名船员被塞壬迷人的音乐所诱惑,从船上跳入水中。阿芙洛狄忒惋惜他英年早逝,在他的遗体落入塞壬手中之前便将他体面地安葬在附近的岛上。

阿尔戈英雄们前行后又遇到了新的危险:一边是波涛汹涌的卡律布迪斯漩涡,另一边是高耸的石岩,怪物斯库拉从岩石上猛扑下来,袭击不幸的水手。这时,天后赫拉向他们伸出了援手,并派遣海仙女忒提斯为他们引路,帮助他们安全通过危险海峡。

阿尔戈号随后到达法埃亚科安岛,国王阿尔喀诺俄斯与王后阿瑞忒热情款待了他们。意外的是,在国王为他们准备的晚宴上,一支来自科尔喀斯的强大军队突然出现,声称奉埃厄忒斯之命要带回美狄亚。

美狄亚苦苦哀求王后阿瑞忒,请求她将自己从父亲的盛怒中拯救出来。阿瑞忒心地善良,答应会保护她。第二天一早,科尔喀斯人应邀参加集会,在集会上,他们被告知美狄亚是伊阿宋的合法妻子,国王与王后不同意交出美狄亚。科尔喀斯人看国王的立场很坚定,又担心如果他们不能把美狄亚带回科尔喀斯,埃厄忒斯会勃然大怒惩罚他们,因此便向阿尔喀诺俄斯请求留在这里。阿尔喀诺俄斯同意了他们的请求。

事后,阿尔戈英雄再次出发,前往伊奥尔科斯。夜里起了强风暴雨,十分恐怖,令人胆战心惊。第二天一早,英雄们发现他们的船搁浅在利比亚岸边塞尔特思暗藏危险的流沙中。这里赤漠千里,只有毒蛇,珀尔修斯把蛇妖美杜莎带到这旱原,这些毒蛇来自美杜莎滴出的血液。

他们在这荒凉之地度了数日,骄阳似火,令人极度绝望。此时,先知利比亚女王出现在伊阿宋面前,告诉他上帝会派半马半鱼怪来为他们引路。

她刚离开,远处就出现一只巨大的马头鱼身怪向英雄们走来。伊阿宋向同伴们详细描述了他与利比亚女先知会面的细节,他们商量后决定将阿尔戈号扛在肩上,紧随马头鱼身怪,长途跋涉,艰难穿越沙漠,经过十二天的苦行,终于看到了大海。为了感谢众神把他们从各种险境中解救出来,他们向众神献祭。阿尔戈号再次出海,向大海深处驶去。

到达克里特岛

英雄们满心欢喜地踏上回程的旅途,几天后到达克里特岛,想在这里补给些新鲜食物和水。然而岛上一位可怕的巨人反对他们登陆,他守护着岛屿不受外来侵略。这位巨人名叫塔罗斯,是铜族仅剩的后裔,全身由黄铜制成,无懈可击,唯有右脚踝处有筋肉血管。他一看见阿尔戈号靠近海岸,就投掷巨石。要不是船只匆忙后退，就会被巨石砸沉。尽管迫切需要水和食物，阿尔戈英雄们还是决定继续前行，避免与强大的敌人正面冲突。就在此时，美狄亚走上前来，向船员们保证她可以消灭巨人。

她身着深紫色披风登上甲板，在祈求命运女神援助后，念着咒语使塔罗斯陷入沉睡中。

塔罗斯伸直身体躺在地上，不小心被锋利的岩石擦破了脆弱的脚踝，汩汩鲜血立马从伤口中喷出。由于疼痛塔罗斯醒来，想起身却无法站立，在发出一声痛苦的哀鸣后，巨人倒地身亡，硕大的身躯重重地滚入深海中。英雄们终于可以上岸补给必需品，然后继续航行回乡。

到达伊奥尔科斯

在与狂风暴雨搏斗一夜后，英雄们通过埃吉纳岛，最终安全抵达伊奥尔科斯港口。在那里，乡亲们听着他们述说各种冒险刺激的经历和九死一生的故事，敬佩不已。

阿尔戈号被献给波塞冬，自然腐蚀消失前历经多代人的精心保存，后被升至天堂成为南船座。

到达伊奥尔科斯后，伊阿宋与美丽的新娘美狄亚带上取回的金羊毛一起来到叔叔珀利阿斯的宫殿中。此次危险远征的目的就是要取回金羊毛送给珀利阿斯。但是老珀利阿斯从未料想伊阿宋能活着回来，卑鄙地拒绝履行自己的契约，无意让出王位。

丈夫受到不公正的待遇，美狄亚非常愤怒，她开始进行复仇，手段令人震惊。她与国王的女儿们交友，假装非常关心她们的喜好。在获得公主们的信任后，美狄亚告诉她们在她的众多魔力中，有一种魔力可以使老人恢复青春的精气和力量。为了使她们信服，美狄亚杀了一只老公羊，放入锅里煮开，口中念着不同的神秘咒语。不一会儿，锅中出现了一只年轻漂亮的小羊羔。美狄亚向公主们保证，她们也能以同样的方式恢复年迈父亲往日的青春与雄风。珀利阿斯的女儿天真、单纯，轻信了女巫的谗言，最终害死了这位老国王。

伊阿宋之死

珀利阿斯死后,美狄亚和伊阿宋逃往科林斯,一度过着平静安宁的日子,但是生育三个孩子后,生活不再美满幸福。

随着时间的推移,美狄亚容颜不再,伊阿宋对她的爱也日渐消逝,转而迷上了科林斯国王克瑞翁年轻漂亮的女儿格劳刻。伊阿宋在获得克瑞翁的同意后,确定了婚礼的日期。然后,伊阿宋再向美狄亚透露他背叛的消息。伊阿宋巧舌如簧,跟美狄亚说他之所以与王室联姻并非是不爱她,而是为了孩子们的利益着想,百般诱导她同意自己与格劳刻的婚事。对伊阿宋这种欺骗行为,美狄亚怒火中烧,但是装作对他的解释十分满意,她拿出一件金线织成的华美长袍作为新婚礼物送给情敌格劳刻。长袍在毒药中浸泡过,人穿上后,剧毒会渗入骨肉,犹如烈火吞噬人的身躯。格劳刻未起疑心,对这件精美华服非常满意,毫不犹豫地穿上了身。结果,刚穿上,烈性毒药就开始起效。她竭力将其脱下,却怎么也脱不下来,长时间折磨之下死去。

美狄亚因为伊阿宋移情别恋失去了理智,接着杀死了她的三个孩子。此时伊阿宋离开新房回到家中找美狄亚报仇,亲眼目睹了孩子被杀这一恐怖至极的景象。他疯狂地寻找凶手,找遍各地也未见凶手下落。最后,他听到头顶处有声音,抬起头看见美狄亚乘着巨龙拉着的金色战车从空中飞过。人走屋空,绝望中,伊阿宋抽剑自刎,凄凉地死在自己家门口。

珀罗普斯

坦塔罗斯非常残忍,他的儿子珀罗普斯(Pelops)却是一位虔诚贤良的王子。在坦塔罗斯被流放到塔耳塔洛斯之后,珀罗普斯与特洛伊王随即进行了一场对战,最终珀罗普斯被击败,不得不离开自己的领地佛里吉亚,流亡到古希腊。在伊利斯王俄诺玛俄斯的宫廷中,珀罗普斯遇见了希波达弥亚公主,并对她一见倾心。但是神谕曾向俄诺玛俄斯预言,他将会在女儿婚礼当日死去。因此俄诺玛俄斯百般阻挠每一位前来求婚的人,并宣称只有在战车比赛中赢过他的人才有资格迎娶希波达弥亚,而失败者会被他亲手杀死。比赛从比萨某地开始,到科林斯的波塞冬祭坛为止。在俄诺玛俄斯向宙斯献祭时,求婚者可先行出发。献祭结束后,技艺非凡的弥尔提洛斯引导国王登上战车。战车由国王的两匹骏马菲拉和哈耳品那拉着,这两匹马速度极快,蹑影追风。在这种情况下,许多年轻勇士丧命。虽然他们先行了很长一段距离,但是俄诺玛俄斯的团队速度惊人,在对手到达终点之前总会超越,并用矛刺死他们。珀罗普斯对希波达弥亚公主爱得深沉,这份爱情使他战胜所有恐惧,没有被以前求婚者的悲惨命运所吓倒。他向俄诺玛俄斯宣布自己也要向公主求婚。

比赛前夜,珀罗普斯来到海岸边,诚挚地恳求海神波塞冬帮助他完成这项危险的任务。海神波塞冬听到了他的祈祷,从深海中送给他一架由两匹飞马拉着的战车。

第二天,珀罗普斯一出现在赛道上,俄诺玛俄斯就认出了波塞冬的那两匹马。但他毫不气馁,倚仗着自己有超凡的团队,同意开始比赛。

俄诺玛俄斯在向宙斯献祭时,珀罗普斯已上马先行。当珀罗普斯快到终点时,转身一看,猛地发现俄诺玛俄斯手拿长矛骑在他的骏马上几乎要超越他。就在这紧急关头,波塞冬向坦塔罗斯之子伸出援助之手。波塞冬使皇家战车轮子飞出,国王从战车上被猛地甩出,当场死亡。

当珀罗普斯准备出发去比萨迎娶他的新娘时,皇室城堡被雷电击中,他从远处看见城堡火光冲天。珀罗普斯骑着飞马飞快地去营救他可爱的新娘希波达弥亚,成功将她从熊熊燃烧的皇宫中救出。不久后两人喜结连理,在珀罗普斯统治比萨的多年间,比萨盛世繁荣。

赫拉克勒斯

赫拉克勒斯(Heracles)是古希腊最著名的英雄,宙斯和阿尔克墨涅的儿子,珀尔修斯伟大的曾孙。他出生时,阿尔克墨涅和她的丈夫安菲特律翁居住在底比斯,婴儿赫拉克勒斯便生于他养父的王宫中。

赫拉迫害每一个与她争抢宙斯欢心的人,这一点阿尔克墨涅很清楚。

因为担心赫拉将仇恨迁怒于她无辜的孩子,所以阿尔克墨涅在赫拉克勒斯出生后便将他交托给自己忠实的仆人,指示仆人将他放在田野中,她认为这位宙斯的神族后代离开了神的保护一定活不长久。

赫拉克勒斯被遗弃后不久,赫拉和雅典娜正好从此处经过,她们被婴儿的啼哭声吸引。雅典娜怜惜地将赫拉克勒斯抱在怀中,说服天后赫拉给他哺乳。赫拉正要哺乳,赫拉克勒斯便咬痛了她,赫拉愤怒地将他扔在地上,头也不回地走了。雅典娜动了善心,将他带至阿尔克墨涅那里,恳求她好心照顾这个可怜的小弃儿。阿尔克墨涅第一时间认出了她的孩子,高兴地答应了。

不久,赫拉发现了她曾哺乳的孩子的真实身份,恼羞成怒,气愤不已。她将两条毒蛇送入阿尔克墨涅的房中,毒蛇没有被女仆发现,悄悄地爬入了赫拉克勒斯的摇篮中。赫拉克勒斯惊醒后大声哭喊,一手抓住一条蛇,紧紧地将它们扼死在手中。阿尔克墨涅和侍从们听到他的哭声急忙赶到摇篮边,看到两条毒蛇死在婴儿赫拉克勒斯手中,吓得惊慌失色。听到骚动声,安菲特律翁也来到屋中,亲眼看见这孩子超凡的神力,非常震惊,觉得这孩子一定是宙斯赠予他的特殊礼物。因此,他去请教著名的先知忒瑞西阿斯,先知告诉了他赫拉克勒斯的神圣血统并预言他的继子前程伟大。

当安菲特律翁听到他的养子赫拉克勒斯未来命运高贵,便决定选择一种特殊教育方式,以适应他未来发展的需要。赫拉克勒斯逐渐长大,到了合适的年龄后,安菲特律翁亲自教他如何驾驶战车;欧律托斯教他如何掌控弓箭;奥托吕科斯教他摔跤和拳击;卡斯托耳教他武装战斗的技术;阿波罗的儿子莱纳斯教他音乐和写作。

赫拉克勒斯是一个聪明的学生。虽然他兴趣盎然,却无法忍受过度严厉的教育。莱纳斯上了年纪,并不是一位有耐心的老师。一天,他在纠正赫拉克勒斯的错误时打了他,不料激怒了赫拉克勒斯。他拿起七弦琴,猛一挥臂,一下将莱纳斯打死。

赫拉克勒斯脾气暴躁,安菲特律翁担心他会再次引发相似的暴力事件,便将他送到乡下交给他最信任的牧人看管。在那里,他长大成人,身材魁梧,力大无比,令人羡慕不已。在射各种矛枪和弓箭时,都能做到百发百中。十八岁时,他俨然成为全希腊最强壮也最帅气的年轻人。

赫拉克勒斯的选择

赫拉克勒斯觉得上天赋予了他神力,该是自己决定如何使用神力的时候了。这一决定太重要,为了独自静想,他来到森林深处一个僻静、与世隔绝的地方。

在那里,他遇到两位仙姿佚貌的女性,一位是恶德女神,另一位是美德女神。恶德女神诡计多端,面有浓妆,衣着华丽诱人;美德女神气质高贵,谦逊大度,衣着长裙,一尘不染。

恶德女神走上前向赫拉克勒斯说道:"如果你跟着我走成为我的朋友,你会尽情享受生活的愉悦,感受到世间所有的快乐。你能随心享用到最上等的美食、最香醇的美酒和最奢华的卧榻,你不用花任何体力或脑力就能享受一切。"

这时美德女神开口了:"如果你愿意跟随我成为我的今雨新知,我承诺你将获得无愧的良心和臣民的爱与尊敬。但是我无法允诺你一路顺畅,也无法允诺你会拥有闲适愉快的人生。你要知道,不劳便无称心之果可得,这是神的旨意。一分耕耘,一分收获。"

赫拉克勒斯聚精会神地听完两人的话,很有耐心,在周密考虑之后,决定跟随美德女神,尊重诸神,为国献身。

赫拉克勒斯作出高尚的决定后,再次回到乡村的家中。在家中,他听说一只凶猛的狮子把自己的窝建在喀泰戎山脚下,伤害羊群和畜群,成为邻里一大祸害。赫拉克勒斯立马武装上山。他看见了狮子,冲上前去用剑刺死了它,把兽皮剥下来穿在身上,把狮头当头盔。

赫拉克勒斯在底比斯完成了自己的第一次探险后,碰到了米尼安国王厄耳癸诺斯的传令官们。他们向底比斯行进,要求底比斯上交一百头牛作为对米尼安的岁贡。赫拉克勒斯听后觉得这是对故乡的羞辱,怒不可遏,他打伤了这些传令官,用绳子套着他们的脖子,将他们遣返回国。

厄耳癸诺斯看到自己的信使受到如此非人的虐待,恼羞成怒,他召集了一支军队来到了底比斯城门前,要求他们交出赫拉克勒斯。当时克瑞翁是底比斯的国王,他怕拒绝厄耳癸诺斯会招致祸患,正准备屈服时,赫拉克勒斯在安菲特律翁和一众勇士的协助下,向米尼安人发起了进攻。

赫拉克勒斯占据了米尼安军队必定要经过的一条山中狭径,等对方一来就向他们发动袭击,赫拉克勒斯率其军队杀死了厄耳癸诺斯国王,然后乘胜追击击溃了敌军。在这场战斗中,赫拉克勒斯的养父兼良友——安菲特律翁不幸牺牲。他悲愤欲绝,将米尼安的首都奥科美那斯洗劫一空并烧为灰烬。

交战大捷,赫拉克勒斯因此在全希腊声名鹊起,克瑞翁为嘉奖他将公主墨伽拉嫁给了他。奥林匹斯诸神对他的骁勇善战十分欣赏,赠送他许多礼物:赫耳墨斯送上一把宝剑;阿波罗赠送一捆箭弓;赫菲斯托斯馈赠一个金箭囊;雅典娜的礼物是一件皮外套。

赫拉克勒斯与欧律斯透斯

现在我们有必要追溯一下过去的事情。在赫拉克勒斯出生之前,宙斯在众神面前高兴地宣称:当天出生在珀尔修斯宫殿的孩子将会统治他所有的族人。赫拉听到她丈夫这虚夸的言论后清楚地明白这辉煌的命运属于她憎恶的阿尔克墨涅的孩子。

为了剥夺赫拉克勒斯的这些权利,赫拉向女神埃勒提亚求助,埃勒提埃推迟了赫拉克勒斯的出生日期,并让珀尔修斯的另一个曾孙——欧律斯透斯先于他出生。伟大的宙斯一旦承诺就无法收回,因此赫拉克勒斯只好成为欧律斯透斯的臣民和仆人。

与厄耳癸诺斯一战令赫拉克勒斯的威名传遍了整个古希腊,欧律斯透斯(此时已是迈锡尼国王)因此嫉妒他的名声,命令他为自己完成各种困难的任务,以显示自己的权威。但是赫拉克勒斯一身傲骨,不愿受羞辱,正要拒绝执行命令时,宙斯出现在他面前劝他不要与命运抗衡。于是赫拉克勒

第二部分　传说

斯前往德尔斐寻求神谕,神谕显示他在完成欧律斯透斯交给他的十个任务后,他的奴役生活才会结束。

不久后,赫拉克勒斯极度抑郁,再加上宿敌赫拉的影响,他的抑郁症逐渐加重,最终疯狂爆发,杀死了自己的孩子。恢复理智之后,他十分惊慌,万分后悔自己所做的一切,闭门不出,拒绝与外界交流。在这与世隔绝的过程中,他发现工作是遗忘过去最好的方法,于是他毫无迟疑地开始完成欧律斯透斯交给他的任务。

1. 勇斗涅墨亚狮子

赫拉克勒斯的第一项任务是将可怕的涅墨亚狮子的皮交给欧律斯透斯。在克里奥尼和涅墨亚一带,这头狮子肆意破坏土地,它的兽皮可以抵挡得住一切致命武器的攻击。

赫拉克勒斯前进至涅墨亚森林,并在那里发现了狮子的洞穴。一开始他试图用箭刺死狮子,未能成功,接着用棍棒将狮子打倒在地,狮子遭受重击还未从中恢复,赫拉克勒斯一把扼住它的颈部,用力将它掐死。赫拉克勒斯将狮皮做成甲胄、将狮头制成头盔,穿着这一身突然出现在欧律斯透斯面前吓了他一跳。欧律斯透斯躲进了宫殿中,禁止赫拉克勒斯接近自己,他下达给赫拉克勒斯的任务由科普默斯负责转达。

2. 斩杀九头蛇

第二项任务是斩杀九头蛇许德拉,它是提丰和厄喀德那的后代,长了九个头,其中的一个永生不死。九头蛇在勒纳周边肆虐,对畜群造成了严重的伤害。

赫拉克勒斯与侄子伊俄拉俄斯一起坐着战车来到勒纳沼泽地,在泥泞的水域中发现了九头蛇。他先用利箭发起攻击,将它逼出巢穴。九头蛇最终被逼出,躲入邻山的树林中。接着赫拉克勒斯直冲而上,用巨棍对准它的头猛击。他刚打碎一个头,蛇又新长出两个头,赫拉克勒斯只好用力抓住它。就在此时,一只巨蟹赶来帮助九头蛇,咬住了赫拉克勒斯的脚。赫拉克勒斯一棍子把巨蟹打死,喊侄子前来帮忙。遵照赫拉克勒斯的命令,在他砍掉蛇头时,伊俄拉俄斯将旁边的树木点燃,用燃木烧灼蛇的颈部,有效阻止蛇头再次长出。赫拉克勒斯最终砍掉了那颗不死的蛇头,将它埋在了路边,用重石压住。他将弓箭浸入蛇怪的毒血中,之后凡是被这些箭刺中的伤口都不可治愈。

3.生擒金角铜蹄牝鹿

将科律涅亚山的牝鹿活着带回迈锡尼是赫拉克勒斯的第三项任务。这头

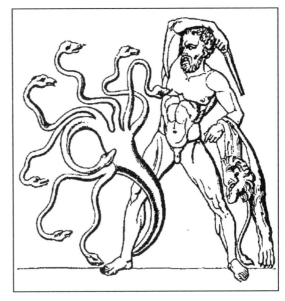

斩杀九头蛇

牝鹿是阿耳忒弥斯的圣物,头长金角,脚有铜蹄。

为了不伤到牝鹿,赫拉克勒斯在不同国家耐心地追逐了它一整年,最终在拉冬河岸将它捕获。尽管非他本意,赫拉克勒斯还是无奈地用箭伤了它一条腿,将它扛在肩上穿过阿卡迪亚。在路上,他遇到了阿耳忒弥斯和其胞弟阿波罗。女神阿耳忒弥斯非常生气,指责他伤害了她最爱的牝鹿。赫拉克勒斯最终消除了她的不快,在阿耳忒弥斯的允许下将这头牝鹿活着带回了迈锡尼。

4.活捉厄律曼托斯野猪

欧律斯透斯交给赫拉克勒斯的第四项任务是活捉厄律曼托斯野猪,这头野猪使厄律曼托斯沦为荒地,对周围地区造成了严重的危害。

在前往目的地的路上,赫拉克勒斯向名为福洛斯的半人马寻求食物和庇护所,福洛斯慷慨大方,热情款待了他,向他提供美味丰饶的食物。菜肴非常丰盛,却没有酒,赫拉克勒斯表示非常惊讶,福洛斯解释到这酒窖是所有半人马肯陶洛斯人的共同财产,任意打开酒桶是违反规定的。在赫拉克

勒斯的百般劝说之下，福洛斯破了先例。然而那美酒的气味很快传遍整座山，大批半人马用巨石和杉木全副武装，赶到了这里。赫拉克勒斯用燃木逼迫他们撤退。肯陶洛斯人溃退后，赫拉克勒斯身携弓箭随后追击一直到马利亚岛。在马利亚岛隐居着他的老朋友喀戎，为人和善，肯陶洛斯人逃往他的山洞中寻求庇护。不幸的是，赫拉克勒斯在用毒箭射向他们的时候，其中的一支箭射到了喀戎的膝盖。发现自己伤害到了老友，赫拉克勒斯极为痛苦和悔恨，立马将箭拔出，用喀戎之前教他的方法把药膏涂在伤口上。但这一切都是徒劳，九头蛇的剧毒已侵入伤口，无法治愈。喀戎痛苦难捱，赫拉克勒斯向神请求赐他一死，否则，永生的他将会饱受痛苦的折磨，永无止境。

半人马

曾热情招待赫拉克勒斯的福洛斯也死于他的毒箭之下，原来他曾从一名肯陶洛斯同伴身上拔下毒箭。福洛斯静静地查看毒箭，不禁惊叹这么一个小小的不起眼的毒箭竟会带来如此大的伤害，一走神箭掉落在他的脚上，夺去了他的性命。对这一意外事件，赫拉克勒斯心中满是痛苦，以福洛斯应得的荣誉安葬了他后，起身去追捕厄律曼托斯野猪。

山顶白雪厚深。他首先大喊大叫，可怕的喊叫声将灌木丛的野猪引上山顶，赫拉克勒斯接着穷追不舍，野猪疲惫不堪，最终精疲力竭，他将野猪活捉，用绳子捆好，把它带至迈锡尼。

5. 清扫奥革阿斯牛棚

在赫拉克勒斯杀掉厄律曼托斯野猪后，欧律斯透斯命令他一天内将奥革阿斯的牛棚清扫干净。

奥革阿斯是伊利斯的国王，他拥有大量的牲畜。其中有三千头牛被关在靠近皇宫的围栅中,牛粪积累了很多年没有清理。赫拉克勒斯出现在国王面前,主动提出只要奥革阿斯能拿出十分之一的牛作为报答,他就能在一天内将牛棚清洗干净。奥革阿斯认为这是不可能完成的任务,当着王子费琉斯的面接受了这个请求。

赫拉克勒斯在牛棚内挖了一条沟渠,将皇宫附近的两条河流——佩纽斯河与阿尔甫斯河的河水引进来,河水冲进牛棚时,顺带将积攒的污物一扫而空。

当奥革阿斯听说这是欧律斯透斯布置给赫拉克勒斯的任务后,他拒绝支付之前商定好的报酬。赫拉克勒斯将此事提交至法庭,并请费琉斯出庭作证。但是奥革阿斯在判决结果宣布之前就愤怒地将赫拉克勒斯和他的儿子驱逐出境。

6. 驱赶斯廷法利斯湖怪鸟

斯廷法利斯湖怪鸟是巨大的食肉猛禽,能从翅膀中射出利箭一般的羽毛,先前在阿尔戈英雄传说中就已提到这点。赫拉克勒斯的第六项任务就是将怪鸟赶走。斯廷法利斯湖怪鸟居住在阿卡迪亚的斯廷法利斯湖岸边,给人畜都造成了极大的危害。

赫拉克勒斯靠近湖岸时,看到许多怪鸟。他正犹豫要如何展开攻击时,突然感觉有一只手抓住了他的肩膀。他回头一望,看见了尊贵的雅典娜,她手里拿着一对由赫菲斯托斯打造的巨大的黄铜响板。雅典娜把响板交给了他。赫拉克勒斯爬到隔壁山顶,猛烈晃动着响板。响板相撞产生刺耳的噪音,怪鸟们无法忍受,惊恐地飞上天空,大量的怪鸟被赫拉克勒斯用箭射杀,剩下的那些未被箭射中的怪鸟飞走后再也没有回来。

7. 制服克里特公牛

赫拉克勒斯的第七项任务是抓捕克里特公牛。

克里特之王米诺斯曾发誓要将海中出现的第一个动物献给海神波塞冬,因此为了考验米诺斯是否诚信,波塞冬让一头健壮的公牛出现在波涛滚滚的大海上。克里特国王发誓时曾声称他饲养的牲畜中没有一个能配作礼物送给高贵的海神。波塞冬送来的这头公牛非常健美，米诺斯为此着了迷，非常渴望能拥有这头牛，因此偷偷地将公牛藏入他的牛群中，用自己的一头牛作为替代祭品。波塞冬为了惩罚米诺斯的贪婪，使神牛发狂，在岛上胡作非为，危及居民的安全。所以当赫拉克勒斯来到克里特捕牛时，米诺斯不仅没有反对，还欢迎他这么做。

赫拉克勒斯成功地捕获并驯服了这头牛，他坐在牛背上奔跑，穿过大海，直至伯罗奔尼撒半岛。他将牛交给欧律斯透斯，欧律斯透斯却释放了它。释放后，神牛狂暴如初，游走在阿卡迪亚境内，最终在马拉松平原上被忒修斯杀死。

8. 驯服狄俄墨德斯的食人马

赫拉克勒斯的第八项任务便是将狄俄墨德斯的食人马带回去送给欧律斯透斯。狄俄墨德斯是战神阿瑞斯的儿子，皮斯托纳人的国王，他所在的色雷斯部落十分好战。狄俄墨德斯拥有一群壮硕的食人马，只要有外乡人不幸踏入这个国家，就会被扣为囚犯，成为食人马的食物。

赫拉克勒斯一到达目的地，首先将凶残的狄俄墨德斯逮住，扔进马槽。在吞食了自己的主人之后，食人马们变得极其驯良。赫拉克勒斯将马群带往海岸边。皮斯托纳人失去了国王，十分愤怒，一路追赶赫拉克勒斯，并对他发起攻击。赫拉克勒斯把马交给朋友阿布德洛斯看管，随后开始疯狂地对袭击者发起猛攻，把他们打得落荒而逃。

战斗结束，赫拉克勒斯返回时发现食人马早已将阿布德洛斯撕成碎片吞食，他十分悲伤。为阿布德洛斯办完葬礼后，赫拉克勒斯建起了一座城市，起名为阿布德洛斯，以此纪念他的这位朋友。随后，他返回梯林斯，将食人马交给欧律斯透斯。欧律斯透斯将它们置于奥林匹斯山，作为野兽们的猎物。

完成这次任务后，赫拉克勒斯登上了阿尔戈号，踏上了追寻金羊毛的远征，并如之前所述，被留在了希俄斯岛。在漂泊中，他接受了第九项任务——将亚马逊女王希波吕忒的金腰带交给欧律斯透斯。

9. 夺取希波吕忒的金腰带

亚马逊人居住在黑海岸边,靠近里弗河。她们全是好战的女性,以坚韧、勇气和优良的骑术而闻名。她们的女王希波吕忒从她的父亲战神阿瑞斯那里继承了一条美丽的腰带,时常系在身上以显示至高的王权。赫拉克勒斯接到欧律斯透斯的指令要将这条腰带交给他,作为礼物送给女儿阿德墨忒。

赫拉克勒斯预见这将是一项艰难的任务,便精心挑选了一队勇士一同前往亚马逊城镇特弥斯库拉。

在那里他们遇到了希波吕忒女王,女王被赫拉克勒斯卓尔不群的外形和高贵的举止所打动。在知晓勇士们的使命后,立马同意将他们渴求的腰带交予他们。但赫拉克勒斯的死敌赫拉乔装成亚马逊人的样子,在城中散布谣言,称外乡人此行的目的是谋害她们的女王。亚马逊人听闻此言,立即武装上马,战斗随即爆发,伤亡惨重。英勇善战的领袖人物墨拉尼珀也被赫拉克勒斯活捉,用来与希波吕忒交换金腰带。

回程的路上,赫拉克勒斯在特洛伊稍作逗留,那里有一场新的冒险行动等待着他。

阿波罗和波塞冬被宙斯惩罚暂时在人间服苦役时,为拉俄墨冬国王建造了历史上著名的特洛伊城墙。但是工程结束后,拉俄墨冬背信弃义,拒不给予他们应得的报酬,因此极为愤怒的神灵联手惩罚了他。阿波罗散布的瘟疫让大批民众死去,波塞冬发起洪水,招来的海怪吞食了所及之处所有的一切。

绝望中拉俄墨冬得到神谕启示,了解到只有牺牲公主赫西俄涅才能平息诸神的怒火。在民众急切的恳求下,拉俄墨冬最终被迫同意献祭。在赫拉克勒斯到来前,赫西俄涅就已被捆绑在石头上,准备好被海怪吞食。

赫拉克勒斯力大无比,勇气非凡。当拉俄墨冬见到举世闻名的赫拉克勒斯时,便恳求他救救自己命悬一线的女儿,为国除掉怪物。作为报答,他将送上之前宙斯用于补偿祖父特洛斯的神马。宙斯之所以给予特洛斯这项补偿,是因为特洛斯的儿子伽倪墨德被他劫到了天上为诸神斟酒。

赫拉克勒斯毫不犹豫地同意了,当怪物出现,张开大嘴准备享用祭品的时候,他手持宝剑将它杀死。但是国王过河拆桥再次食言,赫拉克勒斯发誓一定要报仇,随后他前往迈锡尼,将腰带交给了欧律斯透斯。

10. 牵回革律翁之牛

赫拉克勒斯的第十项任务是捕捉巨人革律翁的神牛。革律翁是克律萨俄耳之子,住在伽得伊剌海湾的厄律提亚岛上。他有三头六臂、三个身子和六只脚,拥有一群以壮硕、俊美、红色皮肤闻名的神牛。这些神牛由另一个叫作欧律提翁的巨人和双头犬偶特鲁斯看守,后者是堤丰和厄喀德那的后代。

欧律斯透斯选择了这项充满危险的任务,希望能借此彻底摆脱他恨之入骨的兄弟。任务越是艰巨危险,赫拉克勒斯越是英勇不屈。

经过长徒跋涉,赫拉克勒斯终于抵达非洲西海岸。为了纪念这一危机四伏的旅程,他竖起了"赫拉克勒斯之柱",在直布罗陀海峡的两边也各竖了一个。那里酷热难耐,他愤怒地扬弓向天,要将太阳射下来。但赫利俄斯不仅没有被他的鲁莽激怒,还对他的胆量赞叹有加。他借给赫拉克勒斯一艘金船,让他能够完成由西到东的夜行,安全到达厄律提亚岛。

赫拉克勒斯一上岸,欧律提翁和他野蛮的猎犬偶特鲁斯就向他发起了强攻,但是赫拉克勒斯以超人之力杀死猎狗和它的主人。

赫拉克勒斯随即将牛群聚在一起赶往海岸,他在岸边遇到了革律翁,一番争斗之下,巨人革律翁也身亡。

赫拉克勒斯将牛群带到海中,他抓着一头牛的牛角,领着它们游到了西班牙伊比利亚对岸,一路经过高卢、意大利、伊利里亚和色雷斯,历经千难万险,九死一生,赫拉克勒斯最终安全回到迈锡尼,将牛群交给欧律斯透斯。欧律斯透斯随后将它们献祭给赫拉。

赫拉克勒斯花费了八年的时间完成了十项任务,但是欧律斯透斯拒绝承认斩杀九头蛇和清扫奥革阿斯牛棚这两项任务。他认为前者是在伊俄拉俄斯的帮助下完成的,而后者是在被雇佣的情况下达成。因此他坚持让赫拉克勒斯完成额外的两项新任务。

11. 摘取赫斯珀里得斯的金苹果

欧律斯透斯交给赫拉克勒斯的第十一项任务是为他取来赫斯珀里得斯的金苹果。结满金苹果的金苹果树是盖亚送给赫拉和宙斯的结婚礼物。这棵神树由夜神的四个女儿看守,这四个少女合称为赫斯珀里得斯。协助她们看守苹果树的还有一条百头龙,非常凶恶。这条龙从不睡觉,从它一百个喉咙里总是发出嘶吼声,令所有入侵者闻风丧胆,落荒而逃。赫拉克勒斯对苹果园所在地一无所知,因此完成这项任务变得更加困难,他走了许多弯路,经历了许多磨难才找到果园。

一开始他穿越塞萨利到达爱撒多拉斯河,在那儿他遇见了巨人库克诺斯,他是阿瑞斯和波瑞涅之子。库克诺斯向他发出挑战,进行单人决斗。在这场交锋中,赫拉克勒斯彻底击败了库克诺斯并杀死了他。这时,又出现了一个更强大的对手战神阿瑞斯,他亲自前来为他的儿子报仇。随即爆发了一场更激烈的战斗,战斗持续了一段时间,直到宙斯前来干预,宙斯在两兄弟之间投掷了雷电结束了这场冲突。

赫拉克勒斯继续前进,来到了厄里达诺斯河边,这里是宁芙的栖息之地,她们是宙斯和忒弥斯的女儿。赫拉克勒斯向宁芙请教如何去果园,她们指点他去找海神涅柔斯,只有海神知道通往赫斯珀里得斯果园之路。赫拉克勒斯找到了海神,发现他在熟睡之中,于是趁机用手紧紧抓住了海神,让他无法逃脱,尽管海神千变万化,最后还是被迫向赫拉克勒斯说出了他所需的信息。

接着,英雄赫拉克勒斯到达了利比亚,在那儿他与波塞冬和盖亚之子安特欧斯国王进行了摔跤比赛,并杀死了对手。之后,他继续向古埃及行进,布西里斯是波塞冬的另一个儿子,他统治着古埃及(在饥荒期间,他听从占卜者的建议行事,将所有异乡人祭献给宙斯)。当赫拉克勒斯到达古埃及时,他被人抓住并拖到了祭坛上。然而这位孔武有力的半神挣脱了捆绑他的绳子,然后杀死了布西里斯和他的儿子。

赫拉克勒斯继续前进,漫无目的地走着,经过了阿拉伯半岛,来到高加索山。在山上,普罗米修斯一直痛苦地呻吟着。一只鹰长期折磨着人类这位既高尚又忠诚的朋友,就在此时赫拉克勒斯拔箭射死了那只鹰。普罗米修斯获救了,他对赫拉克勒斯充满感激之情,便告诉了赫拉克勒斯如何去遥远的极西之地。在那里,阿特拉斯用双肩撑起苍天,他旁边就是赫斯珀里得斯的果园。普罗米修斯还提醒赫拉克勒斯不要自己去摘那珍贵的苹果,而是抽一段时间为阿特拉斯承担肩扛苍天的任务,让阿特拉斯去摘金苹果。

赫拉克勒斯到达目的地后,按照普罗米修斯的建议行事。阿特拉斯欣然接受了这个安排,他设法使巨龙入睡,然后又机智地哄骗了赫斯珀里得斯,拿走三个金苹果,带回来给赫拉克勒斯。但是,当赫拉克勒斯准备卸下扛天重任时,阿特拉斯已经尝到了自由之乐,不愿意再扛起苍天。他宣布他打算自己将金苹果交给欧律斯透斯,让赫拉克勒斯接替他的岗位。对于这项提议,赫拉克勒斯假装同意,仅乞求阿特拉斯能大发慈悲帮他支撑一会苍天,他要去设法找个垫子垫在头上。阿特拉斯本性纯良,便扔下苹果,再一次将扛天重担接了过来。这时,赫拉克勒斯立即捡起金苹果,转身离开。

当赫拉克勒斯把金苹果呈给欧律斯透斯时,欧律斯透斯将金苹果作为礼物送给了赫拉克勒斯。于是,赫拉克勒斯将神果放置在帕拉斯·雅典娜圣坛上,雅典娜将金苹果又送回了赫斯珀里得斯果园。

12.活捉地狱恶犬刻耳柏洛斯

欧律斯透斯施加给赫拉克勒斯的第十二项也是最后一项任务是将冥界守门犬刻耳柏洛斯从地狱里带上来。欧律斯透斯相信在冥界,赫拉克勒斯所有的神力都无法施展,在他最后也是最危险的一项任务中,这位英雄最终必会屈服并死亡。

刻耳柏洛斯是一条长有三只脑袋的恶狗,嘴中滴着毒液;头和背上的毛缠着条条毒蛇,它的身体尾部呈龙尾状。

在参加了厄琉息斯秘仪之后,赫拉克勒斯从祭司那里得到了一些完成此项任务所必需的信息。赫拉克勒斯动身前往拉科尼亚的忒那隆城,那儿有通向地狱的入口。在赫耳墨斯的引领下,赫拉克勒斯下到可怕的深渊中,里边不久便出现了很多阴魂。随着赫拉克勒斯靠近,除了墨勒阿革洛斯和美杜莎,所有的阴魂惊慌逃窜。当赫拉克勒斯准备挥剑刺杀美杜莎时,赫耳墨斯进行干预,一把抓住了他的手,提醒他美杜莎不过是个阴魂,因此没有什么武器可以伤害到她。

来到冥界门前,赫拉克勒斯发现了忒修斯和庇里托俄斯。他们俩竟敢抢夺珀耳塞福涅,因此被冥王哈得斯拴在了魔法石上。当他们看到赫拉克勒斯时,便恳求他帮助他们恢复自由之身。赫拉克勒斯成功释放了忒修斯,但是当他努力解救庇里托俄斯时,大地在他脚下猛烈地震颤,他只好放弃解救行动。

赫拉克勒斯继续前进,认出了阿斯卡拉福斯。在德墨忒尔的故事中我们已经看到,阿斯卡拉福斯为冥王做证珀耳塞福涅吞下了他给的石榴种子,使得她永久受到冥王的束缚。阿斯卡拉福斯在一块巨石下呻吟,是德墨忒尔一怒之下把巨石压在了他的身上。赫拉克勒斯将石头移开,释放了这位受害者。

冥界强大的统治者哈得斯站在冥宫门前,拦住了赫拉克勒斯的去路;但是,赫拉克勒斯用一只百发百中的飞镖瞄准了冥王并击中了他的肩膀,冥王有生以来第一次感受到了凡人的痛苦。然后,赫拉克勒斯要求冥王同意他将刻耳柏洛斯带回上界,冥王并没有拒绝,但要求他在抓刻耳柏洛斯时不能使用武器。在护胸甲和狮皮的保护下,赫拉克勒斯开始寻找刻耳柏洛斯,最后在冥河河口发现了它。这只恶狗从它的三个头中发出可怕的叫声,但赫拉克勒斯并未被吓倒,他一手抓住恶狗的喉咙,另一只手抓住了它的双腿。虽然恶狗的尾巴像条活龙,妄图抽击他,要咬赫拉克勒斯,但是他并没有松手。就这样,赫拉克勒斯将恶狗从特洛曾附近的出口带回了上界。当欧律斯透斯看见刻耳柏洛斯时,目瞪口呆。欧律斯透斯对除去赫拉克勒斯这一仇敌已不再抱有希望,他将这地狱之犬还给了英雄赫拉克勒斯,赫拉克勒斯又将恶犬送回了冥界。完成这最后一项任务之后,赫拉克勒斯不再受欧律斯透斯管束。

谋杀伊菲托斯

赫拉克勒斯最终获得了自由,于是回到了底比斯;但是因为他杀死了自己与妻子墨伽拉所生的孩子,所以再也不可能与墨伽拉幸福地生活在一起。在征得妻子的同意后,他将妻子嫁给了侄子伊俄拉俄斯。赫拉克勒斯转向伊俄勒求婚,她是俄卡利亚国王欧律托斯的女儿。赫拉克勒斯童年时曾跟欧律托斯学习射箭。国王许诺如果有人在箭术上超过他和他的三个儿子,他就把他的女儿嫁给那个人,赫拉克勒斯急忙参赛。在比赛中,赫拉克勒斯青出于蓝,成绩显赫,不仅战胜了国王的儿子,而且也超越了国王欧律托斯。虽然国王非常体面地款待了他,可是拒绝将女儿嫁给他,因为他担心女儿会步墨伽拉的后尘。只有欧律托斯的大儿子伊菲托斯支持赫拉克勒斯并试图劝说父亲同意这门亲事,但是并未成功。国王迅速拒绝了这门亲事,这刺痛了赫拉克勒斯的心,他十分愤怒地离开了王宫。

不久,国王的牛被臭名昭著的窃贼奥托吕科斯偷走。欧律托斯怀疑是赫拉克勒斯所为,但是伊菲托斯忠诚地维护他已经离开的朋友,提议自己去寻找赫拉克勒斯,并表示在赫拉克勒斯的协助下一起去寻找被偷走的牛。

赫拉克勒斯热情地欢迎了这位勇敢的年轻朋友,并积极参与他的计划。他们立即踏上了旅程,去寻找被偷走的牛。但是,他们所有的搜寻都一无所获。当他们来到梯林斯时,二人爬上城墙,想从中能寻找丢失的牛;当他们登上了城墙的最高处时,赫拉克勒斯的疯病突然发作,错把他的朋友伊菲托斯当作敌人,将他从高墙上扔了下去,伊菲托斯当场死亡。

赫拉克勒斯开启了朝圣之旅,身心俱疲,乞求能有人洗净他杀死伊菲托斯的罪过,但都徒劳无果。漂泊中,他来到了他的朋友阿德墨托斯的宫殿,前面已有叙说赫拉克勒斯与死神进行一场激烈的战斗后将阿德墨托斯美丽勇敢的妻子阿尔西斯特带回了他身边。

不久之后,赫拉克勒斯得了重病,他撑着病弱的身子来到德尔斐神庙,希望在深奥的神谕中寻得治病的妙方。然而,那里的女祭司都不理睬他,因为他杀了伊菲托斯,赫拉克勒斯一怒之下扛走三足圣炉,声称他要为自己编创一条神谕。阿波罗目睹了他这种渎神行为,从天而降来维护他的神殿,随后便是一场激烈的冲突。宙斯再一次进行干预,在他最喜爱的两个儿子之间扔去一道雷电,平息了双方的决斗。此时,面对赫拉克勒斯的祷告,皮提亚赐予了回应,命令他卖身为奴三年,并把这笔卖身钱送给欧律托斯作为他丧子的补偿,这样才能消除罪孽。赫拉克勒斯成了翁法勒的奴隶。

赫拉克勒斯卖身为奴

赫拉克勒斯鞠躬接受了神旨,并由赫耳墨斯引见给吕底亚女王翁法勒。女王用3塔兰特买下了赫拉克勒斯,卖身钱给了欧律托斯。然而,欧律托斯拒绝收钱,后来钱只得转交给了伊菲托斯的孩子。

这时,赫拉克勒斯恢复了以前的体力。他消灭了所有危害翁法勒统治区的强盗,并为女王干了其他各种活,这些活既需要力气又需要勇气。就在这期间,他参加了卡吕冬野猪狩猎。故事细节前边已有叙述。

当翁法勒听说她的奴隶就是大名鼎鼎的赫拉克勒斯时,立即恢复了他的自由之身,招他为夫,并献上她的王国。在王宫里,赫拉克勒斯沉溺于豪华萎靡的东方生活,完全沉湎于妻子给予他的美妙与享受之中。妻子翁法勒与他逗乐,披上他的狮皮,戴上他的头盔,让他穿上女人的衣服,坐在她脚边纺羊毛,听他讲述以前冒险的故事来消磨度日。

最后,当赫拉克勒斯的奴役期结束时,他又能主宰自己的行为,恢复了男子气概和精力。拉俄墨冬背信弃义,奥革阿斯无信不忠,长期以来赫拉克勒斯一直苦思冥想要复仇,因此他离开了翁法勒女王的宫殿,开始了他的复仇行动。

赫拉克勒斯报复拉俄墨冬和奥革阿斯

赫拉克勒斯召集了一些勇敢无畏的老战友和一只船队,启航前往特洛伊。在特洛伊登陆后,赫拉克勒斯对特洛伊进行猛攻,并杀死了罪有应得的拉俄墨冬。赫拉克勒斯把拉俄墨冬国王的女儿赫西俄涅许配给了他最勇敢的战友忒拉蒙。他又允许赫西俄涅释放一名战俘,于是她挑选了她的兄弟波达尔克斯,却被告知因为波达尔克斯已是战俘,所以她必须用一笔赎金将他赎回。听到这话,赫西俄涅从头上摘下了金王冠,高兴地递给了赫拉克勒斯。因此,这位波达尔克斯后来被称为普里阿摩斯(或普利安),意为被买来的人。赫拉克勒斯又向奥革阿斯进攻,对他背信弃义的行为进行复仇。赫拉克勒斯攻占了伊利斯城,杀死了奥革阿斯和他的儿子,仅饶恕了他勇敢和坚定的拥护者费琉斯,并将王位赐予了费琉斯。

赫拉克勒斯与得伊阿尼拉

赫拉克勒斯接着前往卡吕冬,在那里他向美丽的得伊阿尼拉求爱,她是埃托利亚国王俄纽斯的女儿;但是他遇到了可怕的竞争对手——河神阿克洛俄斯。双方同意通过决斗来决定美人得伊阿尼拉花落谁家。阿克洛俄斯因有变形的神力,便自认为稳操胜券。但是这次他失算了,当他最终变成一只公牛时,他强大的对手折断了他的一只牛角,迫使他认输。

在与得伊阿尼拉度过了三年幸福的日子后,一件不幸的事毁掉了他们的幸福生活。有一天,赫拉克勒斯出席俄纽斯举行的宴会,一位贵族少年依据古人传统在桌边服务客人,赫拉克勒斯突然挥动了一下手臂,不幸击中了少年,这一击太过猛烈,导致少年当场死亡。这位不幸少年的父亲亲眼目睹了事件,因是一场意外,所以他并没有追责。但是,赫拉克勒斯决定依照当地法律接受惩处,将自己从这个国家中流放,他拜别了岳父,带着妻子得伊阿尼拉和小儿子许罗斯前往特拉津去拜访好友柯宇可斯国王。

旅途中,他们来到了欧厄诺斯河畔,半人马涅索斯每次都向来回的旅客索要渡河费。赫拉克勒斯抱着他的小儿子,独自涉水而过,而将妻子托交给半人马照顾。半人马被她的美貌迷住了,要把她带走。但是赫拉克勒斯听到了妻子的呼叫声,立马用他的毒箭射穿了半人马的心脏。奄奄一息的半人马试图报仇,他把得伊阿尼拉叫至一边,让她保存一些从他伤口流出的血,并向她保证:当她有可能失去丈夫的爱时,按照他所指导的方法使用这些血会起到神奇的作用,可以防止其他竞争对手取代她在丈夫心中的位置。

赫拉克勒斯和得伊阿尼拉继续旅行,历经一些冒险活动后,最终到达了目的地。

赫拉克勒斯之死

赫拉克勒斯经历的最后一次冒险行动是讨伐俄卡利亚国王欧律托斯。在赫拉克勒斯公平赢得伊俄勒为妻后,国王以及他的儿子们拒绝将公主许配给他。赫拉克勒斯召集了一支强大的军队,前往埃维亚岛围困主城俄卡利亚。他的军队取得了胜利,赫拉克勒斯攻破了城堡,打死了国王和他的三个儿子,将这座城池化为灰烬,并掳走了年轻美貌的伊俄勒。

凯旋途中,赫拉克勒斯在刻奈翁半岛上稍作停留,准备向宙斯献祭,派得伊阿尼拉到特拉津寻求献祭长袍。得伊阿尼拉已经知道,伊俄勒在赫拉克勒斯队伍中。她担心这位年轻且有魅力的女人会替代她在丈夫心中的地位,于是想起了半人马临死之前的建议。得伊阿尼拉决定测试一下这个爱情魔药的功效。她拿出那个一直小心保存的小瓶,将里面的一部分液体浸在长袍上,然后将长袍送给了赫拉克勒斯。凯旋的英雄穿上了这件衣服,正准备进行献祭活动,祭坛上升腾的火焰加热了浸在袍中的毒液,很快赫拉克勒斯身上的每寸肌肤都被毒液渗透。不幸的英雄承受着最可怕的折磨,他用尽全力撕去这件长袍,可是越用力长袍与肌肤贴得越紧,越挣脱,越痛苦。在这可悲的情形下,赫拉克勒斯被送到特拉津,得伊阿尼拉亲眼看到了由于自己无心之举造成的可怕灾难,内心充满悲伤与悔恨,不能自拔,于是在绝望中悬梁自尽。弥留之际,赫拉克勒斯将他的儿子许罗斯叫到一旁,希望他能娶伊俄勒为妻。然后命令手下架起了一堆木柴,他站在木柴堆上,祈求旁边的人怜悯他,点火终止他这无法忍受的折磨。可是没人有勇气遵照他的命令。最后,经不住他再三恳求,他的朋友和伙伴菲罗忒忒斯点燃了这堆木柴,作为回报,他得到了赫拉克勒斯的弓箭。木柴刚被点燃,天上就闪起了闪电,伴随着阵阵雷声,助长了火势。

帕拉斯·雅典娜从云中下来,将这位她最喜爱的英雄放置在战车里带回了奥林匹斯山。赫拉克勒斯的身份得到承认,成为诸神的一员。赫拉为表示宽恕,把自己美丽的女儿青春女神赫柏嫁给了他。

柏勒洛丰

柏勒洛丰(Bellerophon)或柏勒洛丰忒斯,是科林斯国王格劳科斯的儿子,西绪福斯的孙子。由于一次过失杀人,柏勒洛丰逃到梯林斯。在那儿,普罗托斯国王热情地接待了他,并赎去了他的罪过。普罗托斯的妻子安泰亚被这位俊俏的年轻人深深地迷住了,并爱上了他。但柏勒洛丰没有回应她的爱意,为了报复,安泰亚歪曲事实,在国王面前对其恶意诽谤。

听说柏勒洛丰的行为后,普罗托斯第一反应就是将他赐死。可温义尔雅的他深受国王的喜爱,国王实在不忍心亲手将他杀死。于是,普罗托斯安排柏勒洛丰带着一封书信去见他的岳父,他的岳父艾欧贝茨是利西亚的国王。柏勒洛丰带去的信上面标有一些神秘的标记,暗示送信人应被赐死。但是众神守护着这位真诚的年轻人,让艾欧贝茨这位友善的国王对他的客人心生好感。透过他的外表,艾欧贝茨看出他出身高贵,接下来的九天便以古希腊人的待客之道隆重接待了他。直到第十天的早上,才询问了他的名字和此行的目的。

柏勒洛丰将普罗托斯委托他带的那封信递给了艾欧贝茨。看到信的内容后,艾欧贝茨感到十分惊讶,毕竟他已经与这个年轻人建立了深厚的友谊。然而他想普罗托斯此举必有他的理由,或许柏勒洛丰曾犯下了滔天大罪。即使如此,他依然难以下定决心去谋杀他的客人。于是他决定将柏勒洛丰送去做危险的事情——这很有可能会导致柏勒洛丰丧命。

首先,国王派他去刺杀一个正肆虐全国的怪物奇美拉,怪物长着狮头、羊身和龙尾,嘴里可以喷出熊熊火焰。

在开始这项艰巨的任务之前,柏勒洛丰向众神祈祷,保护他的安全。众神听到了他的祈祷,便派波塞冬和美杜莎之子——永生的双翼天马珀伽索斯前去支援他。但是这神马不愿被驯服,柏勒洛丰终于疲惫不堪,在皮雷纳圣泉边睡着了。此刻,雅典娜出现在他的梦里,赐予他一条能够制服神马的缰绳。柏勒洛丰醒来时便本能地伸手去抓，让他惊讶的是，梦中的缰绳就在他的身旁，而天马珀伽索斯正在不远处的圣泉边静静地饮水。柏勒洛丰一把抓住它的鬃毛，将缰绳套在它的头上，轻松地骑上天马，飞到空中用箭射杀奇美拉。

接着艾欧贝茨又派他前去征战索利曼人，他们是附近一个凶残的部落，素来与他为敌。柏勒洛丰成功将其击溃后，又立即被派去抗击可怕的亚马逊人。柏勒洛丰再次凯旋，艾欧贝茨惊讶不已。

最后，艾欧贝茨安排了一群勇猛的利西亚人前去埋伏柏勒洛丰但没有一个人活着回来，因为柏勒洛丰奋勇抵抗将其全部杀死，无一人生还。终于，艾欧贝茨国王停止了对他的迫害。因为他深信，柏勒洛丰不仅罪不至死，而且还深受众神喜爱，在数次危险中都得到神灵的庇护。

格勒洛丰

艾欧贝茨在王宫中给予了他一席之地，并将自己的女儿嫁给他。但是柏勒洛丰因成就卓越而沉醉于骄傲与虚荣中，为了满足自己无聊的好奇心，一心想要骑着天马登上天堂，因而招致众神的不满。宙斯为了惩罚他，派去一只牛虻叮咬天马。天马焦躁不安，将柏勒洛丰从马背上摔下去，坠落在地。因为冒犯神明而心怀愧疚，柏勒洛丰在孤寂荒凉之地郁郁而终。

在他死后，科林斯人尊奉他为英雄，并在波塞冬的树林里为他设立祭台。

忒修斯

雅典国王埃勾斯结过两次婚,但都没有孩子。他非常渴望能有一子继承王位,因此前往德尔斐请示神谕。但他得到的神谕十分模糊。他有个非常睿智的朋友,名叫庇透斯,是特洛曾国王,因此他又前往特洛曾请教他的朋友。在庇透斯的建议下,埃勾斯与庇透斯的女儿埃特拉秘密结婚。

与新娘共度了一段时间后,埃勾斯准备返回自己的国家。离开之前,他带着埃特拉来到了海边,将他的剑和草鞋放在了一块巨石下面,然后对埃特拉说:"如果神保佑我们婚后有一个儿子,在他长大后有了移开这块巨石的力量时,再把他父亲的名字和身份告诉他。然后让他带上这些象征他身份的东西来雅典的王宫。"

埃特拉生下一名男婴,取名忒修斯,交由他的祖父特洛曾国王庇透斯细心培养和教育。当忒修斯长成一名健壮的青年时,他的母亲便带他来到了埃勾斯放置那块巨石的地方。在母亲的指令下,忒修斯移开巨石取出藏在下面十六年的剑和草鞋。她希望忒修斯能够把这些东西交给他的父亲——雅典国王埃勾斯。

从特洛曾到雅典的路上到处都有强盗出没。他们非常凶暴,力大无比,因此忒修斯的母亲和祖父希望他选择安全的海路。但是忒修斯的内心有着英雄般的果敢精神,因此决定效仿声震希腊的英雄赫拉克勒斯,选择了比较危险的陆路,使他能有机会凭借英勇壮举扬名天下。

他遇到的第一次险境是在埃皮道鲁斯。在这里,他遇到了赫菲斯托斯的儿子佩里斐忒斯。佩里斐忒斯的武器是一支铁棒,他用这支铁棒杀死了所有的行人。由于他的祖父庇透斯国王向他详细描述过佩里斐忒斯这个野蛮人,因此忒修斯很快认出了他。忒修斯持剑冲向佩里斐忒斯,一番激烈搏斗之后杀死了他。忒修斯将铁棒当成自己的战利品,一路继续前行,没有遇到任何阻碍,最后到达科林斯地峡。

在达科林斯地峡,人们提醒他小心提防强盗辛尼斯。这个强盗会强迫所有的行人与他一起压弯一棵长得很高的松树树枝。当他们把树枝压到地面时,残忍的辛尼斯会突然松手,树枝会高高地反弹回去。不幸的是,受害人会甩撞到地面而死。忒修斯看到辛尼斯向自己走来,他非常镇定,等待着他走过来。然后他夺过铁棒,一下就杀死了这个没有人性的恶棍。

接着,在经过克罗米翁的森林时,忒修斯又杀死了一头母猪,这头猪很疯狂,也很危险,在这个国家长期肆虐。

之后,他继续自己的旅行,走近麦加拉边界。这里有一条狭窄的小路悬于海上,路上住着巨人斯喀戎,邪恶多端,威胁来往的行人安全。斯喀戎常常强迫所有从他住处走过的行人为他洗脚。在洗脚时,他会将行人踢出悬崖,落入大海。忒修斯勇敢地向巨人发起攻击,在击败他后,把他的尸体从悬崖上抛入大海,而忒修斯抛尸的地方正是许多行人被斯喀戎杀害的地方。

忒修斯继续他的行程,来到了厄琉息斯。在这里,他遇到了另一个对手——国王克尔基翁。克尔基翁强迫所有的过路人与他摔跤,然后在比试中杀死对方。但是忒修斯制服了这位强横凶暴的摔跤手,并杀死了他。

在距离厄琉息斯不远处的赛菲索斯河的河堤上,忒修斯又遭遇到新险境。这里居住着巨人达玛斯特斯,又被称为"普罗克拉斯提斯"或者"铁床魔"。他有两张铁床,一长一短。达玛斯特斯强迫所有的陌生行人睡到铁床上。他把个头高的行人放在短铁床上,砍掉他们的四肢,使他们的身高与床的长度相吻合;个头矮的行人被安置在长铁床上,并把他们的四肢拉得和床一样长。所有的受害者在最残忍的折磨中死去。忒修斯以其人之道还治其人之身,最终使这个国家摆脱了这个野蛮怪物的蹂躏。

英雄忒修斯又踏上了旅途,路上再也没有遇到任何危险,最终安全到达雅典。到达目的地后,忒修斯发现他的父亲已经成了女巫美狄亚的傀儡。原来,他的父亲娶了逃离科林斯的美狄亚为妻。美狄亚用魔法得知忒修斯原来就是国王的儿子,害怕他的出现会削弱自己对国王的影响。因此,她告诉国王这个刚来王宫的陌生人是一名间谍,误导国王与他为敌。随后,他们安排邀请忒修斯参加宴会,并在他的酒里放入剧毒。

第二部分 传说

忒修斯渴望与父亲相认,决心在宴会上公开自己的身份。在喝下毒酒之前,忒修斯就开始实施自己的计划。他拔出宝剑,并成功引起了国王的注意。当埃勾斯再次看到他以前常常挥舞的那只著名的宝剑后,他知道站面前的就是他的儿子。埃勾斯热情地拥抱了忒修斯,并向自己臣民宣告忒修斯就是他的王位继承人。之后,埃勾斯再也不愿看到美狄亚。他将美狄亚终身流放,不得再踏入他的疆土。

当忒修斯被确认为王位的合法继承人时,遭到叔叔帕拉斯的五十个儿子的反对。他们一直满怀信心地认为,国王埃勾斯驾崩以后由他们来掌管这个国家。于是,他们决定杀死忒修斯。但是忒修斯获悉了他们的计划,在他们埋伏等待忒修斯走近时,忒修斯突然发起攻击,杀死了他们所有人。

然而,由于杀死了雅典人的同胞——帕拉斯的五十个儿子,忒修斯担心雅典人对他心怀偏见,因此决定为雅典建立一些非凡功业以获取雅典人的信任。他决定为国除害,杀死对农民生命财产构成了威胁的马拉松公牛。忒修斯猎捕到公牛后,用锁链锁住公牛,把它带到雅典示众,群众十分震惊。之后,他将公牛宰杀,庄严地献祭给了太阳神阿波罗。

忒修斯接下来所做的事比他以往的英勇功绩更为卓著,这使他获得了臣民的普遍赞赏和感激。按惯例,每隔九年,弥诺陶洛斯都要雅典人向自己进贡七对男童和女童。忒修斯杀死了弥诺陶洛斯,结束了这一可耻的进贡行为。

这一野蛮的进贡起因如下:克里特国王米诺斯的儿子,年轻的安德洛格斯被雅典人背叛并杀害。他的父亲米诺斯为了复仇向国王埃勾斯宣战,征服了雅典和临近的几个村庄。胜利后,米诺斯强迫雅典人每隔九年从雅典最高贵的家庭中选出七对男童和女童作为祭品向他进贡。这些童男童女成了这位半人半牛怪物弥诺陶洛斯的猎物。代达罗斯曾为克里特国王建造了一个奇妙的迷宫,而弥诺陶洛斯就住在这座迷宫里。

当忒修斯告诉父亲他的果敢决定后,国王悲痛不已,利用一切手段竭力说服忒修斯改变主意。但忒修斯信心满满,向父亲保证他会杀死弥诺陶洛斯凯旋。

按照习惯,载着这些不幸受难者的船航行时只悬挂黑帆,但是忒修斯向父亲承诺,如果他平安归来,他会在船上升起白帆。

离开雅典之前,忒修斯遵循神谕,选择阿芙洛狄忒作为自己的保护女神,并向她献祭。当忒修斯来到国王米诺斯面前时,爱神阿芙洛狄忒激发起国王之女阿里阿德涅对年轻英雄忒修斯的热恋。在一次幽会中,两人共诉爱慕。阿里阿德涅送给他一把锋利的宝剑和一团线球。她让忒修斯把线的一端系在迷宫的入口,然后边走边放线,一直放到到达弥诺陶洛斯的巢穴为止。忒修斯对自己的成功充满希望,对公主及时的援助表示感激,然后向她告别。

忒修斯领着同伴,在米诺斯的引导下来到了迷宫的入口。忒修斯严格遵照美丽的阿里阿德涅的盼咐,成功地找到了弥诺陶洛斯。经过激烈的搏斗,忒修斯打败并杀死了弥诺陶洛斯。然后,他按照线索小心翼翼地摸着路,把同伴安全带出了迷宫。他们带着美丽的阿里阿德涅回到自己的船上,因为多亏了她的引路才能安全返回。

到达纳克索斯岛时,忒修斯做了一个梦。梦里酒神狄俄尼索斯告诉忒修斯阿里阿德涅要成为他的新娘,这是命运的安排,同时也威胁忒修斯如果他拒绝放弃阿里阿德涅就会遭受各种不幸。而忒修斯自小就对神灵敬畏万分,不敢违抗酒神狄俄尼索斯的旨意。忒修斯十分难过,向深爱他的美丽公主阿里阿德涅告别,把她留在了孤岛上。后来酒神在那里找到了她并娶她为妻。

失去了他们的恩人,忒修斯和同伴们都感到很难过。他们在离别的悲痛中忘记了船上一直悬挂着离开雅典海岸时的黑帆。当船只靠近雅典港口时,在海滩上焦急等待儿子平安归来的埃勾斯看到悬挂的黑帆以为他勇敢的儿子已经战死,在绝望中跳进了大海。

由于王位空缺,雅典人一致同意由忒修斯登上王位,而他也很快证明了自己不仅是一位勇敢的英雄,还是一位明智的君王和谨慎的立法者。雅典此时仍是一个小城,周边有许多村庄,这些村庄都有各自的政府。但是通过

友好和妥协的方式,忒修斯成功劝说这些村庄的首领放弃了对这些村庄的统治权,将公共事务都委托法庭管理。该法庭长期设在雅典,对阿提卡居民实施管辖权。这些明智的措施使雅典人变成了统一和强大的民族。许多异乡人和外国人涌向雅典,使之成为兴旺繁荣的海港和重要的商业中心。

忒修斯恢复了伊斯特米亚竞技会,并设立了许多节日,其中最主要的节日就是纪念雅典娜的泛雅典娜节。

据说忒修斯在一次航行中到达了亚马逊海岸。亚马逊人为了弄清他来访的目的,派了希波吕忒带着礼物来到忒修斯面前。可是这位美丽的女使者刚踏上他的船,忒修斯便立即扬帆起航,把她带回雅典做了自己的王后。亚马逊人蒙受羞辱,非常愤怒,决心报仇。过了一些日子,整个事件似乎被人们淡忘,亚马逊人在雅典人没有防备的情况下,率军在阿提卡登陆。这次袭击行动迅速,雅典人还没来得及集结部队,亚马逊军队就已深入城市中心。但是忒修斯迅速召集军队,与入侵者展开了激烈的战斗。经过殊死搏斗,亚马逊人被赶出了雅典。双方签订了和平条约,亚马逊人从这个国家撤出。在这次交战中,希波吕忒不顾自己原来是亚马逊人,与丈夫一起英勇战斗,与她的族人作战,最终战死。

此次悲剧性事件后不久,忒修斯参加了闻名世界的卡吕冬野猪追捕行动,并且担当这次行动的领袖。他同时组织了一帮勇敢的战士,共同参与了阿尔戈英雄远征。

忒修斯和庇里托俄斯之间的伟大友谊是在特殊环境中建立起来,因此非常值得一提。

有一次,忒修斯听到他正在马拉松平原吃草的牛群被庇里托俄斯掠走,立即召集了一支军队,前去惩罚这个强盗。但是当两个英雄面对面相遇时,两人不由地互相钦佩。庇里托俄斯伸出手以示和平,并说道:"噢,忒修斯,我该怎样做才能使你满意?你说吧!"忒修斯抓住他手回答道:"除了你的友情,其他我什么都不要!"话音一落,两位英雄相互拥抱,并许诺永不相负。

之后不久,庇里托俄斯与塞萨利公主希波达弥亚结婚。他邀请了忒修斯参加婚宴,还有一大群半人马,他们都是庇里托俄斯的朋友。婚宴快结束时,年轻的半人马欧律提翁喝多了激动起来,抓住美丽的新娘,想用暴力将她带走。其他半人马也效仿起来,每人都试图抢走一位少女。庇里托俄斯和他的属下在忒修斯的全力帮助下,向半人马发起反击。经过一番激烈的肉搏后,半人马死伤惨重,被迫交出少女。

希波吕忒死后,忒修斯向菲德拉求婚,二人成功走入婚姻殿堂。菲德拉是他以前的新娘阿里阿德涅的妹妹。多年来,两人婚后生活十分幸福,并育有两子。在这期间,忒修斯与亚马逊王后希波吕忒的儿子希波吕托斯并不在王宫,而是由忒修斯的叔叔照料。长大成人后,希波吕托斯返回王宫。他的年轻继母菲德拉疯狂地爱上了他,但希波吕托斯并不喜欢她,反而对她充满了轻蔑和冷漠。王后对希波吕托斯的冷漠感到愤怒和绝望,最后选择了自杀。她死后,忒修斯发现她手中有一封信,信中指责希波吕托斯应对她的自杀负责,并且指责他密谋破坏国王的荣誉。

海神波塞冬曾经许诺满足忒修斯提出的任何要求,因此他以最庄严的方式诅咒了希波吕托斯,希望海神消灭希波吕托斯。父亲可怕的诅咒得到了应验,灾难很快降临至无辜的儿子身上。当希波吕托斯驾着战车驰骋在特洛曾和雅典之间的海边时,海神波塞冬派出一只怪兽,从深海处窜出,惊了希波吕托斯的战马。马向前狂奔,马车被撞得粉碎,年轻的希波吕托斯的脚不幸被缰绳缠住,他一路被拖拽,生命奄奄一息。

忒修斯从菲德拉的老仆人那里得知了事情的真相后,立即赶去阻止这场灾难的发生。伤心的忒修斯找到了处于危难中的儿子。可是他来得太晚了!他只能在儿子临死前承认自己犯下了不可饶恕的错误,并且告诉儿子他对儿子的荣誉和清白坚信不已,以此告慰他的儿子。

他的朋友庇里托俄斯此时也失去了他年轻的妻子希波达弥亚。经历这些事情以后,庇里托俄斯说服了忒修斯和他一起去古希腊旅行,并把旅行中巧遇的最美丽的女子强行带走。

到达斯巴达以后,他们在阿耳忒弥斯神庙遇到了宙斯与勒达的女儿海伦。当时,海伦正跳着神圣的舞蹈纪念女神阿耳忒弥斯。虽然海伦只有九岁,但是她的美貌已是远近皆知,也注定将在古希腊历史上发挥重要作用。忒修斯和庇里托俄斯用武力拐走了海伦。经过抽签,忒修斯得到了她,将她交由自己的母亲埃特拉看管。

庇里托俄斯请求忒修斯帮助他实行一个大胆的计划,他要前往冥界带回哈得斯的王后珀耳塞福涅。尽管忒修斯非常清楚这次行动风险重重,但忒修斯不会抛弃他的朋友,于是与庇里托俄斯一起寻找阴森的冥界。哈得斯已事先接到预警他们会来,因此这两位好友一踏足冥界,哈得斯就下令把他们抓起来,给他们戴上锁链,锁在了冥界入口处一块被施了魔法的大石头上。两位好友在此受苦多年,直到赫拉克勒斯寻找地狱守门犬经过此地时,忒修斯才被释放;但是按神谕指示,庇里托俄斯的野心过大,他被继续关押在此,接受永久的惩罚。

忒修斯被囚禁在冥界时,海伦的两个兄弟卡斯托耳和波吕克斯入侵了雅典,要求交还他们的妹妹。一位名叫阿卡德摩的雅典公民看到自己的国家正遭受战争的威胁,于是来到了两兄弟的营地,告诉了他们海伦的藏身之处。埃特拉立即释放了海伦,兄弟俩立刻离开雅典,和海伦一起返回了自己的故乡。

但是忒修斯长期不在雅典带来了更严重的麻烦。以厄瑞克透斯的后裔墨涅斯透斯为首的一派认为这是一个叛乱的好时机,他们僭取了国家的最高权力并控制了政府。

回到雅典以后,忒修斯立即采取有力行动镇压了反叛。他开除了墨涅斯透斯,严厉惩罚了这次反叛的罪魁祸首,重新夺回了王位。但是他再也不能控制自己的臣民。人们忘记了他以前的功业,国内矛盾不断,叛乱四起。最终,忒修斯注意到这些问题,主动提出退位,返回他在西罗斯岛的庄园。西罗斯岛的国王吕科墨得斯装作很热情的样子接待了他,但是事实正如所预想的那样,他已经和墨涅斯透斯勾结在一起。他带着忒修斯来到一块巨石上,假意让他看自己的庄园,趁机将他推下了悬崖。

忒修斯死后数百年，米提亚德的父亲西蒙遵照德尔斐神谕的指示，在波斯战争结束后将雅典最伟大的恩人忒修斯的遗骸带了回来。为了纪念他，雅典修建了一座庙宇，一直保存至今，现已成为一家艺术博物馆。

俄狄浦斯

拉伊俄斯是底比斯国王，拉布达科斯之子，也是卡德摩斯的直系后裔。他与底比斯贵族的女儿伊俄卡斯特结婚。神谕预言他将会死在自己儿子的手上，因此他决定杀死伊俄卡斯特刚刚生下的男婴。他的妻子爱自己的丈夫胜过爱自己的儿子，同意了拉伊俄斯的决定。国王拉伊俄斯刺穿了婴儿的双脚，将它们绑在一起，然后把婴儿交给一位仆人，命令他把婴儿遗弃在喀泰戎山上自生自灭。但是仆人并没有遵从国王残忍的命令，而是把婴儿交给了正在为科林斯国王波吕波斯放羊的牧羊人。随后仆人回到了拉伊俄斯和伊俄卡斯特身边，告诉他们已执行命令。国王和王后对仆人带来的消息十分满意，一想到可以就此避免儿子犯下弑父的罪过，他们感到十分宽慰。

与此同时，国王波吕波斯家的牧羊人解开了婴儿被绑在一起的双脚。由于婴儿的双脚肿胀得厉害，因此牧羊人叫他"俄狄浦斯"（意为"肿胀的脚"）。牧羊人把他带到他的主人波吕国王的面前，国王可怜这个瘦小的弃儿，将他交给了自己的妻子墨洛珀照顾。国王和王后收养了俄狄浦斯，而他从小到大也一直认为他们就是自己的亲生父母。直到有一天，一位科林斯贵族在宴会上嘲笑他并非是国王的亲生儿子。这种羞辱使他很受刺激，于是他向王后墨洛珀询问自己的身世，然而他得到的回答虽然充满善意，却模棱两可。之后，他又前往德尔斐请示神谕。对他的疑问，预言家皮提亚也没有回答，但却告诉他，他命中注定要杀父娶母，这使他感到十分恐惧。

由于俄狄浦斯深切地爱着国王波吕波斯和王后墨洛珀，因此他十分忧伤，决定不再回科林斯，踏上了前往波奥提亚的路。路上，一辆马车从他旁边驶过。车上载着一位老人和两个仆人。他们粗鲁地将俄狄浦斯推到路边。在随后的争执中，俄狄浦斯用他的手杖重重地击打了这个老头，老头往

第二部分 传说

后一仰,跌在马车座位上死了。年轻人为自己无心犯下的谋杀感到不安,立刻逃走,逃离时都不知道他杀死的这个老人就是自己的亲生父亲底比斯国王拉伊俄斯。

这次事件后不久,天后赫拉为了惩罚底比斯人派来了斯芬克斯(前文已详细描述过)。斯芬克斯驻扎在城外的巨石上,给来往行人出她从缪斯那里学来的谜语。没有回答出谜语的行人会被撕成碎片吃掉。底比斯的许多居民因此丧命。

老国王拉伊俄斯死后,王后守寡,她的兄弟克瑞翁控制了政权,登上了王位;当他自己的儿子也死在了斯芬克斯手下时,他决定不惜一切代价铲除这个给国家带来恐惧的祸根。因此他发布了一条公告,能够解开斯芬克斯谜语的人将会得到整个王国和王后伊俄卡斯特,因为神谕曾预言只有这样才能使这个国家摆脱这个怪物。

正当这条公告流传在底比斯的街头巷尾时,俄狄浦斯带着旅行手杖来到了这座城市。他被如此丰厚的奖赏所吸引,于是来到巨石旁,勇敢地请求斯芬克斯回答她的谜语。斯芬克斯出了一个自认为不可能被解开的谜语,但是俄狄浦斯立即揭开了谜底。斯芬克斯满怀愤怒和绝望,突然跳入深渊而死。俄狄浦斯得到了允诺的奖赏。他的父亲是国王拉伊俄斯,而俄狄浦斯成为了底比斯的新国王,娶了他父亲的遗孀伊俄卡斯特为妻。

多年以来,俄狄浦斯的生活非常幸福,也很安宁。他养育了四个儿女——两个儿子厄忒俄克勒斯和波吕尼刻斯以及两个女儿安提戈涅和伊斯墨涅。但是最后,诸神在这个国家传播了严重的瘟疫,给民众带来极大的灾难。在悲痛中,他们向国王求助,因为国王一直是他们心目中受到诸神眷顾的人。俄狄浦斯请求神谕,神谕指示这场瘟疫将继续肆虐,因为这片土地还没有被净化,还渗透有老国王拉伊俄斯的鲜血,杀死国王的凶手依然在底比斯逍遥法外。

俄狄浦斯严厉地诅咒杀死老国王的凶手,并对提供凶手线索的人予以奖励。他派人请来盲人预言家忒瑞西阿斯,请求忒瑞西阿斯利用先知魔力告诉他凶手是谁。忒瑞西阿斯开始犹豫不决,但是在国王诚挚的请求下,告诉他实情:"你就是杀死你的父亲前国王拉伊俄斯的凶手,你所娶的王后正是你的母亲。"为了让俄狄浦斯相信他的话,他把老仆人和牧羊人一同带到了他面前。这位老仆人曾将俄狄浦斯抛弃在喀泰戎山上,这位牧羊人曾将俄狄浦斯交由波吕波斯国王照管。这可怕的事实令他无比震惊。绝望中,俄狄浦斯戳瞎了自己的双眼。可悲的王后伊俄卡斯特无法忍受这样的羞耻,自缢身亡。

俄狄浦斯的女儿安提戈涅对父亲十分钟爱,在女儿的陪伴下,俄狄浦斯离开了底比斯,四处乞讨,沦为可怜、无家可归的流浪者。经历一段漫长、痛苦的旅程之后,俄狄浦斯在欧墨尼得斯的一片树林(靠近雅典的科隆努斯)里找到了栖身之所。女儿安提戈涅对父亲忠心耿耿,在那里一直照顾着他、安慰着他,直到他生命的最后时刻。

七将攻打底比斯

俄狄浦斯自动退位后,他的两个儿子厄忒俄克勒斯和波吕尼刻斯登上了王位,统治着底比斯城。但是厄忒俄克勒斯王子野心勃勃,很快就控制了政权,并把他的兄弟赶下了王位。

波吕尼刻斯在深夜回到了阿尔戈斯。在王宫的大门外,他遇到了卡吕冬国王俄纽斯的儿子堤丢斯。堤丢斯在一次围捕行动中意外地杀死了一位亲戚,现在也成了一名逃犯。在黑夜中,波吕尼刻斯误认为堤丢斯是敌人,两人随即发生了争执。如果不是国王阿德剌斯托斯被这次争吵吵醒,及时把他们分开,那么这次争吵最终会以生命为代价。

国王阿德剌斯托斯借助侍者所持火炬的亮光,惊奇地发现波吕尼刻斯的盾牌上画着一头狮子,而堤丢斯的盾牌上画有一头野猪。波吕尼刻斯盾牌上的徽章是为了纪念著名的英雄赫拉克勒斯,而堤丢斯盾牌的徽章则是为了纪念著名的卡吕冬野猪追捕。这令国王想起了一个非同寻常的神谕,这个神谕与他两个美丽的女儿阿耳癸亚和得伊皮勒有关。神谕显示他将把

第二部分 传说

她们嫁给一头狮子和一头野猪。阿德剌斯托斯认为这就是神秘的神谕所的结果,因此非常高兴,他把这两位陌生人请进自己的王宫。在听完他们的身世以后,国王确信他们都是贵族出身便把美丽的阿耳癸亚嫁给了波吕尼刻斯,漂亮的得伊皮勒嫁给了堤丢斯,同时许诺他将会帮助两位女婿夺回他们合法的遗产。

阿德剌斯托斯关心的头等大事就是帮助波吕尼刻斯夺回他在底比斯城应有的合法统治权。因此,他邀请了几位国内最有权力的首领参加这次远征。国王的姐夫安菲阿拉俄斯是位先知,除了他以外,其余所有的人都愿意响应国王的号召。因为安菲阿拉俄斯已经预知此次远征将会带来灾难性的后果——除了阿德剌斯托斯以外,没有一位英雄能够平安归来,所以他诚挚地劝说国王放弃这次远征计划,也拒绝参加这次行动。但是阿德剌斯托斯在波吕尼刻斯和堤丢斯的支持下心意已决,执意要达到目的。为了避免无休止的纠缠打扰,安菲阿拉俄斯躲了起来,只有他的妻子厄里费勒才知道他的藏身之地。

安菲阿拉俄斯在结婚时,就与阿德剌斯托斯达成共识,一旦自己与国王的意见相左,就由他的妻子来做最后的决定。此次远征若要成功离不开安菲阿拉俄斯的参与。而且,阿德剌斯托斯称安菲阿拉俄斯为"军队之眼",如果没有他的参与,阿德剌斯托斯也不愿意远征。波吕尼刻斯一心想得到安菲阿拉俄斯的支持,于是决定贿赂厄里费勒,利用她来影响她丈夫的决定以实现自己的愿望。他想起自己有一条美丽的项链,这条项链归卡德摩斯之妻哈耳摩尼亚所有,是他从底比斯城逃亡时带出来的。他立即来到了安菲阿拉俄斯的妻子面前,拿出闪闪发光的项链,她看着项链,羡慕不已。波吕尼刻斯许诺,如果她说出安菲阿拉俄斯的藏身之处,劝说她丈夫参加此次远征,项链就归她所有。厄里费勒经受不住项链的诱惑,接受了贿赂,迫使安菲阿拉俄斯参加了远征。安菲阿拉俄斯在离家之前,他的儿子阿尔克迈翁向他庄严许诺:如果父亲战死在沙场,他会为父报仇,杀死背叛父亲的母亲厄里费勒。

共选出七位将领,他们分别是:国王阿德剌斯托斯、他的两个兄弟希波墨冬和帕耳忒诺派俄斯、他的侄子卡帕纽斯、波吕尼刻斯、堤丢斯和安菲阿拉俄斯,每人负责带领一支军队。

军队集结之后,他们便远征涅墨亚。涅墨亚当时由国王莱克格斯统治。在涅墨亚,这些阿尔戈斯人因为缺水,滞留在了一片森林边缘,希望能找到泉水。在那里,他们看到一位美丽高贵的女子正坐在树干上给婴儿哺乳。女子外貌端庄,具有女王风姿,因此他们推断她一定是一位女神。但是女子却告诉他们,她是利姆诺斯女王西珀西皮勒,被强盗掳走后被当作奴隶卖给了国王莱克格斯,现在她成了国王孩子的奶妈。当勇士们告诉她他们在寻找水源时,她把婴儿放在了草地上,领着他们来到了森林里一汪很隐蔽的泉水边,这里的泉水,只有她一人知道。当他们返回时,发现孩子在他们离开时不幸被一条毒蛇咬死,这让他们悲痛欲绝。他们杀死了毒蛇,收拾好孩子的尸体,并以葬礼的仪式掩埋了婴儿,继续行军。

好战的战士们来到了底比斯城墙下,每位首领分别把守七座城门中的一座准备进攻。厄忒俄克勒斯与克瑞翁紧密合作,做好了驱除入侵者的充分准备。他们布置好军队,由他们信赖的首领直接指挥,把守着每座城门。根据古人的惯例,所有军事行动之前都要听取预言家的意见,他们便派人请来了盲人预言家忒瑞西阿斯。忒瑞西阿斯可以听懂鸟语,通过鸟的飞行进行预言,宣称防卫城市的一切努力都将付之东流,除非卡德摩斯家族最年轻的后裔为了底比斯城自愿将自己作为祭品献给诸神。

克瑞翁听到预言家的这番话后,首先想到的就是自己挚爱的儿子米诺修斯,他是王室最年轻的子孙,克瑞翁与预言家见面当时,米诺修斯也在场。为了安全起见,克瑞翁诚恳地请求米诺修斯离开这座城市,前往德尔斐。但是这位年轻人勇敢无畏,决定为了国家献出自己的生命。他向年迈的父亲告别,登上了城墙,用匕首刺进了自己的心脏,死在了争吵不休的将士面前。

阿德剌斯托斯命令军队开始攻占这座城市,士兵们冲锋陷阵,对城市发起了猛攻。战斗持续了很久,非常激烈,交战双方伤亡惨重,最后阿尔戈斯

第二部分 传说

人被击溃,四处溃逃。

数日之后,他们重整军队,再次结集在底比斯城门前。厄忒俄克勒斯想到因为自己会造成惨重的伤亡,非常忧伤,所以派遣了一位信使到敌营,提议由他和他的兄弟波吕尼刻斯两人进行决斗来决定这场战争的成败。波吕尼刻斯立即接受了这一挑战。在城墙外双方军队的注视下,厄忒俄克勒斯和波吕尼刻斯进行了决斗。厄忒俄克勒斯和波吕尼刻斯都受到了致命的伤害,死于战场。

双方都声称自己获得了胜利,导致了新一轮战争,而且比之前更为激烈。但最后底比斯人获得了胜利。除了阿德剌斯托斯,阿尔戈斯人在溃逃中失去了他们所有的统帅,阿德剌斯托斯能安全逃出还要归功于他的快马亚里安。

两兄弟死后,克瑞翁再次坐上了底比斯的王位。为了表示他对波吕尼刻斯攻打自己国家的憎恨,他严厉禁止任何人掩埋波吕尼刻斯或者盟军的遗体。安提戈涅忠诚守信,在父亲死后返回了底比斯城。但是她不忍看到她的兄弟暴尸在外,不顾国王的命令掩埋了波吕尼刻斯的尸体。

克瑞翁发现有人胆敢违背他的命令,极其残忍地要把这位忠诚的姑娘活埋到地下墓穴中,表现得铁面无情。但是他也很快得到了报应。他的儿子海蒙已和安提戈涅订了婚,在他设法进入地下墓穴后惊恐地发现安提戈涅已经用面纱自缢身亡。失去了安提戈涅,海蒙觉得生无可恋,绝望中,他把剑刺向了自己,在向诸神庄严地诅咒父亲之后,倒在了未婚妻身旁。

国王克瑞翁刚听到儿子的死讯,另一位信使又前来报告说他的妻子欧律狄斯在听到儿子的死讯后自杀身亡。年迈的国王现在既失去了妻子,又失去了儿子。

克瑞翁的复仇计划同样也失败了。阿德剌斯托斯从底比斯城逃回雅典避难,他说服了忒修斯率领军队与底比斯人作战,迫使他们归还阵亡的阿尔戈斯勇士的尸体,为他们举行葬礼。这一使命圆满完成,阵亡英雄们得到体面地安葬。

后辈英雄

阵亡英雄的儿子们被称为"埃披戈诺伊"或者"后辈英雄"。底比斯战争十年之后,他们决心为战死的父亲报仇,为进攻底比斯进行了又一次远征。

按照德尔斐神谕,安菲阿拉俄斯之子阿尔克迈翁被委任为军队指挥。但是阿尔克迈翁想起了对父亲的承诺,因此在向母亲厄里费勒复仇之前,他没有立即接受这一职位。然而,波吕尼刻斯的儿子忒尔桑得尔采用了和他父亲同样的诡计,用波吕尼刻斯遗赠给他的哈耳摩尼亚的面纱贿赂了厄里费勒,让她诱使她的儿子阿尔克迈翁和他的兄弟安菲洛克斯参加第二次攻打底比斯的战斗。

阿尔克迈翁的母亲天生魅力超群,任何受到她影响的人都难以抵御她的魅力,她的儿子也没能抵挡住她花言巧语的诱惑。阿尔克迈翁最后经不住母亲的游说,同意担任军队指挥,领导一支强大的军队进攻底比斯城。

在城门前,阿尔克迈翁遭遇到厄忒俄克勒斯之子拉奥达玛斯指挥的底比斯军队。一场惨烈的战斗随即展开,底比斯军队的领袖虽然英勇作战,但还是死于阿尔克迈翁手中。

失去了他们的领袖和军队的精英,底比斯人撤退到城墙之后,而敌人从四面八方压了过来。绝望中,他们向声望很高的盲人预言家忒瑞西阿斯求助,他的年龄已经一百有余。他颤颤巍巍、断断续续地告诉他们,如果弃城就可以保住他们自己和妻儿的性命。听到这话以后,他们立即派使者到敌营。晚上双方在长时间谈判时,底比斯人带着他们的妻小撤离了底比斯城。第二天一早,阿尔戈斯人进入底比斯城,洗劫了这座城市。他们让波吕尼刻斯(也是卡德摩斯后裔)的儿子登上了他父亲一直未能争夺到的王位。

阿尔克迈翁与项链

阿尔克迈翁远征底比斯回来后决定执行他父亲安菲阿拉俄斯的最后命令。他的母亲厄里费勒接受贿赂,背叛了他的父亲,因此他的父亲希望儿子

第二部分 传说

能为他报仇。后来他又发现他的母亲毫无原则,竟然为了得到渴望已久的哈耳摩尼亚面纱劝说他参加对底比斯的远征,这更加坚定了他复仇的决心。因此,他杀死了他的母亲,然后带着给他带来厄运的项链和面纱永远地离开了故乡。

然而,诸神不能忍受如此大逆不道的人逃脱惩罚,因此让他遭受疯病的折磨,并派出一位复仇女神不停地追捕他。在困境之中,他四处流浪,最终来到了阿卡迪亚的普索费斯。普索费斯国王佩该乌斯不仅洗刷了他的罪行,还把自己的女儿阿尔西诺伊嫁给了他。阿尔克迈翁把给他带来诸多不幸的项链和面纱献给了阿尔西诺伊。

尽管阿尔克迈翁没有了精神上的折磨,但诸神对他的诅咒并没有全部消除,因此,接纳他的国家遭受了严重的旱灾。在请示过德尔斐神谕后,他得知任何向他提供避身之所的国家都会被诸神诅咒。而这诅咒也将永远伴随着他,直到他到达一个在他弑母之前还未出现的国家。失望中,阿尔克迈翁决定不再让他的不幸影响他所爱的人,他同妻子和小儿子深情告别,再次过上了漂泊流浪的生活。

经过漫长痛苦的旅程,他来到了阿克洛俄斯河。令他欣喜的是,他发现这里有一个刚从水中浮现的美丽富饶的小岛,于是决定在此栖身。他平静地生活了一段时间之后,最终摆脱了痛苦,而且河神阿科洛厄斯也洗清了他的罪孽。在新的家园,他好运连连。阿尔克迈翁很快忘记了被他丢下的爱妻和儿子,开始追求河神漂亮的女儿克莉罗伊,并与她成亲。

之后的很多年,阿尔克迈翁和克莉罗伊幸福地生活在一起,还生下了两个儿子。但不幸的是,阿尔克迈翁的平静再次被打破。河神阿克洛俄斯的女儿听说了著名的哈耳摩尼亚项链和面纱,疯狂地想要得到这两件宝物。

此时,阿尔西诺伊正保管着这两件宝物。阿尔克迈翁一直小心翼翼地向他年轻的妻子隐瞒前段婚姻。当他隐瞒不下去时,他告诉妻子这两件宝物藏在故乡的一个山洞里,并保证很快赶回去取回宝物送给她。随后阿尔克迈翁告别了克莉罗伊和他的孩子,前往普索费斯。在普索费斯,他见到了

201

被自己遗弃的前妻和她的父亲——国王佩该乌斯。他谎称自己因为再一次发疯才离开了他们，并解释说神谕预言只有把项链和面纱放在德尔斐的阿波罗神庙才能治愈他的疾病。阿尔西诺伊被他的花言巧语所欺骗，毫不犹豫地把丈夫阿尔克迈翁送给她作为新娘礼物的东西都交给了他。阿尔克迈翁成功达到了此行的目的，心满意足地返程回家。

但是谁拥有了项链和面纱，谁就注定会遭受灭顶之灾。在佩该乌斯王宫逗留期间，阿尔克迈翁的一位仆人透露了他与河神之女成婚的秘密。国王将阿尔克迈翁的逆行告诉了自己的儿子们，他们决定要报复他对阿尔西诺伊犯下的罪行。因此佩该乌斯的儿子们埋伏在阿尔克迈翁的必经之路，当他靠近时，突然出现进行伏击，并杀死了阿尔克迈翁。

阿尔西诺伊仍然爱着自己背信弃义的丈夫。当她得知这次谋杀以后，严厉地谴责了她的兄弟。她的兄弟们一怒之下，把她装在一个箱子里送给了在忒革亚城的安开俄斯之子阿伽帕诺耳。并且，他们还嫁祸于人，指责阿尔西诺伊杀死了阿尔克迈翁，阿尔西诺伊在痛苦中死去。

克莉罗伊听到了阿尔克迈翁不幸死亡的消息之后，哀求宙斯让她的儿子立刻长大成人为父报仇。奥林匹斯山之主听到了克莉罗伊的祈求，回应了她的祈祷，她的儿子们瞬间变成了力大无比、勇敢无畏、长满胡须的男人，渴望为自己的父亲报仇。

他们赶往忒革亚，在那里遇到了佩该乌斯的儿子们，他们正要前往德尔斐把项链和面纱放到阿波罗神庙里。佩该乌斯的儿子们还没来得及防御，克莉罗伊身强力壮的儿子向他们发起了攻击，然后杀死了他们。之后，他们继续前往普索费斯，杀死了国王佩该乌斯和他的王后。他们带着项链和面纱回到母亲的身边，按照父亲的遗命，把它们作为圣物供奉在德尔斐城的阿波罗神庙里。

赫拉克勒斯族

赫拉克勒斯成为神以后，他的孩子们受到欧律斯透斯的残忍迫害，因此

第二部分 传说

在年迈的伊俄拉俄斯的陪同下，一起逃往特拉津国王柯宇可斯身边寻求保护。伊俄拉俄斯是赫拉克勒斯的侄子，也是他一生的挚友，他成了孩子们的导师和卫士。由于欧律斯透斯要求这些逃亡者投降，因此赫拉克勒斯族人前往雅典避难，因为他们知道国王柯宇可斯指挥的军队力量薄弱，不能保护他们抵抗强大的阿尔戈斯国王。在雅典，他们受到了伟大的英雄忒修斯之子得摩福翁国王的热情款待。得摩福翁积极支持他们，在欧律斯透斯派出数量庞大的军队追捕他们时，决心不惜一切代价保护他们。

当雅典人做好了抵抗侵略的一切准备时，神谕指示为了取得胜利，必须要有一位出身高贵的年轻女子作为祭品献身。赫拉克勒斯和黛安妮拉的女儿玛卡里亚，长相清秀，自愿成为祭品。在雅典最尊贵的夫人和少女的注视下，她从容自若，投入了死亡的怀抱。

与此同时，赫拉克勒斯和黛安妮拉的长子叙洛斯正率领一支强大的军队赶来支援他的兄弟。他派信使告诉国王他的部队已经抵达，于是得摩福翁率领部队与他会合。

在随后激烈的战斗中，伊俄拉俄斯一时冲动借来叙洛斯的战车，诚恳地向宙斯和赫柏祈求能让他在这一天重获年轻时的勇气和力量。神听到了他的祷告，一时乌云密布，从天而降，吞噬了战车。当乌云消散时，伊俄拉俄斯重新获得了年轻时的力量，敌人被面前的景象吓得目瞪口呆。然后，他率领一群勇敢的战士，很快打得敌人仓皇逃窜，并俘虏了欧律斯透斯。国王得摩福翁下令处决了欧律斯透斯。

对雅典人及时伸出援助之手，叙洛斯表达了感激之情。在忠诚的伊俄拉俄斯和他兄弟们的陪伴下，叙洛斯告别了得摩福翁国王，继续前进入侵伯罗奔尼撒，他们认为伯罗奔尼撒是他们父亲留下的遗产。因为按照宙斯的旨意，伯罗奔尼撒本应该属于他们的父亲——伟大的英雄赫拉克勒斯，但是赫拉令他的堂兄欧律斯透斯先于赫拉克勒斯出生，恶毒地破坏了他的计划。

赫拉克勒斯族人在伯罗奔尼撒生活了十二个月；之后，岛上爆发了瘟疫。瘟疫很快扩散到了整个半岛，迫使赫拉克勒斯族人逃离了这个国家，返回阿提卡,并在阿提卡暂居一段时间。

三年以后,叙洛斯决心再次夺回父亲的遗产。远征之前,他请示了德尔斐神庙的神谕,得到的回答是,他必须等到第三次才能取得成功。叙洛斯将含义模糊的神谕解释为第三个夏季,因此耐心等待了三年后,召集了一支强大的军队,再次进军伯罗奔尼撒半岛。

欧律斯透斯死后,珀罗普斯的儿子阿特柔斯继承王位。在科林斯地峡,叙洛斯遇到了阿特柔斯的抵抗。为了减少伤亡,叙洛斯提议以一场个人决斗来决定对伯罗奔尼撒半岛的拥有权。如果他取得了胜利,他和他的兄弟将无可置疑地获得他们应得的财产;但他如果输了,赫拉克勒斯族人五十年内不得再强行提出对伯罗奔尼撒半岛的申索权。

忒革亚国王艾舍蒙接受了挑战,结果叙洛斯在决斗中丧命。赫拉克勒斯的儿子们遵从约定,离开了伯罗奔尼撒,返回到马拉松。

叙洛斯的儿子克勒俄代俄斯继承了父亲的遗志,在约定到期后又集结了一支强大的军队入侵了伯罗奔尼撒。但是这次入侵,结局比他的父亲那次更加惨烈,他和他的军队全军覆灭。

二十年后,克勒俄代俄斯的儿子阿里斯托玛科斯请示神谕。神谕许诺如果他从山中狭径进军就能获得胜利。赫拉克勒斯族人再次出征,但又一次被击败。阿里斯托玛科斯与他父亲以及祖父一样都死在了战场上。

三十年后,阿里斯托玛科斯的儿子泰米努斯、克雷斯丰泰斯和阿里斯托泽穆斯再次请示神谕,却得到同样的回答。但是对这次神谕,他们有以下几个新解释:第三次表示第三代人,也就是他们这一辈,而不是大地第三次开花结果;进军时的山中狭径并不是指科林斯地峡,而是右侧的山中狭径。

泰米努斯立即召集军队,打造战舰;但是在一切准备就绪,舰队准备出发时,兄弟中最小的阿里斯托泽穆斯被闪电击中。更为不幸的是,参加这次远征的一位名叫伊波利特斯的赫拉克勒斯后裔误将一位预言家当成间谍杀死。愤怒的诸神招来猛烈的风暴摧毁了整个舰队,同时饥荒和瘟疫重创整个军队。

第二部分 传说

他们再次请示神谕,获悉伊波利特斯触怒了诸神,必须被流放十年,而且军队应交由一位长有三只眼的男子指挥。赫拉克勒斯族人立即寻找神谕中所说的这个男人,最终找到了埃托利亚王的后裔奥克叙洛斯。他们遵从神谕的命令,放逐伊波利特斯,再次集结军队和舰队,并决定由奥克叙洛斯担任最高统帅。

伟大英雄的后裔在经历了长期磨难之后终于取得了成功。他们获得了伯罗奔尼撒半岛,并以抽签的形式划分给每个人。阿尔戈斯归泰米努斯所有,拉塞达埃蒙归阿里斯托泽穆斯,而麦西尼归克雷斯丰泰斯所有。为了回报他们能力出众的领袖奥克叙洛斯,赫拉克勒斯族人尊他为伊利斯国王。

攻打特洛伊

特洛伊是亚洲米诺尔王国的首都,坐落在达达尼尔海峡之旁,由特洛斯之子伊洛斯创建。著名的特洛伊战争爆发时,这座城市由伊洛斯的直系后裔普里阿摩统治。普里阿摩与色雷斯国王狄玛斯之女赫卡柏结婚。他们最出众的孩子有闻名遐迩的勇士赫克托尔、女预言家卡珊德拉以及引发特洛伊战争的帕里斯。

赫卡柏在生下第二个儿子帕里斯之前梦到她生下了一只燃烧的火炬。预言家埃萨库斯(普里阿摩与前妻的儿子)阐释说这预示着她将生下一个会毁灭特洛伊城的男孩。为了避免预言成真,赫卡柏把新生婴儿遗弃在爱达山上,任其自生自灭;几位好心的牧羊人发现了这个孩子,抚养他长大,但是男孩并不知道自己的贵族身份。

帕里斯快成年时就已经卓越不凡,不仅是因为他帅气的外表,还有他在保护羊群抵抗强盗和野兽袭击时所展现的力量和勇气,因此,人们称他为"亚历山大"或者"人类的保护者"。大约在这个时候,他解决了纷争女神在诸神聚会时扔下金苹果而引起的争议。正如我们所知道的那样,他作出了偏袒阿芙洛狄忒的决定,也因此为自己树了两个不可调和的敌人——赫拉和雅典娜。她们永不原谅此事给她们带来的羞辱。

帕里斯和仙女俄诺涅结婚，两人过着幸福的隐居生活，享受着田园生活的平静。但是似乎命中注定平静的生活并不长久，这使他十分忧伤。帕里斯听说特洛伊城为了纪念国王去世的亲人将举办葬礼，他决定到访特洛伊城，并且亲自参加这些悼念活动。在那里，他与互不相识的亲兄弟赫克托尔以及得伊福玻斯竞赛，并取得胜利，一举成名。年轻傲慢的王子被一个无名的牧羊人打败，恼羞成怒，正要发生冲突。卡珊德拉目睹了这一切，郑重地告诉他们，这位卑微的牧羊人正是他们的兄弟帕里斯。然后帕里斯被带到了父母面前，国王夫妇欣喜地与儿子相认，在节日和儿子归来的喜庆中，人们忘记了过去不详的预言。

为了证明自己对儿子的信任，国王委托帕里斯完成一件较为棘手的任务。正如我们在赫拉克勒斯传说中所见的那样，赫拉克勒斯征服了特洛伊，杀死了国王拉俄墨冬，并掳走了他美丽的女儿赫西俄涅。他把赫西俄涅送给了自己的朋友忒拉蒙做妻子。尽管赫西俄涅成了萨拉米斯的王后，与丈夫生活美满，但是她的兄弟普里阿摩一直为失去她以及王室所受的侮辱而愤恨，所以有人提出让帕里斯率领一支庞大的舰队前往古希腊夺回国王的妹妹。

远征之前，卡珊德拉告诫帕里斯不要从古希腊带回一位妻子。她预言如果帕里斯违背她的命令，就必定会给特洛伊城和普里阿摩王室带来毁灭。

帕里斯指挥舰队出航，并安全到达古希腊。在古希腊，年轻的特洛伊王子第一次见到了宙斯和勒达的女儿海伦。她现在是斯巴达国王墨涅拉俄斯的妻子，也是当时最漂亮的女人。古希腊最有名的英雄都向她求婚，但是她的继父斯巴达国王廷达瑞俄斯担心，如果把她嫁给其中一位向她求婚的人，就会得罪其他人。因而约定所有的求婚者都应庄严宣誓，以后一旦因为求婚的事而发生争执，那么他们必须竭尽所能共同协助保护海伦的丈夫。墨涅拉俄斯王子十分好战、醉心于军事训练和狩猎，最后廷达瑞俄斯把海伦嫁给了他，并把王位和王室交由他接管。

帕里斯来到斯巴达希望得到王室殷勤的款待，国王墨涅拉俄斯热情地接待了他。在招待宴会上,帕里斯举止优雅、多才多艺,迷住了国王和王后,他刻意讨好海伦,送她许多珍贵而朴素的亚洲小饰物。

当帕里斯以客人身份停留在斯巴达王庭时,斯巴达国王收到了他的朋友克里特国王伊多梅纽斯的邀请,邀他一起去狩猎。墨涅拉俄斯性情随和、不爱猜疑,便接受了邀请,让海伦来招待这位高贵的客人。特洛伊王子被海伦超凡脱俗的美貌所折服,不顾名誉,决定趁国王不在时抢走他美丽的妻子。随后,他召集侍从,在他们的帮助下占领了王室城堡,劫走了城堡中的珍宝,拐跑了半推半就的绝色王后。

他们立即乘船起航,但被天气所阻而来到了克莱尼亚岛,并在这里抛锚。他们在岛上一待数年,忘记了自己的故乡和国家。后来,帕里斯和海伦返回特洛伊。

战争准备

听到王宫被帕里斯入侵,墨涅拉俄斯在哥哥阿伽门农的陪伴下,赶往皮洛斯请教睿智的老国王涅斯托耳。老国王以经验丰富和善于治国而闻名。听完他的叙述后,涅斯托耳建议墨涅拉俄斯联合古希腊所有城邦的力量,只有这样才有可能战胜强大的特洛伊王国夺回海伦。

墨涅拉俄斯和阿伽门农发出战争号召,得到整个古希腊一致的回应。海伦容颜美丽,许多自愿参战的人都曾是她的追求者,他们信守誓言支持墨涅拉俄斯;而也有一些人纯粹是出于对冒险的热爱而参战。但所有人都深知如果此罪不受惩罚,国家就会蒙羞。因此,他们很快集结一支强大的军队,有声望的勇士几乎无人缺席。

只是在征召两位伟大的英雄奥德修斯和阿喀琉斯时,墨涅拉俄斯遇到了一些困难。

以睿智机敏著称的奥德修斯,此时正和美丽的妻子彭妮洛佩以及小儿子忒勒马科斯幸福地生活在伊萨卡岛上。他认为异国远征,十分危险,战争期限未知,因而不愿离开幸福的家去打仗。他装疯以逃避征兵。帕拉墨得斯是墨涅拉俄斯的随从,也是名声显赫的英雄,十分睿智,他识破并揭露了奥德修斯的计谋,因此奥德修斯被迫参战。

但是奥德修斯永远没有原谅帕拉墨得斯对此事的插手,如下文可见,他最终以极其残忍的方式对帕拉墨得斯进行了报复。

阿喀琉斯是珀琉斯和海洋女神忒提斯的儿子。据说当阿喀琉斯还是婴儿时,忒提斯把她的儿子浸在冥河之中,只有被她攥住的右脚跟未浸入水中,从此她的儿子刀枪不入。阿喀琉斯九岁时,忒提斯听到预言,说她的儿子要么碌碌无为,平凡地度过漫长的一生,要么在短暂辉煌的生涯中,像英雄一样死去。母亲爱子心切,自然希望儿子能够长寿,非常渴望阿喀琉斯能有前一种命运。怀着这种想法,忒提斯把他带到了爱琴海的西罗斯岛。在这里,阿喀琉斯被打扮成一个女孩,与国王吕科墨得斯的女儿一起被抚养长大。

神谕预言没有阿喀琉斯参与,不可能攻下特洛伊城。所以墨涅拉俄斯向预言家卡尔卡斯问策,并得知了阿喀琉斯的藏身之处。于是,奥德修斯被派往西罗斯岛。他使用巧计,很快在一群姑娘中找到了他的目标。

奥德修斯把自己打扮成商人,获得引荐进入了王宫。在王宫,他向国王的女儿们兜售各种饰品。所有的女孩看着这些饰品,都满心喜欢,只有一人除外。看到这种情况,奥德修斯敏锐地得出结论,那个孤身站在一边的人就是阿喀琉斯。为了进一步证实自己的推断,他展示了一套精致的战争装备,同时,外面在接收到某个信号时会传来振奋人心的军乐;此时,阿喀琉斯战斗激情在胸中燃烧,抓起武器,暴露了自己的身份。阿喀琉斯因此参与了古希腊人的远征,在父亲的要求下,他的亲人普特洛克勒斯陪同参战。阿喀琉斯的加入使这次远征装备在原有基础上又增加了五十艘舰船以及一支强大的塞萨利军队,又被称为密耳弥多涅斯军队。

为了准备远征特洛伊,阿伽门农和其他首领投入了所有的精力和财力,耗时达十年之久。备战期间,他们也尝试和平解决这一难题。他们派遣了包括墨涅拉俄斯和奥德修斯等人在内的使团,向普里阿摩国王提出归还海伦的要求;尽管使者一行受到了盛大的欢迎,但是他们的要求还是遭到了拒绝。之后,使者们返回古希腊,舰队接到命令在波奥提亚的奥利斯集结。

集结的军队规模空前,在古希腊历史上史无前例。十万战士集结在奥利斯,一千多艘战舰停泊在港湾口,准备把战士们送到特洛伊海岸。古希腊最强大的君主阿尔戈斯国王阿伽门农被授权指挥这支古希腊最强大的军队。

舰队启航前,战士们在海岸上庄严地向诸神祭祀。突然,他们看到一条毒蛇爬上了一棵梧桐树,树上有个麻雀窝,窝里有九只小麻雀。蛇先是吃掉了九只小麻雀,之后吃掉了麻雀的母亲。而后,宙斯把蛇变成了一块石头。人们向预言家卡尔卡斯求教,他解释说,这象征着攻打特洛伊的战争会持续九年,只有在第十年才能攻下特洛伊。

古希腊舰队启航

舰队随后扬帆起航,但是他们误将密西亚海岸当成了特洛伊海岸。军队登陆以后,开始攻打这个国家。密西亚国王忒勒福斯是伟大英雄赫拉克勒斯的儿子,率领一支强大的军队抵抗古希腊军队,并成功将他们击退到船上。而忒勒福斯自己也在战斗中被阿喀琉斯的长矛刺伤。普特洛克勒斯与阿喀琉斯并肩英勇作战,也在这场战斗中受伤;但是阿喀琉斯是喀戎的学生,他仔细包扎好伤口,伤口很快愈合;经过这次事件,两位英雄建立了深厚的友谊,人人皆知,这种友谊一直延续,甚至在死后,他们依然不分离。

古希腊人返回了奥利斯。与此同时,因为忒勒福斯伤口无法治愈,他请示神谕,得到的回答是:治伤还需致伤人。于是,忒勒福斯前往古希腊军营,由阿喀琉斯治愈了他的伤口。在奥德修斯的恳求下,他答应在前往特洛伊的航行中充当向导。

第二次远征即将开始之时,阿伽门农不幸杀死了一头牝鹿,而牝鹿被阿耳忒弥斯视为圣物。盛怒之下,她使天气持续无风,因而舰队无法起航。人们向卡尔卡斯请教。他回答说只有把阿伽门农的女儿伊菲革涅亚作为祭品献上,才能平息女神的愤怒。作为父亲,阿伽门农最终如何克制自己的情感,以及阿耳忒弥斯如何拯救了伊菲革涅亚,在前面的章节已有讲述。

舰队最终迎来了顺风,再次起航。他们首先停留在了忒涅多斯岛。菲罗克忒忒斯拥有一副英雄赫拉克勒斯的弓箭,是赫拉克勒斯奄奄一息时送给他的。在忒涅多斯岛,著名的弓箭手菲罗克忒忒斯被一条毒蛇咬中了脚,伤口散发出恶臭,令人无法忍受,在奥德修斯的建议下,他被送到来兹波斯岛。菲罗克忒忒斯被遗弃在岛上,听由命运的安排,非常懊恼,而整个舰队继续向特洛伊进发。

战争开始

特洛伊人早已接到古希腊人将要入侵他们国家的情报,于是他们向邻国求救,邻国纷纷伸出援助之手。他们做好了充分准备,等待敌人的到来。普里阿摩国王年事已高,无法指挥作战,因此指挥军队的任务交给了他的大儿子——勇敢无畏的赫克托尔。

古希腊舰队靠近海岸时,特洛伊人来到海岸阻止他们登陆。对于谁应该最先攻入敌人的领地,战士们都犹豫不决,因为有预言说谁先登陆谁就会被作为祭品献给命运之神。然而,菲莱斯的普罗忒西拉奥斯对不祥预言不屑一顾,勇敢地跳到海岸上,死在了赫克托尔的手中。

古希腊人成功登陆。在接下来的战斗中,特洛伊人溃败,被赶到城墙后寻找安全蔽所。阿喀琉斯带领古希腊人殊死战斗,企图攻夺特洛伊城,但是被击退,损失惨重。战斗失败后,古希腊人预见这次战争将是一场旷日持久的疲劳战。于是他们把船只停留在海岸上,搭起帐篷、小屋等,并在周围挖出壕沟,在岸边建起了营地。

古希腊大营和特洛伊城之间是斯卡曼德河和西摩伊斯河灌溉的平原。正是在这片平原上,古希腊人和特洛伊人发生了数次战斗,令人难以忘怀,这片平原也由此闻名于历史。

古希腊军队的领袖们开始认识到不可能靠强攻拿下特洛伊城,而另一边的特洛伊军队在人数上不敌希腊军队,不敢冒险在开阔地带进行大规模战斗;因此,战争拖延多年,士兵疲惫不堪,期间没有发生过任何有决定性意义的战役。

大约就在此时,奥德修斯开始了他对帕拉墨得斯蓄谋已久的报复行动。

帕拉墨得斯是古希腊最睿智、最活跃、最正直的英雄之一。他热情不懈,口才出色,说服了许多头领参加了这次远征。帕拉墨得斯的这些特质使他深受国民爱戴,也使他成了死敌奥德修斯的眼中钉。奥德修斯从来没有忘记他识破了自己为躲避远征而设的计谋。

为了毁灭帕拉墨得斯,奥德修斯在他的帐篷里藏了一大笔钱。然后他假装以普里阿摩国王的名义给帕拉墨得斯写了一封信。在信中,普里阿摩国王热情地感谢这位古希腊英雄为他提供的极其珍贵的情报,同时信中也提及他送给帕拉墨得斯一大笔钱作为奖赏。这封信在佛里吉亚的一位囚徒身上被发现,并在君主会议上当众宣读。

帕拉墨得斯被传讯到军队的首领面前,并被指控犯下了通敌罪。之后搜查了他的营帐,发现了一大笔钱。帕拉墨得斯因此被定罪,并判处死刑。尽管帕拉墨得斯知道这完全是一起针对他的卑劣报复行为,但是他并没有为自己辩护。他十分清楚在这样致他死罪的证据面前,任何无罪辩解都毫无用处。

阿喀琉斯离开军地

远征的第一年,古希腊人摧毁了特洛伊周边的地区,洗劫了附近的村镇。在一次掠夺战中,他们摧毁了佩达苏斯。统帅阿伽门农获得了战利品克律塞伊芳丝,克律塞伊芳丝十分美丽,是阿波罗祭司克律塞斯的女儿;而阿喀琉斯则得到了美丽的战俘布里塞斯。第二天,克律塞斯急忙赶到古希腊军营,希望赎回自己的女儿,但阿伽门农拒绝了他的请求,粗鲁地侮辱他,并把他赶走。克律塞斯失去了女儿,满怀悲伤,请求阿波罗为他女儿报仇。阿波罗听到了他的祈祷后在古希腊军营里传播了可怕的瘟疫,瘟疫肆虐长达十天之久。最后,阿喀琉斯召集了会议,请教预言家卡尔卡斯怎样才能平息阿波罗的愤怒。预言家回答说,阿波罗因祭司被辱而满怀愤怒,因而降下这场灾祸,只有交出克律塞伊芳丝才能平息他的怒火。

阿伽门农听说之后同意交还女俘,但是由于他一直怨恨卡尔卡斯对他女儿伊菲革涅亚所作出的预言,所以阿伽门农辱骂预言家,并指控他密谋损坏他的利益。阿喀琉斯支持卡尔卡斯,因而爆发了一场激烈的冲突。冲突中,如果不是帕拉斯·雅典娜及时干预,这位忒提斯的儿子就会杀了他的首领阿伽门农。雅典娜突然出现在身边,只对他一人现身,提醒他对待首领要尽职尽责。

阿伽门农为了报复阿喀琉斯,夺走了他美丽的女俘布里塞斯,而布里塞斯已经喜欢上了善良尊贵的主人,别人要把她从主人身边带走,她痛哭流涕。阿喀琉斯对阿伽门农自私行为感到非常厌恶,他回到了自己的营帐,拒绝继续参加战斗。

阿喀琉斯感到很伤心,沮丧地来到了海边,请求母亲现身。忒提斯回应了他的祷告,从波浪中现身安慰她的儿子,并向他保证她会请求万能的宙斯让特洛伊人获胜,以此为他所受到的不公报仇,这样,古希腊人就会明白因为他离开军队,军队蒙受巨大的损失。与其他古希腊英雄相比,特洛伊人最害怕这位勇敢无畏的领袖。他们从一位间谍那里了解到阿喀琉斯离开军队,胆子大了起来;特洛伊人开始行动,向古希腊人发起攻击,最终取得辉煌的胜利。尽管古希腊人非常勇敢顽强地守卫阵地,还是被全部击溃,退回到战壕。阿伽门农和其他大多数军队首领都在这场战斗中受了伤。

这次重大显赫的胜利鼓舞了特洛伊人,他们开始包围古希腊人的军营。在这关键时刻,阿伽门农看到了军队面临的威胁,暂时放下了个人恩怨,派遣一个由许多尊贵杰出的领袖组成的使团去见阿喀琉斯,请求他在同胞最危急的时刻给予帮助,并保证不仅会把美丽的布里塞斯归还给他,还会把他的女儿嫁给他,以七座城镇作为嫁妆。但是,高傲的英雄固执己见,不为所动。尽管他很礼貌地听取了阿伽门农使者的各种游说,但是不再参加战斗的决心毫不动摇。

在随后不久的一场战斗中,特洛伊人在赫克托尔的指挥下,深入到希腊大营的中心,开始烧毁他们的舰船。普特洛克勒斯看到同胞们非常沮丧,诚挚地请求阿喀琉斯指挥密耳弥多涅斯军人解救他的同胞。心地善良的阿喀琉斯同意了他的请求,不仅把他勇敢的战士们交由普特洛克勒斯指挥,还把自己的铠甲借给了他。

当普特洛克勒斯登上阿喀琉斯的战车时,阿喀琉斯高高举起黄金酒杯,把酒洒在地下向诸神献祭,诚恳地祈求胜利和他的挚友安全归来。离别时,他嘱咐普特洛克勒斯不要过度深入敌人领地,告诫他只要营救出一些舰船就行,见好就收。

普特洛克勒斯带领密耳弥多涅斯军队奋不顾身地向敌人发起进攻。敌军以为是战无不胜的阿喀琉斯指挥着他的军队,士气一蹶不振,被打得四散而逃。战斗胜利后,普特洛克勒斯依然对特洛伊士兵紧追不舍,一直追到特洛伊城墙边,在激烈的战斗中,忘记了他的朋友阿喀琉斯的警告。普特洛克勒斯的鲁莽使他付出了生命的代价,因为他遭遇到强大的对手赫克托尔,最终死在了赫克托尔的手中。墨涅拉俄斯从战死的敌人身上扒下了他的铠甲,本想把他的尸体拖拽进城,幸亏大埃阿斯冲上前来,经过长时间激烈的战斗,才使普特洛克勒斯的尸体免受羞辱。

赫克托尔之死

随后阿喀琉斯得知挚友阵亡的噩耗。他附身对着战友的尸体痛哭流涕,庄严发誓他会亲手杀死赫克托尔,并俘虏十二个特洛伊士兵在他火葬时作为祭品来祭奠他。

阿喀琉斯急切要为朋友报仇,别无他想。现在,他彻底清醒,不再漠然。他与阿伽门农重归于好,再次加入军队。在女神忒提斯的请求下,赫菲斯托斯为阿喀琉斯打造了一副新的铠甲,比其他英雄的铠甲都要华丽。

阿喀琉斯穿上华丽的铠甲,不久,人们便见到他昂首阔步,号召古希腊人拿起武器。他率领古希腊军队与敌作战,打得敌人溃不成军,抱头鼠窜。在城门前,他与赫克托尔相遇。但是就在这里,这位特洛伊英雄平生第一次失去勇气。在阿喀琉斯靠近他时,赫克托尔非常害怕,转身逃命。阿喀琉斯紧追不舍,绕城墙三圈,可见追捕之恐怖。年迈的国王和王后登上城墙也看到了这场战斗。每一次,赫克托尔都竭力逃到城门下,这样他的战士可以开门接应他进城或者使用各种投射物对他进行掩护。但是阿喀琉斯识破了他的计谋,逼他跑入开阔地带,同时告诉自己的将士不要用长矛伤到赫克托尔,因为他要亲手复仇。最后,由于激烈的追逐,赫克托尔疲惫不堪,停下了脚步,向他的对手发出决斗的挑战。一场殊死搏斗就此开始。赫克托尔在城门外败给了强大的对手。这位特洛伊英雄在临死之前预言阿喀琉斯很快也会死在同样的地方。

作为胜利者的阿喀琉斯极为愤怒,把敌人的尸体绑在了战车上,拖着尸体围着城墙绕了三圈,然后返回古希腊大营。赫克托尔的父母年事已高,看到了这骇人的一幕,号啕痛哭,撕心裂肺。赫克托尔的妻子安德洛玛刻对丈夫真诚守信,听到哭声后,冲上城墙,看到她丈夫的尸体被绑在了阿喀琉斯的战车上拖行。

接着,阿喀琉斯为他的朋友普特洛克勒斯举行了隆重的葬礼。英雄的遗体被身着盛装的密耳弥多涅斯人抬着,运送到火葬台上,普特洛克勒斯的狗和马都被宰杀,好让它们在冥界陪伴主人。之后,阿喀琉斯为了信守他野蛮的誓言,杀死了十二个特洛伊战俘,把他们放在已经点燃的柴堆上。焚烧完成以后,普特洛克勒斯的骨灰被细心收集,存放在一个黄金骨灰瓮里。之后是为葬礼举行的竞赛活动,有战车比赛、带着牛皮手套(一种拳击手套)决斗、摔跤比赛、竞走比赛以及持有盾与矛的个人决斗等。大多数杰出英雄都参与了竞赛,争夺各种奖品。

彭忒西勒亚

赫克托尔是特洛伊人最大的希望和支柱,他死后,特洛伊人再也不敢冒险踏出城墙之外一步。亚马逊人组成的强大军队重新点燃他们的希望,这支军队由阿瑞斯之女彭忒西勒亚女王指挥,她的伟大抱负就是与著名的阿喀琉斯拔剑相对,为赫克托尔勇士报仇。

旷野上战端重启。彭忒西勒亚指挥特洛伊军队,另一边的古希腊军队由阿喀琉斯和埃阿斯指挥。古希腊军队成功击退敌人时,彭忒西勒亚向阿喀琉斯发出了决斗的挑战。她表现出英雄气概,直面战斗,但是在阿喀琉斯的实力面前,就算最强大的男人也会失败。虽然彭忒西勒亚是阿瑞斯的女儿,但是她毕竟是女人。阿喀琉斯表现出骑士般的慷慨精神,尽力不伤到这位勇敢美丽的女勇士,只有危及生命时,他才认真迎战。彭忒西勒亚与其他挑战阿喀琉斯的人落得同样的下场,死在了他的手中。

当彭忒西勒亚感到自己受到致命伤害时,她想起了赫克托尔的尸体被亵渎的场景,恳求阿喀琉斯的宽容。这一请求其实并无必要,因为阿喀琉斯对这位勇敢的对手非常同情,轻轻地把她从地上扶了起来,让彭忒西勒亚死在了他的怀中。

看到他们统帅的尸体落入阿喀琉斯手中,亚马逊族女战士和特洛伊人准备再次发起进攻夺回尸体。当阿喀琉斯了解到他们的目的后,便走向前去,大声呼吁他们停止攻击。然后,他字斟句酌,称赞了女王勇敢无畏的气概,并愿意立即交还她的尸体。

阿喀琉斯行为豪爽,赢得了古希腊人和特洛伊人的充分赞赏。只有忒耳西忒斯这个无耻、卑鄙、懦弱的家伙,认为英雄的仁慈行为动机不纯;怀着对阿喀琉斯隐蔽动机的不满,忒耳西忒斯粗暴地用长矛刺穿了亚马逊女王的尸体,阿喀琉斯用他的臂膀猛力一击将忒耳西忒斯打倒在地,当场杀死了忒耳西忒斯。

忒耳西忒斯死有应得,没有引起人们的同情,但是他的亲人狄俄墨德斯走上前来,以他的亲人被杀为由要求得到补偿。阿伽门农作为统帅,本应轻松化解问题,但他此时却置身事外;阿喀琉斯性情高傲,不满他人对自己的含蓄谴责,于是再次离开了古希腊军队,坐船回到来兹波斯岛。然而,奥德修斯随他一同来到了岛上,以他的聪明机智,成功劝说英雄回到古希腊军营。

阿喀琉斯之死

特洛伊人组成了一支新的盟军,重新登上战场,由门农担任指挥,他是古埃塞俄比亚人,是厄俄斯和蒂索诺斯之子。门农是阿喀琉斯遇到的第一个旗鼓相当的对手,因为他与伟大的英雄一样,也是女神之子,而且与阿喀琉斯一样,也有一套赫菲斯托斯为他打造的铠甲。

在两位英雄决斗之前，女神忒提斯和厄俄斯都赶到了奥林匹斯山，恳求万能的山神保住她们儿子的性命。宙斯决定在这一决斗中不采取行动干涉摩伊赖，因此宙斯拿来了用于称量凡人命运的金秤，分别在秤上放入了两位英雄各自的命运，门农的一端沉了下去，这预示着他会死亡。

厄俄斯在绝望中离开了奥林匹斯山。来到战场后，她看到了儿子的尸体。阿喀琉斯力大无比，战无不胜，门农英勇守防，长时间决斗后，最终败给了阿喀琉斯。厄俄斯命令她的孩子风神吹过平原，风卷走了死去英雄的尸体，使他免受敌人的凌辱。

但是阿喀琉斯的胜利持续时间不长。他被胜利冲昏了头脑，率领古希腊军队企图攻打特洛伊城，而帕里斯在阿波罗的帮助下，用箭瞄准了阿喀琉斯英雄，箭穿透了他易遭攻击的脚跟。阿喀琉斯遭到致命伤害，倒在了城门前。然而，面对死亡，英雄毫无畏惧，他站起身来，继续英勇战斗，直到双脚再也不能移动，敌人才发现他身负致命的重伤。

在埃阿斯和奥德修斯合力下，经过漫长艰苦的鏖战，他们从敌人手中夺回了阿喀琉斯的尸体，并运回古希腊大营。忒提斯因勇敢儿子的早逝痛哭不已，最后一次拥抱了他，整个古希腊军队与她同悲，哀悼英雄的逝去。然后，他们点燃用于火葬的柴堆，军营中响起了缪斯吟唱的挽歌。根据先人的传统，当尸体被放在柴堆上焚烧之后，英雄的骨灰被收集存放在黄金骨灰瓮中，放置在他的挚友普特洛克勒斯的骨灰旁。

在为纪念逝去英雄所举办的葬礼竞赛活动中，忒提斯把儿子的财产拿来作为对获胜者的奖励。但是，大家一致同意，在把阿喀琉斯的尸体从敌人手中抢回时，谁贡献最大，就把赫菲斯托斯打造的美丽铠甲奖励给他。大家一致决定铠甲应奖给奥德修斯，在当时那场战斗中被俘虏的特洛伊人也同意这一裁决，埃阿斯感到被人蔑视，无法忍受，不幸的埃阿斯失去了理智，结束了自己的生命。

最后的行动措施

就这样，古希腊人同时失去了他们最勇敢、最强大的领袖，也失去了一

第二部分 传说

位最接近这一荣耀的英雄。一时之间,战斗陷入了停滞状态。后来,奥德修斯精心策划,周密安排,终于组织了一次伏击,抓住了普里阿摩的儿子赫勒诺斯。赫勒诺斯与他的妹妹卡珊德拉一样具有预言天赋,奥德修斯强迫这位不幸的年轻人利用他的天赋损害自己国家的利益。

古希腊人从这位特洛伊王子那里了解到,要想征服特洛伊城,必须满足三个条件:第一,阿喀琉斯之子必须与他们并肩作战;第二,必须使用赫拉克勒斯的弓箭攻击敌人;第三,他们必须得到特洛伊城中帕拉斯·雅典娜的神像。

第一个条件很容易满足。奥德修斯随时准备为国效力,他回到西罗斯岛,找到了阿喀琉斯之子涅俄普托勒摩斯。奥德修斯成功激发起热血青年的雄心壮志,并将他父亲华丽的铠甲慷慨地交还给他,然后把他送到了古希腊大营。在军营里,涅俄普托勒摩斯在一场决斗中打败了前来援助特洛伊军队的忒勒福斯之子欧律皮洛斯,使自己迅速扬名。

要得到赫拉克勒斯浸了毒药的箭头则较为困难。箭仍然在饱受痛苦折磨的菲罗克忒忒斯处,他被遗弃在利姆诺斯岛上,伤口依然没有愈合,他非常凄惨,痛苦难捱。奥德修斯不知疲倦,他在狄俄墨得斯的陪同下来到岛上,诱导菲罗克忒忒斯与他一起返回大营。埃斯科利皮尔斯之子,医技高明,治愈了他的伤口。

菲罗克忒忒斯与阿伽门农重归于好。在不久展开的一场战斗中,他重伤了普里阿摩之子帕里斯。尽管帕里斯的身体被半神致命的弓箭穿透,但是他并没有立即死去。帕里斯想起了神谕的预言:被他遗弃的妻子俄诺涅可以治愈他。因此,他被送到了她在爱达山的住所,请求他的妻子念在昔日的情分上拯救他的性命。但是俄诺涅一想到自己受到的委屈,心里原有的那种同情怜悯之心荡然无存,她严厉地要求帕里斯离开。然而,不久她对丈夫的爱又再次被唤醒。她疯狂地赶去找他,但是当她来到特洛伊城时,却发现帕里斯的尸体已经躺在了点燃的火葬柴堆上。在悔恨和绝望中,俄诺涅扑到了死去的丈夫身上,和他一起消逝在火焰中。

217

特洛伊人现在困在了城墙之中，被紧紧地包围住。但是最困难的第三个条件仍然没有满足，任何想要拿下这座城池的努力都不会成功。在这关键时刻，聪明虔诚的奥德修斯再次前来帮助同胞。他自残毁容，装扮成一个年迈可怜的乞丐，秘密潜入城内以打探神像存放的位置。他成功达到了目的，没有被人识破，除了美丽的海伦。在帕里斯死后，海伦就嫁给了他的兄弟得伊福玻斯。她的爱人死后，这位希腊公主的思念之心就转向她的故国和她的前夫墨涅拉俄斯。现在，她成了奥德修斯最隐蔽的盟友。

奥德修斯返回大营以后，请求勇士狄俄墨德斯帮助。在他的帮助下，经过一些周折，他们完成了这一冒险的任务，从神庙里取回了守护神像。

现在征服特洛伊的所有条件都满足了，将领们召开了一次会议决定最后的行动。雕刻家厄珀俄斯当时也随军远征，他们希望他建造一个巨大的木马，里面可以藏下许多能力出众的英雄。木马建造好后，一群勇士藏在其中。古希腊军撤掉了大营，然后放火烧掉，好像厌倦了十年漫长乏味的围城行动，在绝望中放弃了攻城计划。

在阿伽门农和贤人涅斯托耳的随同下，舰队起航开往忒涅多斯岛。他们在岛岸抛锚，焦急地等待着返回特洛伊海岸的火炬信号。

毁灭特洛伊

特洛伊人看到敌军离开，古希腊大营燃起了大火后，就认为终于安全了。他们涌出城外去看希腊军队长期安营扎寨的地方。在那里，他们发现了一匹巨大的木马。他们仔细看着木马，非常好奇，对于木马的用途，各抒己见。有人认为它是战争机器，主张应该销毁它。有人认为它是神圣的神像，主张运回城里。此时发生的两件事情诱使特洛伊人倾向于采纳后一种意见。

拉奥孔是怀疑这巨大的木马背后具有奸诈阴谋的主要人士之一，他是阿波罗的祭司，随着他两个年轻的儿子来到了城外，准备向诸神献祭。他竭力说服他的同胞不要相信希腊军队会留下什么礼物，他甚至从旁边的一位战士手中夺过一支长矛刺进木马，接着可以听到战士们武器发出的碰撞声。隐藏在木马中的英雄们心惊胆战，甚至已经做好牺牲的准备。一直关注着古希腊军队的雅典娜,此时赶来帮助他们。因为特洛伊的沦陷是诸神的旨意,所以雅典娜暗中施展了一个法术骗过了专注的特洛伊人。

拉奥孔和两个儿子准备祭祀时,两条巨大的毒蛇突然从海底钻了出来,径直游向祭坛。两个年轻人四肢柔弱,被毒蛇缠绕,非常无助。他们的父亲冲过来相助,毒蛇又缠住了他们的父亲,在众人的惊骇目光中,将他们三人吞噬。特洛伊人自然把拉奥孔和他儿子的命运理解为是天神宙斯对他们的惩罚,因为他们亵渎了木马。现在,他们完全确信必须把木马献给诸神。

西农是奥德修斯忠实的朋友,足智多谋的奥德修斯已经把他所有的

拉奥孔和他的儿子们

行动计划告诉了西农。西农按照指示进入角色,双手带着镣铐在国王面前虔诚地乞求,声称古希腊军队为了遵从神谕,要把他作为祭品献给诸神;但是他设法从他们手里逃了出来,现在寻求国王的保护。

善良的国王相信了他的故事,解开了他的枷锁,保证给予他帮助,然后请他解释木马的真正含义。西农欣然答应。他告诉国王,帕拉斯·雅典娜在整个战争中一直是古希腊人的希望和支柱,由于她的神像被人从特洛伊城神庙里移开,因此她非常愤怒,不再保护古希腊人,拒绝提供任何进一步的帮助,除非他们把圣像放回原来的位置。因此,古希腊人返回故乡希望从神谕中得到新的指示。离开之前,预言家卡尔卡斯建议他们建造这个巨大的木马献给被触怒的女神,以此希望能平息她的愤怒。他进一步解释说,为了避免木马被搬进城内,不让特洛伊人享有帕拉斯·雅典娜赐的恩惠,才把它建造的如此巨大。

机智的西农话音刚落,特洛伊人一致同意立即把木马搬进城内。城门太低,木马运不进去,人们就破开城墙,在胜利的喜悦中把木马运进了特洛伊城中心。特洛伊人以为他们成功完成了一件壮举,欣喜若狂,沉醉于酒宴,尽情地狂欢。

在一片狂欢中,卡珊德拉预见到木马入城后的后果,心情沮丧。人们见她披头散发,在街上狂奔,发疯似的打着手势,警告人们谨防有危险来临。可是,虽然她的话有道理,但是人们仍然无动于衷。这位女预言家的不幸就在于命中注定没有人会相信她的预言。

一天的狂欢之后,特洛伊人回去休息,特洛伊城一片寂静。西农在深夜将自愿进入木马的勇士接了出来。停泊在忒涅多斯岛的古希腊舰队接到了信号,整个军队在寂静中再一次在特洛伊海岸登陆。

军队轻而易举地进入城内,接着开始了残忍的屠杀。特洛伊人从睡梦中醒来,他们的将领勇敢无比,在他们的指挥下,特洛伊人勇敢防御,但还是被轻易击败。所有的勇士都在战斗中倒下,整个特洛伊城很快陷入一片火海。

普里阿摩俯伏在宙斯祭坛前,祈求神灵在危急时刻伸出援助之手,涅俄普托勒摩斯杀死了他。安德洛玛刻带着她年轻的儿子阿斯堤阿那克斯躲在塔顶避难,不幸被胜利者发现,他们担心赫克托尔的儿子有一天会揭竿而起为他父亲报仇,于是将他从母亲的怀中夺走,摔死在了城垛下。

只有深受神和凡人钟爱的阿芙洛狄忒之子埃涅阿斯幸免于难,他带着儿子、背着年迈的父亲安喀塞斯逃离了特洛伊。他先是在爱达山避难,后又逃亡到意大利。在意大利,他成了古罗马人的英雄祖先。

墨涅拉俄斯在王宫里寻找海伦。因为海伦永生不老,所以仍然保持着以前的美貌和魅力。他们言归于好,海伦陪着她丈夫一同返回了故乡。赫克托尔勇士的遗孀安德洛玛刻嫁给了涅俄普托勒摩斯,阿伽门农得到了卡珊德拉,而头发花白、失去丈夫的赫卡柏女王,成了奥德修斯的俘虏,沦为阶下囚。

特洛伊国王非常富有，他的无数财宝落入古希腊英雄手中。古希腊人把特洛伊夷为平地，准备启程回家。

战后古希腊英雄返乡

古希腊人在取得胜利后洗劫特洛伊城，犯下了许多残忍和亵渎神灵的罪行，引发了诸神的愤怒，所以他们的回乡之路充满了凶险与灾难，许多人没能活着回到故乡。

涅斯托耳、狄俄墨德斯、菲罗克忒忒斯和涅俄普托勒摩斯旅程一路顺利，安全回到了古希腊。墨涅拉俄斯和海伦乘坐的船被暴风吹到了古埃及海岸，经过多年的流浪和波折，他们疲倦不堪，最终回到了位于斯巴达的家中。

小埃阿斯在毁灭特洛伊城那晚亵渎了帕拉斯·雅典娜的神庙而冒犯了女神，因此他在凯菲罗斯海岬遭遇海难。但是他成功抓住一块石头，如果不是他夸口说自己不需要诸神的帮助，本来可以保住自己的性命。他一说出这些亵渎神灵的话，波塞冬就被他胆大妄为的言行激怒，用三叉戟劈开了他抓住的礁石，不幸的埃阿斯被海浪吞噬。

阿伽门农的命运

阿伽门农返程的旅途还算是比较顺利；但是当他到达迈锡尼时，遇到了不幸和灾难。

阿伽门农曾把他和克吕泰涅斯特拉心爱的女儿伊菲革涅亚作为祭品献给神，所以他的妻子为了报仇，趁他离开时与堤厄斯忒斯之子埃癸斯托斯结盟，密谋在阿伽门农回家时杀死他。克吕泰涅斯特拉见到丈夫时装出极度高兴的样子，尽管与他随行的卡珊德拉向他发出了紧急警告，但是阿伽门农对妻子仍然信任不疑，接受了她的示爱。克吕泰涅斯特拉假装热心，急于给疲惫不堪、远征回来的丈夫洗尘，为他准备了热水澡，让他恢复体力。埃癸斯托斯藏在附近房间，接到背叛丈夫的女王发出的信号后，立即扑向毫无防备的英雄，杀死了他。

接下来是对阿伽门农侍从的屠杀,在此期间,阿伽门农的女儿厄勒克特拉,沉着镇定,设法拯救了她的兄弟俄瑞斯忒斯。于是俄瑞斯忒斯逃往他的叔叔福基斯国王斯特洛菲俄斯处寻求避难。在那里,他和国王的儿子皮拉得斯一起接受教育。两个青年之间建立了深厚的友谊。他们的友谊坚贞无私,为众人所知。

俄瑞斯忒斯长大后,他唯一的愿望就是要为死去的父亲报仇。在忠诚的朋友皮拉得斯的陪伴下,他乔装打扮前往迈锡尼。埃癸斯托斯和克吕泰涅斯特拉此时共同统治着阿尔戈斯王国。为了不被怀疑,俄瑞斯忒斯提前做好了安排,向克吕泰涅斯特拉派遣了一名使者,宣称受国王斯特洛菲俄斯的委派,前来告诉她俄瑞斯忒斯在德尔斐的一次战车比赛中发生意外不幸早逝。

到达迈锡尼后,俄瑞斯忒斯发现姐姐厄勒克特拉听到弟弟死去的消息后悲伤不已,于是向她坦白了自己的身份。当他得知姐姐受到母亲残忍的虐待而且母亲听到他的死讯高兴不已时,俄瑞斯忒斯压抑已久的感情完全爆发了。他冲到国王和王后的面前,先是刺穿了克吕泰涅斯特拉的心脏,接着刺向她罪恶累累的同谋。

但是俄瑞斯忒斯犯下了弑母罪,很快受到了诸神的惩罚。他的谋杀行动一开始,复仇女神就立刻出现,无论他到哪里,女神总是不停地追着他。在困境中,他逃到德尔斐神庙避难。在庙里,俄瑞斯忒斯恳求阿波罗把他从残酷的折磨中解救出来。阿波罗命令他,要赎罪必须去陶里半岛把阿耳忒弥斯的雕塑从那里送到阿提卡王国,这一冒险行动危险极大。在前边的叙述中,我们已经得知,所有的外乡人在登陆陶里海岸时都会遭遇厄运;我们知道他的姐姐伊菲革涅亚是神庙女祭司,在姐姐的帮助下,俄瑞斯忒斯成功把女神雕像带回了他的国家。

但是复仇女神没有轻易放弃她们的猎物,最终因为公正强大的女神帕拉斯·雅典娜的干涉,俄瑞斯忒斯才从复仇女神的迫害下被解救出来。俄瑞斯忒斯的内心恢复了平静,成为了阿尔戈斯的国王,并与海伦和墨涅拉俄

第二部分 传说

斯美丽的女儿赫耳弥俄涅结婚。他心爱的姐姐厄勒克特拉既美丽又虔诚，嫁给了他忠实的朋友皮拉得斯。

奥德修斯的返乡之旅

奥德修斯用了十二艘舰船装运了在洗劫特洛伊城时获得的无数财宝，起航返回故乡伊萨卡岛，一路心情十分舒畅。幸福的时刻终于到来，为了这一时刻，英雄在焦急中等待了十年之久，但是他没有想到他还要再等上十年，命运女神才允许他回家拥抱心爱的妻儿。

在他的返乡之旅中，他的小型舰队受天气所阻被迫驶向一块陆地。陆地上的居民以一种叫作莲花的奇妙植物为食，尝起来和蜂蜜一样甜，可以让人完全忘记自己的国家和故乡，并且让人产生一种无法遏制的冲动想要永远留在这片土地上。奥德修斯和他的同伴受到了当地居民热情的接待，他们奉上了可口的特色美味供他们自由享用。吃下这些美味佳肴后，奥德修斯的伙伴们都不愿意离开这个国家。最终他只有通过武力，才能把他们带回船上。

独眼巨人波吕斐摩斯

奥德修斯继续航行，然后来到了库克罗普斯国。这里居住着巨人族，因前额中间只有一只眼而闻名。来到这里后，酷爱冒险的奥德修斯没有了往常的谨慎。他把他的舰队安全停靠在邻近小岛的海湾里，带着十二个精心挑选的伙伴深入这个国家进行探险。

他们在海岸附近发现了一个巨大的山洞，鼓起勇气走了进去。在山洞里，他们惊讶地发现挨着洞的两边堆满了奶酪和大桶牛奶。他们尽情地享受这些美食后，同伴们竭力劝说奥德修斯返回船上，但是这位英雄非常好奇，希望认识一下这个巨大山洞的主人，因此命令他们留下来，继续探险。

傍晚时分山洞外出现了一位凶猛的巨人，他肩上扛着一根巨大的木头，赶着一大群羊。他是波塞冬的儿子波吕斐摩斯，也是这座洞穴的主人。羊群进入山洞以后，他在入口处滚了一块巨石堵住了洞口，就算一百个壮士齐心合力也休想搬走这块巨石。

波吕斐摩斯点燃了巨大的松树圆木，正准备晚餐，借助火光，他在山洞的角落里发现了陌生人。他们走上前来，告诉波吕斐摩斯他们是海上失事的水手，希望看在宙斯的份上得到他的款待。但是无法无天的库克罗普斯一族从不畏惧众神，这位凶残的巨人咒骂了奥林匹斯山的主神，对这位英雄的要求只字不言。令奥德修斯惊慌失措的是，这个巨人抓住他的两个同伴，把他们摔死在地上，吃了他们的尸体，喝下大量的牛奶把恶心的食物冲入胃中。然后，波吕斐摩斯在地上伸展开巨大的四肢，很快在篝火旁睡着了。

奥德修斯认为这是他和同伴摆脱凶暴敌人的良机，他拔出宝剑，悄悄地向前爬行，刚要杀死巨人时，忽然想到洞口被巨石堵得严严实实，无法出去。因此，他机智地决定等到第二天再行动。同时，他开动脑筋，制订计划，帮助他和他的同伴逃生。

第二天一早，巨人醒来又抓住了奥德修斯两位不幸的同伴，吃掉了他们；之后，波吕斐摩斯悠闲地赶出他的羊群，像以前一样，小心翼翼地将洞口完全堵上。

次日晚上，又有两人成了牺牲品被巨人吃掉。当巨人吃完令人恶心的晚餐后，奥德修斯走向前去，向他献上了从船上带来的装在山羊皮中的美酒。巨人喝了美酒后，非常高兴，询问起他的名字。奥德修斯回答说他的名字叫诺曼（无人），波吕斐摩斯慷慨地对他说，为了表达谢意，他会最后一个吃掉他。

这只怪兽被烈性酒灌醉，很快熟睡，奥德修斯立即开始执行他的计划。白天，他砍下了一大块巨人的橄榄手杖，把它放在火上烘烤，在同伴的帮助下，他把手杖插进了波吕斐摩斯的眼睛，弄瞎了他的眼睛。

整个山洞回荡着巨人痛苦愤怒的咆哮声。他的那帮独眼巨人兄弟们住在离他不远的山洞里，听到他的呼喊后，纷纷越过山丘从四面八方赶来，在山洞门外询问他为何痛苦地咆哮。但是他只回答"诺曼（无人）伤害了我"，所以他们认为巨人是在戏弄他们，因此都离开了，巨人的生死只有听天由命了。

瞎眼巨人在山洞里四处摸着,想要抓住伤害他的人,但是一无所获。最终巨人感到厌倦,他推开了挡住洞口的巨石,心想他的敌人会跟着羊群一起冲出去,这样就可以轻而易举地抓住他们。然而奥德修斯此时也没闲着,他也在施展他的智慧,巨人力量再大,也不是他的对手。巨人的羊个头很大,奥德修斯用波吕斐摩斯床上的柳条巧妙地把羊群三只一排拴在一起,在每排中间一只羊的腹部安全隐藏着一名同伴。在确认同伴安全之后,奥德修斯自己挑选了一头最好的公羊,紧贴着羊的腹部羊毛,开始逃跑。

当羊群出洞时,巨人仔细在羊群中寻找他的敌人,但是在羊群的背上,巨人并没有找到他们,因此他们成功逃脱。

他们迅速回到船上。奥德修斯认为他们现在安全了,就喊出了自己的真实名字,以此嘲讽和侮辱巨人。波吕斐摩斯抓起一块巨石,沿着声音传来的方向,向船砸去,差点将船砸沉。然后,波吕斐摩斯又祈求父亲波塞冬为自己复仇,请求他诅咒奥德修斯,使他的航程漫长乏味,请求他摧毁奥德修斯的船队并淹死同行的伙伴,请求他尽可能推迟奥德修斯的归程,使航程充满不幸与痛苦。

继续冒险

在不知名的海域航行一段时间后,奥德修斯和他的同伴们在风神埃俄罗斯的小岛抛锚。风神热情地欢迎他们,并慷慨地款待了他们一月之久。

离开时,风神送给了奥德修斯一个牛皮袋,里面装着各种逆风,可以确保他们的航程安全快捷。他告诫奥德修斯无论如何都不要打开牛皮袋。然后,他命西风之神泽费洛斯吹起微风,一路将他们吹回古希腊海岸。

在启程后第十天的晚上,他们看到了伊萨卡岛上的篝火。但是不幸的是,这时奥德修斯因为极度疲倦睡着了。奥德修斯一直严守着他的牛皮袋,他的伙伴们认为埃俄罗斯在袋子里装了一件珍宝送给了他,便利用这个机会打开了牛皮袋,紧接着所有的逆风冲了出来,把他们吹回到风神所在的小岛。然而,这一次埃俄罗斯并没有像之前一样欢迎他们,而是严厉责备他们不听忠告,并且赶走了他们。

又继续航行了六天以后,他们才看到了陆地。奥德修斯看到一座大城镇似乎正冒着炊烟,便派出了一位使者和两位随从去设法获得一些补给。到了城里,他们才惊恐地发现原来他们踏上了雷斯特利哥尼人的地盘。雷斯特利哥尼人是本性凶恶、身材魁梧的食人族,受国王安提法特斯统治。国王抓住并杀害了这位不幸的使者,而他的两位随从得以逃脱,安全回到了船上,敦促他们的首领立刻回到海上。

安提法特斯和他的臣民们一路追赶来到海边。他们人多势众,抓住巨大的石头,向船队砸去,击沉了十一条船,船上所有的人都葬身大海,只有奥德修斯直接指挥的船只逃脱了这次灾难。现在船上只有几名随从,奥德修斯扬帆起航,但是被逆风吹到了艾尤岛。

女巫瑟茜

奥德修斯和他的同伴急需补给,但是有了以前灾难的提醒,奥德修斯决定只派遣几名船员去探查这个国家;奥德修斯和欧律洛科斯经过抽签决定,由欧律洛科斯领导这支小分队进行探查。

他们很快来到了一座辉煌的大理石宫殿前,宫殿坐落于景色迷人、土地肥沃的峡谷之中,里面居住着一位美丽的女巫,名叫瑟茜,她是太阳神和海妖佩斯的女儿。宫殿大门由狼和狮子把守着。但是令这些陌生人惊奇的是,狼和狮子像绵羊一样温顺。事实上,他们本是人类,被女巫邪恶的魔法变成了野兽。宫殿里飘来了女妖悦耳的歌声。她哼着甜美的旋律,手里织着网。瑟茜热情地邀请他们进入宫殿,除了小心谨慎的欧律洛科斯之外,其他人都接受了邀请。

他们踏进宽敞的宫殿大厅,大厅由嵌有花纹的大理石砌成,大厅四周可见昂贵美丽的珍品。瑟茜邀请他们坐的柔软奢华的长沙发上装有白银饰钮,宴会上使用的器皿都由纯金制造。来宾们没有一丝怀疑,完全陶醉于宴会的喜悦之中,邪恶的女巫正秘密下手毁灭他们,给他们饮酒的酒杯涂上了剧毒。他们喝下酒后,女巫用她的魔杖碰了碰他们,立刻将他们变成了猪,但是他们仍然有着人的意识。

奥德修斯从欧律洛科斯那里得知了同伴们的悲惨遭遇，决定不顾个人安危前去解救他们。在前往女巫宫殿的路上，他遇到了一位手持黄金魔杖的英俊少年。少年自我介绍说他叫赫耳墨斯，是诸神的信使。他委婉地批评了奥德修斯的莽撞行为，竟然没有带上抵抗女巫魔力的药物就冒险闯入瑟茜的宫殿。然后，他给了奥德修斯一种特效草药，叫作魔力草，并向奥德修斯保证这种药可以抵抗邪恶女巫的卑鄙魔法。赫耳墨斯警告奥德修斯，瑟茜会送给他一杯掺入魔药的酒，然后像对待其他同伴一样，把他变成一头猪。赫耳墨斯告诉奥德修斯因为自己给他的草药会解除魔药效力，所以他要喝下这杯酒，然后勇敢地冲向女巫，好像要杀她一样，这时她的魔法对他就会失灵，女巫会成为他的奴隶，完全按照他的愿望行事。

瑟茜充分施展她的优雅和魅力，热情地款待这位英雄，并用金杯敬了他一杯掺入魔药的酒。由于奥德修斯相信草药的解毒效力，他爽快地接受了敬酒。然后，按照赫耳墨斯的叮嘱，他从剑鞘中拔出剑来，冲向女巫，好像要杀死她。

瑟茜发现她的险恶目的首次受挫，而且一位凡人竟敢攻击自己，她知道站在她面前的一定是伟大的奥德修斯。赫耳墨斯已事先告诉她，奥德修斯要来她的住所。在奥德修斯的请求下，女巫把他的同伴又变回人，同时许诺他和他的同伴们从此不再受她的魔法伤害。

瑟茜开始以她的魅力和花言巧语吸引奥德修斯，所有的警告和过去的经历都被奥德修斯抛之脑后。在她的请求下，奥德修斯和他的同伴们在岛上住下，奥德修斯本人成了女巫的客人和奴隶整整一年；经过朋友诚挚的劝告，他最终才愿意摆脱女巫，不再为她受累。

瑟茜已经深深爱上了这位勇敢的英雄。分别时，她竭力挽留。但是由于她已经发誓不再对他使用魔法，所以她也没能留下他。瑟茜提醒奥德修斯，他的未来会充满凶险，劝告他就自己未来的命运去请教年迈的冥界盲人预言家忒瑞西阿斯。然后，她对航行用船进行了补给，依依不舍地与他告别。

冥界

一想到自己要去寻找鬼魂居住的阴森的冥界,奥德修斯就感到有些恐惧,然而,奥德修斯还是遵从了女巫的叮嘱。女巫把路线详细告诉了他,还给了一些他必须严格执行的重要指示。

按照指示,他和同伴一起起航前往西米里族黑暗阴森的冥界。冥界位于世界的尽头,大洋河俄克阿诺斯之外。借助和煦的微风,他们很快抵达位于西方尽头的目的地。他们来到瑟茜指引的地方,这里是阿刻戎河和科库托斯河交汇处,河水湍急,也是通往冥界的入口。奥德修斯将同伴留在船上,独自一人在这里登陆。

奥德修斯向冥界诸神献上一头公羊和一头母羊,挖出一条深沟来收集祭祀动物的鲜血。这时,河谷裂开,阴魂成群窜出,萦绕在奥德修斯的周围,急不可待地要喝干献祭圣体的鲜血,这会暂时恢复他们心智活力。但是奥德修斯谨记瑟茜的叮嘱,挥舞着宝剑,不让任何阴魂靠近,直到忒瑞西阿斯出现。伟大的预言家挂着他的金手杖缓缓走来,饮下祭祀的鲜血后,才告诉奥德修斯未来命运的秘密。忒瑞西阿斯同时也警告奥德修斯,他会遭遇很多凶险,这些危险不仅出现在回家的航程中,也会出现在他回伊萨卡岛的途中,之后忒瑞西阿斯指示他如何避免这些凶险。

同时,其他许多鬼魂也饮下祭祀圣体的鲜血,恢复了智力。从他们中间,奥德修斯悲伤地发现他慈祥的母亲安提克勒亚。从母亲那里得知,她是因为自己长期在外悲痛而亡的。他年迈的父亲拉厄耳忒斯消磨着生命,焦急无奈地盼着儿子归来。他还和不幸的阿伽门农、普特洛克勒斯和阿喀琉斯交谈。阿喀琉斯哀叹自己虚无幻影般的生活,悲伤地对他以前的战友说,他宁愿活在世上成为最贫困的劳工,也不愿意在冥界做国王。只有埃阿斯还想着自己所遭受的不公,独自站在一边,拒绝和奥德修斯交谈。当奥德修斯向他打招呼时,他闷闷不乐地离开了。

许多鬼魂在奥德修斯周围晃来晃去,奥德修斯最终没了勇气,惊恐地逃回到船上,回到同伴们中间,他们立刻出海,继续回乡的航程。

海妖塞壬

几天的航行之后他们经过了海妖塞壬的小岛。

瑟茜曾警告奥德修斯千万不要听邪恶女妖那些诱人的乐曲,因为谁要是听那些诱人的乐曲,就会有一种难以抑制的冲动,想要跳下甲板加入她们,船员们要么会被海妖杀死,要么被波涛吞噬。

为了不让他的船员听到塞壬的歌声,奥德修斯用融化的蜡堵住了他们的耳朵。但是奥德修斯本人酷爱冒险,因此无法抵御这一新冒险的诱惑。他自愿绑在桅杆上,并且严格命令他的同伴无论他如何乞求,都不要解开他,直到看不到小岛。

当靠近死亡海岸时,他们看到塞壬们挨个并排坐在翠绿的小岛上;但是当他听到甜美诱人的旋律时,奥德修斯很快陶醉于音乐的魅力之中。他忘记了所有的危险,请求同伴们放开他,但是水手们遵从他的命令,拒绝为他解绑,直到迷魔小岛消失在视野中。危险已过,奥德修斯非常感激同伴们坚定执行了他的命令,挽救了他的性命。

赫利俄斯岛

他们的船接近海怪斯库拉和卡律布狄斯驻守的海峡,凶险向他们逼近,瑟茜建议他们从两个怪物中间通过。奥德修斯掌舵,船从巨岩下方航行时,巨岩上的六头海怪斯库拉突袭而来,抓住了六个船员。不幸的受害者发出的喊叫声久久回荡在他的耳边。最终,他们到达了特里纳克里亚岛(西西里岛)。这里是太阳神放牧牛羊的地方。奥德修斯想起了忒瑞西阿斯的警告,提醒他不要踏上这个神圣的小岛。他本会欣然驾着船绕过小岛,不去登陆探险,但是他的船员们反对,坚持登陆。因此,奥德修斯不得不同意,但是在同意他们登陆之前,他让他们必须发誓,不能触碰赫利俄斯神圣的牧群,而且做好第二天一早就要起航的准备。

但不幸的是,天气很糟糕,他们被迫在岛上停留了一个月。瑟茜送给他们的食物和酒都已经消耗殆尽,他们不得不依靠岛上的鱼和鸟维持生命。

他们时常填不饱肚子。一天晚上,当奥德修斯由于焦虑,精疲力尽睡着以后，欧律洛科斯就劝说其他几个饥饿的同伴违背誓言，杀掉了一些神牛。

赫利俄斯愤怒了，让人十分恐惧，他让被杀神牛的牛皮在地上爬行，牛的关节在烤叉上发出活牛般的嚎叫，并威胁说如果宙斯不惩罚这些背信弃义的船员，他的阳光就不再普照大地，只照亮冥界。宙斯急于平息他的愤怒，许诺他会报复这些船员。大宴过后七天，奥德修斯和他的同伴们再次起航，奥林匹斯山主神召来了猛烈的风暴袭击他们。他们的船只被闪电击成了碎片。所有的船员都被淹死，只剩奥德修斯，他抓住桅杆，在茫茫大海上飘荡了九天。他再次避开卡律布狄斯漩涡，最后被海浪抛到奥吉吉亚岛岸边。

卡吕普索

奥吉吉亚岛被茂密的森林覆盖。在一片柏树和白杨树林中间有一座为仙女卡吕普索而建的迷人的洞穴宫殿，她是擎天巨神阿特拉斯之女。宫殿的洞口被盘根错节、枝叶繁茂的葡萄藤所遮掩，上面结满了紫色、金色的葡萄；泉水飞溅而下，空气凉爽，十分宜人。周围鸟声悦耳，满地都是紫罗兰和各色苔藓。

勇士遭遇了海难，孤独无助，卡吕普索热情地欢迎他的到来，她非常好客，满足他的一切需要。随着时间的流逝，卡吕普索深深爱上了奥德修斯。如果他愿意和她永远在一起，卡吕普索承诺可以赐他永生，永葆青春。但是奥德修斯的内心思念着自己心爱的妻子彭妮洛佩和他年轻的儿子，因此拒绝了仙女的恩惠，恳求仙女允许他重返故乡。但是波塞冬的诅咒仍然影响着这位不幸的英雄。他极不情愿地被卡吕普索留在了岛上，一待就是七年。

最后，帕拉斯·雅典娜替奥德修斯向她有权势的父亲说情，宙斯答应了她的请求，随即派遣了飞毛腿赫耳墨斯去见卡吕普索，命令她允许奥德修斯离开奥吉吉亚岛，并为他提供交通工具。

尽管女神不愿意与她的客人分别，但是她又不敢违背伟大宙斯的命令。因此，她教英雄做木筏，自己亲手编织风帆。奥德修斯告别了女神，独自一人孤独地坐上了木筏返回故国。

瑙西卡

十七天来,奥德修斯努力掌控着木筏,根据卡吕普索的指示和天上星星的指引掌握自己的航程,在大海上冲破千难万险。第十八天,他看到了远处费尔刻斯海岸的轮廓,高兴地欢呼起来,他充满希望,渴望上岸找个避风遮雨的地方短暂休息。但是由于奥德修斯弄瞎和侮辱了波塞冬的儿子,波塞冬至今怒气未消,他招来一场可怕的暴风骤雨,海浪击沉了木筏,奥德修斯抓住了木筏的残片,侥幸逃生。

他在狂风巨浪中漂流了两天两夜,被巨浪打得东飘西荡,许多次险些丧命。最后,多亏海洋女神琉科忒亚前来援助,他被海浪抛到了富饶的费尔刻斯小岛的斯克里亚海岸上。奥德修斯被所经历的挫折和危险折磨得筋疲力尽,为了安全,他爬进树丛里,躺在干树叶上,很快就睡着了。

这时美丽的瑙西卡来到了岸边,她是国王阿尔基诺奥斯和王后阿蕾特的女儿,在侍女们的陪同下一起来洗亚麻布。命运安排,这些亚麻布是她婚礼嫁妆的一部分。洗完亚麻布后,她们开始沐浴,然后坐下来用餐。用餐之后,她们举行晚会,愉快地唱起歌,玩得十分开心。

她们欢乐的叫喊声吵醒了奥德修斯。他从藏身地站了起来,突然发现自己被一群快乐的人所包围。公主的侍女们看到他一副野蛮人的样子,吓得逃走了;但是公主可怜这个失意的陌生人,主动与他交谈,言辞善良,充满同情之心。得知他遭遇海难,经历了各种艰难险阻,瑙西卡叫回了她的侍女,责备了她们的无礼行为,并让她们准备食物、水和合适的衣服。奥德修斯让侍女们继续去玩她们的游戏,沐浴后,穿上了她们为他准备的衣服。这时雅典娜出现在他面前,赐予他魁梧高大的身材和超越凡人的英俊外貌。当他再次出现时,年轻的公主对他充满了爱慕,请求这位英雄参观她父王的宫殿。她让侍从们把骡子套上大车,准备回家。

奥德修斯受到国王和王后诚挚的欢迎和热情款待。作为回报,英雄向他们叙述起自己漫长艰辛的航程,以及离开伊利昂海岸后所遭遇的许多惊心动魄和奇迹般逃生的经历。

奥德修斯向国王和王后告别时,阿尔基诺奥斯送给了他许多贵重的礼物,并下令用他自己的船把奥德修斯送回他的家乡伊萨卡岛。

回到家乡伊萨卡

航程很短,一路顺利。为了客人能有一个舒适的环境,水手们根据阿尔基诺奥斯国王的指示,在甲板上铺上了厚厚的皮毛。奥德修斯将船交由费尔刻斯水手驾驶,自己很快在甲板上睡着了。第二天早晨,船到达了伊萨卡岛港口,水手们认为他睡得那么熟,非常罕见,一定是神的杰作,因此在没有打搅他睡眠的情况下,把他搬到岸上,轻轻地放在了凉爽的橄榄树树荫下。

奥德修斯醒来以后不知道自己是在何处,而无时不在的守护女神帕拉斯·雅典娜将他包裹在厚厚的云层中,让云层遮住了他的视线。她化身成一个牧羊人来到他面前,告诉他他已经回到了自己的故乡;他的父亲拉厄耳忒斯由于忧愁和年迈,背也驼了,已从王室退位;他的儿子忒勒马科斯已经长大成人,出门在外打听父亲的消息;他的妻子彭妮洛佩被许多求婚者骚扰。他们霸占了他的家,侵吞了他的财产。为了赢得时间,彭妮洛佩答应他们,一旦自己为年迈的拉厄耳忒斯织好长袍,就嫁给他们中的一位;但是在晚上她会偷偷地拆掉白天织的袍子,有效拖延了长袍完成的时间,因此也推迟了她最后的回话。奥德修斯刚踏上伊萨卡岛,愤怒的求婚者就识破了她的计谋,比以前闹得更凶。当英雄确认这是他的故乡时,他扑倒在地上,亲吻着故土,欣喜若狂。阔别二十年,诸神终于允许他再次看到他的故乡。

此时,女神也向奥德修斯展示了自己的身份,协助他把费尔刻斯国王赠送的昂贵的礼物藏在附近的一个山洞里。然后,她坐在他的身旁,与他商量如何摆脱霸占宫殿的那些无耻的求婚者。

为了不让别人认出他来,女神把奥德修斯变成了年老的乞丐。他的四肢衰退,一头棕色的头发不见了,双眼暗淡无光,视力模糊,国王阿尔基诺奥斯送给他的黄袍也被替换成灰暗破旧的衣服,松松垮垮地挂在他已经萎缩的身上。雅典娜希望他先住在他家猪倌欧迈俄斯的小棚屋里。

欧迈俄斯热情地接待了老乞丐,善良地满足了奥德修斯所有的要求,向

第二部分　传说

奥德修斯诉说自己因家里尊敬的老主人长期离家感到悲伤,他还告诉老乞丐自己很遗憾,因为无礼的求婚者闯入他的家中,强迫他宰杀长得最好最胖的猪供他们食用。

巧合的是,第二天早晨,忒勒马科斯由于长期寻找父亲无果返回家中。他首先来到了欧迈俄斯的小屋,从他那里听到了这位看似乞丐的老头的故事,并承诺与他友好相处。此时,雅典娜催促奥德修斯告诉儿子自己的身份。她轻轻一碰,乞丐的破衣服立刻消失,奥德修斯站在忒勒马科斯面前,身着黄袍,充满男子汉气概和活力。看到这位英雄身材高大,年轻的王子起初以为他一定是一位神明;父亲长期不在身边,他感到非常忧伤,但是当他确信眼前的人确实是他亲爱的父亲时,他一把搂住父亲的脖子,紧紧地与他拥抱,对父亲的儒慕之情溢于言表。

奥德修斯告诉忒勒马科斯不要透露他回来的秘密,并和他一起谋划如何摆脱那些可恶的求婚者。为了实行自己的计划,忒勒马科斯劝说自己的母亲,让她许诺嫁给使用奥德修斯的弓箭并在比武中取得胜利的人。当初奥德修斯去特洛伊时认为这把弓箭是很珍贵的宝物,就没有随身带上。奥德修斯重新穿上乞丐的衣服,打扮成乞丐的样子,陪他的儿子来到宫殿。宫殿门前是他忠诚的看门狗阿尔戈,尽管狗已衰老、无人看管,显得疲惫虚弱,但是它还是立刻就认出了主人。阿尔戈非常高兴,尽最后的努力欢迎主人回来,但是它已精疲力竭,很快就死在了主人的脚下。

奥德修斯走进了祖祖辈辈生活的宫殿,放荡的求婚者又是讥讽,又是辱骂。其中,安提诺乌斯最为无耻,他讥笑他外表卑微,无礼地要求他离开;但是彭妮洛佩听说他们残忍的行为后,同情心油然而生,让自己的侍女把他带到自己的面前。她和善地与他交谈,询问他的身份以及从何处而来。他回答说他是克里特国王的兄弟,在国王的宫殿里,他见到了奥德修斯,当时奥德修斯正要动身去伊萨卡,而且说他会在一年之内到达那里。听到这一喜讯,王后喜出望外,命令侍女准备床铺,并以贵客身份予以招待。她告诉老女仆欧律克勒娅为客人准备合适的衣服,满足客人所有的需要。

老仆人在为他洗脚时看到奥德修斯年轻时被野猪长牙袭击留下的疤痕，她立刻认出他就是自己从小伺候大的尊敬的主人。她高兴地想要大叫，但是英雄用手捂住了她的嘴，请求她不要暴露他的身份。

第二天是阿波罗的庆典。为了纪念阿波罗，招待求婚者的盛宴比起平时更为丰盛。宴会结束以后，彭妮洛佩取下奥德修斯的巨大的弓箭进入大厅，向她的求婚者宣布谁能拉开弓箭，射穿十二环（这是她以前常常看到奥德修斯表演的绝活），她就挑选谁作她的丈夫。

所有的求婚者都来试箭，但都没有成功，没有人能拉开这支弓。这时，奥德修斯走上前来，请求试箭，但是那些傲慢的贵族嘲笑他的狂妄，如果不是忒勒马科斯的干涉，他不会有机会尝试。假扮乞丐的奥德修斯拿起弓箭，嗖的一声，箭飞了出去，轻而易举射穿了所有的圆环。然后他转向正端起酒杯喝酒的安提诺乌斯，射中了安提诺乌斯的心脏。这时，所有的求婚者立刻跳了起来，四处寻找他们的武器；但是遵从奥德修斯的指示，忒勒马科斯早就拿走了他们的武器。他和父亲向狂饮作乐的歹徒发起进攻，一番殊死搏斗后，杀死了他们所有的人。

彭妮洛佩听到奥德修斯回来的喜讯，来到楼下大厅，但是拒绝承认这个年老的乞丐就是她勇敢的丈夫；他退出大厅，洗了澡，恢复了雅典娜在阿尔基诺奥斯王宫赐予他的活力和俊美。但是彭妮洛佩还是不相信，决定对他进行考验再做确认。因此，彭妮洛佩命令奥德修斯把她的床搬出卧室。床脚是奥德修斯亲自用橄榄树树干做成的，它的根仍然深扎在地下，然后奥德修斯在床脚四周砌墙，建成卧室。由于奥德修斯知道床是根本移不开的，所以他大声说道，这个任务无法完成，因为没有人能把它从原地移开。这时，彭妮洛佩才确定站在自己面前的就是奥德修斯本人。阔别已久的丈夫和妻子终于重逢，俩人情深意切，场面非常感人。

第二天，英雄出发寻找他的老父亲拉厄耳忒斯。他的父亲正在庄园里挖一棵橄榄树苗。可怜的老人穿着寒酸的衣服，布满皱纹的脸上挂满了忧伤。他看到儿子改变了面貌，非常震惊，默默转过身去不让他看到自己的眼泪。

自从奥德修斯失踪后,父亲一直很伤心。奥德修斯告诉父亲自己就是他的儿子,可怜的老人高兴得不能自已。奥德修斯满怀关爱之情,领着父亲走进家中。自从儿子离开后,这还是拉厄耳忒斯第一次在家里穿上王袍,虔诚地感谢诸神恩赐他的幸福。

但是现在还不是奥德修斯享受他应有幸福的时刻,因为那些被杀的求婚者的朋友和亲人已经对他进行反扑,追到了他父亲的住所。但是战斗的时间并不长。短暂的较量之后,奥德修斯和他的对手签下了和平协议。他们了解到奥德修斯是出于公道才杀死了求婚者,便答应和好。之后数年,奥德修斯一直统治着他们。